"2018·北京文艺论坛"论文集

 北京市文学艺术界联合会 / 编

孟繁华 / 学术统筹

广西师范大学出版社

·桂林·

目 录

历史与未来：改革开放四十年的北京文艺

2018·北京文艺论坛

当代文艺的创新与发展

2018 北京青年文艺评论人才读书研讨班
暨京沪青年文艺评论家座谈会

历史与未来：改革开放四十年的北京文艺

2018·北京文艺论坛

守正创新的文学之城

——北京文学四十年

孟繁华

　　北京是当代中国的政治、文化中心,当然也无可非议地是中国当代文学的重镇。北京是五四新文化运动的发祥地,这个伟大的传统一直深刻地影响着将近百年的北京作家,他们内心强烈的国家民族关怀,对社会公共事务参与的热情和积极态度,使北京的文学气象宏大而高远;中华人民共和国成立初始,散居全国各地的大批优秀作家聚集北京,或从事专业创作或担任文学领导职务。丰厚的文学人才资源在北京构筑起了独特的文学气氛:所谓"文坛",在北京是一个真实的存在。在这个专业领域内,竞争构成了一种危机也同时构成了一种真正的动力,特别是在当下的文化语境中,这是为数不多的随处可以畅谈文学的城市。这是北京的优越和骄傲;独特的地理位置以及开放的国内国际环境,使北京作家有了一种得天独厚的文学条件,各种文学信息在北京汇集,不同身份的文学家以文学的名义在北京相会,国内外的文学消息和文学家的彼此往来,使北京文坛具有了不同于其他地方的视野和气氛。因此,在不同的历史时期,北京的文学创作和批评,都因其对社会和现实世界的敏锐感知和宽广视野,因其不同凡响的万千气象而备受瞩目。它引领着中国文学的发展,它制造潮流也反击潮流,它产生大师也颠覆大师,它造就文化英雄也批判文化英雄……北京是当代中国影响最大的文学发动机和实验场,从某种意义上说,北京就是中国文学和文化的缩影。通过小说创作,我们可以清晰地了解北京文学地理的走势与变化。

改革开放四十年来,北京先后涌现出了王蒙、汪曾祺、林斤澜、宗璞、邓友梅、刘绍棠、从维熙、谌容、李陀、张洁、霍达、凌力、张承志、陈建功、史铁生、郑万隆、刘恒等一大批文坛著名作家。他们的文学成就不仅写进了不同版本的文学史,重要的是他们仍有力地昭示后来者的文学方向:他们是中国文学巨大的变革势力——他们引领了中国文学走向了新时代;他们是中国文学的守成力量——他们对文学的神圣感一成未变。正因为有了过去的他们,当下北京的文学地理才如此的纷繁和丰富。作协、高校、鲁迅文学院、北京老舍文学院、北京十月文学院以及文学专业研究机构、各大文学专业出版社、文学报刊、文学网站等,汇集了北京文学生产、评论的主要力量。这些机构的设立,是举国办文学的实例。如果是这样的话,在北京乃至整个中国,文学从来就不是个人的事情。

北京作协至今仍是全国实力最为雄厚的作协之一。张洁、陈祖芬、刘恒、曹文轩、张承志、叶广芩、邹静之、毕淑敏、刘庆邦、解玺璋、林白、宁肯、周晓枫、荆永鸣、星河、晓航、凸凹等,都是北京作协的专业或签约作家。"大北京"的观念,极大地拓展了北京的文学疆域,它让那些在京的、体制内外的"外省"作家同样有归属感和依托感。2017年10月,第二届"北京十月文学月"启动的"十月签约作家"计划在十月文学院本部佑圣寺举行。北京出版集团现场启动"十月签约作家"计划，九位全国知名作家与北京十月文艺出版社正式签约，成为首批"十月签约作家"。其中阿来、叶广芩、红柯、关仁山都不是北京本土作家。政策的包容性也几近北京文学的一个隐喻——这些作家的题材、体裁、人物和故事，其丰富性远远超越了北京的地域性；因此，近年来北京作家取得了令人瞩目的文学成就。著名儿童文学作家曹文轩荣获"国际安徒生文学奖"，为北京文学界带来了殊荣。谢冕先生指出：在曹文轩身上，我们"能看到一种精神，这种精神既有北大的独立思想，也有正义和善良。不管文坛风云如何变幻，他始终不为潮流所动，一直坚持自己对文学的信念，并且身体力行。曹文轩教授用自己的努力，自己的坚持，数十年磨一剑，以唯美的文学理念和写作手法，不断地挑战自己的写作高度，今天终于结出了硕果，这是对曹文轩老师勤奋的奖赏，也是对中国文学的奖赏"；叶广芩、林白等加盟北京作协，提高了北京文学的综合实力创作题材及样貌的多样性；解玺璋的《梁启超传》《张恨水传》在学界和读书界引起极大反响。一切历史都是当代史，解玺璋写《梁启超传》，显然也是面对当下的社会问题。他说"在这本书里能看到梁启超对子女人格的培养，对改良国民性问题的思考，从而反思当前社会存在的问题。比如当下的中国人有种'不能输在起跑线上'的教育观，可谓极其荒唐，孩子从零岁开始赛跑，却忽视人格的培养。这也是为什么现在知识分子书读得多，但心灵很脆弱，经受不住风波。我们再看看梁启超对其九个子女的教育会发现，他运用了很多现代教育理念，既有中国传统对人格的关注，也有西方对自由的认可。他推崇挫折教育，对待子女的婚姻、对学生徐志摩的婚姻，既强调爱情的自由，又强调婚姻的责任性"；宁肯的非虚构文学《中关村笔记》，以陈康、柳传志、王志东、王选、王永民等科技各领域的先行者为主角,展现了中关村锐意求新、解放思想、创造历史、重塑价值的进程,书写了一个时代的伟大精神。他将小说创作的经验移植到非虚构写作中,为非虚构人物和中国故事的书写积累了新的经验。

作家进高校是新世纪文学的一大景观。包括莫言、余华、格非、刘震云、阎连科、苏童、梁晓声、欧阳江河、西川、张悦然等著名作家,先后入驻或调入了清华大学、北京语言文化大学、北京师范大学、中国人民大学等。这些作家入驻大学,不仅为大学带来了浓重的文学气氛,同时带来了新的活力和多种可能性。张清华教授认为:"驻校作家的目的是什么? 不是走形式,更不是让驻校作家为高校脸上贴金,而是要推动原有教育理念的变革、推动教育要素的结构性变化,使写作技能的培养成为一种习惯和机制,以此推动教育本身的变革。"入驻高校的作家大多是国内外著名作家,他们在高校的存在,不只是一个象征,而是一种真实和巨大的影响;在北京各大文学机构任职的作家,是北京文学重要的力量。他们虽然业余写作,但他们因自己的创作影响奠定了在文学界的地位。徐坤、李洱、邱华栋、温亚军、徐则臣、付秀莹、计文君、晓航、王凯、石一枫、文珍、马小淘、刘汀、孟小书等,已经成为北京乃至中国文学的中坚力量;文学批评是北京文学重要的组成部分,现代文学馆在京的历届客座研究员李云雷、杨庆祥、岳雯、霍俊明、饶翔、刘大先、刘艳、陈思、徐刚、丛治辰、李蔚超、宋嵩等,形成了北京文学批评的新势力,当然也是中国文学批评新势力的一部分。他们以新的批评视野和新的文体形式表达着他们对当下中国文学新的理解。

近年来,特别值得提及的是青年作家石一枫的小说创作。石一枫引起文学界广泛注意,是他近年来创作的中、短篇小说,尤其是几部中篇小说。这几部作品,从不同的角度深刻揭示了当下中国社会巨变背景下的道德困境,用现实主义的方法,塑造了这个时代真实生动的典型人物。我们知道,道德问题,应该是文学作品主要表达的对象。同时,历史的道德化,社会批判的道德化、人物评价的道德化等,是经常引起诟病的思想方法。当然,那也确实是靠不住的思想方法。那么,文学如何进入思想道德领域,如何让我们面对的道德困境能够在文学范畴内得到有效表达,就使这一问题从时代的精神难题变成了一道文学难题。因此我们说,石一枫的小说是敢于正面强攻的小说。《世间已无陈金芳》甫一发表,文坛震动。在没有人物的时代,小说塑造了陈金芳这个典型人物;在没有青春的时代,小说讲述了青春的故事;在浪漫主义凋零的时代,它将微茫的诗意幻化为一股潜流,在小说中涓涓流淌。这是一篇直面当下中国精神困境和难题的小说,是一篇耳熟能详险象环生又绝处逢生的小说。小说中的陈金芳,是这个时代的"女高加林",是这个时代的青年女性个人冒险家。此后,石一枫一发不可收。他每一部中、长篇小说的发表,都会在文坛引起反响。近期北大中文系举办的"五大文学期刊主编对话石一枫"活动,就是他影响力的一个表征。

　　八十年代北京文坛是个群星璀璨的年代,各种文学潮流都有领袖人物和代表性作品,北京文学在国内的地位可见一斑。九十年代,文学的语境发生了变化,但这个变化并没有影响北京作家对文学试图重新理解和书写的努力,因此它作为文学生产、传播以及评论的中心地位并没有被颠覆。不同的是,在这个真正的文学领域,那种单一的、"宏大"的社会历史叙事,正被代之以具体的、个性的、丰富的、复杂的,以及宏大和边缘等共同构成的多样文学景观。多样化或多元化的文学格局,不仅仅是一种理想,而是已经成为一种现实。他们共同面对当下中国的生活,共同享用来自不同方面的艺术资源,但由于个人阅历、知识背景、取资范围以及对文学理解等因素的差异,他们的作品所呈现出来的面貌可以说是千姿百态,各有风骚。社会生活的急速变化,使北京作家不再简单地面对高端的意识形态风云,而是普遍放低了观察和想象视角,对日常生活(特别是对普通人日常生活)的关注,对变革时代心灵苦难的关注,成为一种创作的常态。

这些年轻或不年轻的作家游弋于广袤的历史和文化空间,沐浴着现代性暧昧的晨风,散兵游勇似的各行其是。但当我集中地阅读他们之后,却发现自己也身置其间,我们不能解释现代性的历史真相,却真实地体验了现代性的历史馈赠。北京作家来自四面八方,他们带着个人不同的记忆和情感原乡编织着熟悉而陌生的故事。这个"文学地理"只是北京作家近年来创作的一部分,但它可以在某种意义上代表了北京作家近年来的创作实绩。在我看来,这些作品既有北京作家擅长的宏大叙事的依托和立场,也有对具体人性的描摹和体验;既有对遥远历史的想象和虚构,也有对当下现实的洞察和追问。总体说来,北京作家诚实的思考和写作,使他们成为当代中国最积极和健康的文学力量。文学在社会生活结构中的地位虽然发生了变化,但我们看到的是燃烧不熄的文学之火,在北京的文学天空中就这样构成了一道动人的风景,这是北京乃至中国文学辉煌的历史和再度复兴的希望之光。今天的北京,已经成为像彼得堡、巴黎、伦敦、布拉格一样的文学之城,她因文学而闪烁的浩渺、博大和无限诗意,犹如哨鸽弥漫在北京的清晨和黄昏,使千年古都风韵犹存,魅力无边。

观照现实，当前网络文学发展的十个新情况

董江波

网络文学即将迈入第三个十年发展期，厚积薄发的网络文学行业，在累积了巨量文学作品，涌现出一批网络文学精品佳作的今天，出现了哪些新情况？面临着哪些新问题？今天，我试图通过这篇文章，初步谈一谈，希望能给中国网络文学的未来发展，提出新的思路可能。

一　网络作家的分化：
市场化、商业化、职业化和兴趣化

与过去几十年来，大家对"作家"这个名词确定的含义不同，目前，网络作家呈现出两个显著的特征。首先，市场化和商业化的需求，二十年来，催生了一批职业化的网络作家，这批网络作家，就是以

作家为职业，靠写出市场化、流行化的小说为生为业。这大抵能够概括绝大多数网络作家的创作状态。

我对网络作家的定义，是狭窄的，不是说你在一个网络文学网站注册了，或者发东西了，就是网络作家，而是起码要签约，以及有完本的一部作品。这两个标准一树立，其实，一千三百万网络作家，也就剩下六十万名左右。当然，六十万名，也是一个绝对数量很大的数字。

这六十万名网络作家中，除绝大多数以作家为职业的网络作家外，近两三年来，涌现了一批以兴趣为出发点的网络作家，除了网络文学的爽文特征外，在创作中，他们尤其注意作品的文学性、社会效益，包括小说本身的起承转合高潮结局等体裁本身特点。

因此，网络作家形成了职业化的作家和兴趣化的作家两大阵营，当然，目前来讲，职业化的网络作家还占据绝大多数，而兴趣化的作家只是一个零头。但正是这个零头，让我们有了未来的希望。而且，我们也能隐隐看到，职业化的网络作家，尤其是金字塔顶端的重点和大神级网络作家，也正在慢慢向兴趣型靠拢。

这是网络文学领域一个非常可喜的变化。

二　网络文学评论研究的新动向

如果说，三五年前，率先进入网络文学领域、搞网络文学评论的，还是以作协体系的文学评论家为主，高校教师、学生主动研究网络文学、搞网络文学评论的鲜有见到。

可最近三年来，大量的高校文学院、新闻学院教授和副教授，带着他们的研究生，一头扎进了网络文学评论这个领域，为网络文学评论带来了新气象，大大促进了网络文学评论的发展繁荣，也让更多专家学者开始真正接触、了解网络文学这个"新生事物。"

三　网络文学，存在一定拔苗助长的情况

一种文学类型的发展需要一个萌芽、诞生、成长、壮大的过程，这期间，也免不了各种挫折。网络文学也是这样。

当前的评论界和舆论环境，整体对网络文学，虽然较之几年前，有了巨大的进步，不少客观的声音出现，但还是苛刻。

举个例子，一部网络文学作品，如果网络点击特别高（比如上亿点击）、章均订特别大（比如均订过万）等等，各项数据很好，往往舆论会说，不就是一个小白文吗？这很正常，没什么文学性。

可如果一部网络文学作品本身在语言、情节、细节上加强，向经典型靠拢，而点击、均订等数据不好的时候，舆论就会评价，你看，他本来就不行嘛！看，扑街了吧？

一部作品，如果既叫好又叫座，那是理想的状态，是每一个作家终生追求的目标。

网络文学，作为一个"弱冠之年"的新生类型文学题材，尚处于成长引导期，既要叫好又要叫座，这个要求无疑于拔苗助长。

网络文学，还是要回归到本身的写作特征，用作品说话，在中国文学这棵参天大树上，结出自己该有的硕果。

四　网络文学评论的争议现象

我觉得,我们搞网络文学评论的专家学者,要抱着一种"实践是检验真理的唯一标准,没有阅读就没有评价,更没有发言权"这种态度。有一些搞文学评论,甚至搞网络文学评论的评论者,一提到网络文学,脸立刻就黑了起来,甚至妄言"网络文学也能叫文学","网络文学,还能有经典",诸如此类的话。

我想,这些狂妄的话,放在《红楼梦》《三国演义》《西游记》《水浒传》等古代名著诞生的时代,当时的"评论家"也放言过,可如今,谁又能说这些古典名著没资格叫文学呢?

这种针对网络文学领域的戾气,确实得改观。一个新生事物,你还不去了解,就直接否定,甚至盖上"不是文学"的帽子,这反而体现了个别评论者没有真正做学问的态度。

这种做学问的态度,也正是每次网络作家和评论家对谈,发生争议,甚至不欢而散的最主要原因。

五　网络文学极大地拓展了作家群体,增加了文学作品的数量,也增加了读者的数量

客观地讲,在 1998 年网络文学出现之前,甚至网络文学出现的

前十年(1998 年至 2008 年)，能够从事文学创作，是一件门槛很高的工作，你可以成为一名文学爱好者，喜欢阅读，但要成为一名作者，甚至作家，确实很难，不说万人过独木桥，但也相差无几。而相应的，文学作品的数量也较少，很难满足读者不同类型的阅读要求。

网络文学的出现，不客气地讲，现在，只要有手机，就可以写作，就可以阅读，二十年网络文学，一千三百万人前赴后继，投身到网络文学创作当中，创作出了超过一千六百万部网络小说；而网络文学的读者，也从 1998 年最初上网的几十万人，猛增到超过四亿人，遍布所有人群，尤其是八零后、九零后和零零后这三类年轻族群，几乎人人爱看网络文学。

这些数据和现象为中国文学的未来奠定了庞大的基础，为中国文学出现新的可能、新的高峰带来了更大的机遇和可能性。

六　网络文学第一次让中国文学大规模走向海外，
　　外国人也开始写中国网络文学

走过二十年岁月的网络文学，如今蜚声海外，成为与美国好莱坞电影、日本动漫、韩国电视剧并称的"新世界四大文艺现象"。

以网络文学为代表的中国文学，近代以来，第一次如此大规模、如此深远地走出国门，影响整个世界。据最保守的统计，目前，网络文学的海外读者已达千万级数量，遍布世界六十多个国家和地区。

同时，我认为，相比之前极其高调的中国网络文学走出去，到海外去，外国人写中国网络文学，意义更大。为什么这样讲？因为，网

络文学走出去,有可能是主动走出去,也有可能是被动走出去,两种情况,不管哪种,都是宣教式的,对外国人的具体需求,我们不了解,客观数据也有一定误差。

但外国人写中国网络文学,是一种主动、积极的行为。这种主动的行为说明了中国网络文学已经被海外数量不少的读者真正接受和认可,并融入了世界文学的领地和圈子。你可以说,中国网络文学走出去,有水分,有夸张,但你无法否认,外国人主动写中国网络文学、翻译中国网络文学,是一种夸张。

这说明,世界文学圈,正在以一种融洽微妙的方式,接受中国文学的先头军——中国网络文学。

这对中国文学,是划时代的意义,因为世界文学和世界文学圈一直对中国文学有一定偏见,部分世界文学圈的人士,热衷搜索丑化中国的文学作品,并大加宣扬,却对中国改革开放四十周年取得的伟大成就,反应这个时代沧桑巨变的大量中国文学和中国网络文学作品视而不见。

但外国人开始主动地来写、来翻译中国网络文学,我认为,这是这种偏见的极大改观和进步。我认为,外国人写中国网络文学,最大地促进国外文学种类的丰富,就是让中国文学(中国网络文学)这个元素,有了更大的声音,占据了更多的类别,同时,让类型文学的品类,有了量和质的全面提升,至少为世界类型文学增加了几十个新的品类和创作方向。

我认为,这是中国文学的标志性事件,相信不久,世界文学的中国文学(中国网络文学)纪元,即将到来。

七　网络文学创作，同样要耐得住寂寞和辛苦

有一句特别说明人们辛苦努力的话，我认为，放在网络作家身上，也说明问题，就是：你只看到人家喝酒吃肉了，你怎么就看不到人家喝西北风的时候呢？

纵观现在每一个具备一定知名度，拥有重点和大神头衔的网络作家，哪一个不是过去至少七八年，普遍十几年，一天四千字到一万五千字不等，码字不停，创作不停。

今天的成绩、地位和收入，是他们日复一日辛苦码出来的。网络文学，来不得半点弄虚作假，需要网络作家耐得住寂寞，受得了辛苦，否则，网络文学这碗饭，还真吃不了。

我想，这样的一个客观情况，是绝大多数网络文学行业之外的人，或者刚刚进入网络文学行业不久的人，所完全不了解的。

八　网络文学的情怀问题

这个问题很严峻，其实，也是专门针对我们网络作家自身说的，客观讲，现在绝大多数网络文学作品缺乏或缺失情怀，小白文、爽文、流行文这些词汇就是这么来的。

情怀这个东西，说难也难，说简单也简单，但不管怎么说，也需要

生活的历练和积累,需要网络作家们到人民中去,从人民中来。或许,我们会觉得,情怀很简单啊,你看美国人拍的大片,哪一个没有情怀,《复仇者联盟3》里灭霸要随机毁灭宇宙,还能整得那么有情怀,有格调,有牺牲,怎么,难吗?

是真难。情怀,是你经历后、感悟后、启迪后,那个落在你笔尖的东西,或许,只有灵感才能跟它媲美吧。

网络作家,普遍年轻,宅,缺乏生活阅历和经历,我想,随着网络作家的成长,情怀,会顺其自然,敲打在他们的键盘之上的,这一点儿,真的急不得。

九　网络文学的阅读和读者问题

很多家长,很多文学评论者,反感年轻人(主要还是八零后、九零后和零零后)阅读网络文学,觉得不成样子:能不能读点儿经典名著啊。

但我认为,阅读,是一件喜悦的事情,阅读,应该是喜欢而不是强制,更不是你必须读《战争与和平》《百年孤独》。说实话,阅读名著名篇,真的是需要知识和积累的,如果强制让小学生读中国四大古典名著原文,甚至简化本,都只能增加他们对阅读的反感,从此没有了阅读的习惯。

一个人的一生,如果没有了阅读这个习惯,那在很多方面,都会停止成长,我想,这不是年轻人的家长喜欢看到的。

因此,阅读要由兴趣入手,如果一个孩子,一个年轻人,喜欢看科幻小说，喜欢看玄幻小说，喜欢看都市异能英雄小说等等，我看这不见得是坏事，反而是好事，因为他喜欢阅读。而随着他的年龄增长，他一定会涉猎其他类型的文学作品，包括你所推荐的名家名著。

看《童话大王》《小学生之友》长大的孩子，长大后手中捧的书，一定不会继续是《童话大话》，一般都会换成家长所期望的名家名著。

阅读，也是一个循序渐进的过程，容不得跳级，否则，阅读就会变成让人厌恶的事情。

十　网络文学成为全国高三大联考月考试卷的阅读理解大题

很荣幸，我就职公司名"北京天下书盟"和我的名字董江波，出现在了2018—2019学年全国高三大联考第一次月考试卷语文卷上，作为一道阅读理解大题的阅读材料。这应该也是有记录以来，网络文学第一次进入高三月考乃至高考相关的试卷中。

这一次月考试卷出来，我收到了全国各地两百多位朋友或语音、或文字、或图片的问询，我一一作了感谢和回答。

我认为，网络文学进入高三毕业班全国联考语文卷，意义重大。保守估计，目前全国一届高三学生，至少有一千多万学生，也就是说，有一千多万高三学生，认真阅读并做了这一道关于"网络文学"的阅读理解大题。

毫无争议，网络文学已经真正成为全民关注的中国新文学现象。

我认为，这既是中国作家最好的时代，也是中国网络作家最好的时代。中国网络文学目前处于最好最繁荣的时代，不再存在怀才不遇的尴尬,对网络作家来讲,如果你的作品写得好,很难再默默无闻。认真写个三四年,就能够脱颖而出,这在哪怕是五年之前,都是不可想象的。尤其是,越来越多网络作家的作品得以出版,拍成影视剧,制作成游戏,甚至输出到海外。

中国网络文学,即将迎来第三个十年发展期,网络作家必将能够成为中国网络文学蓬勃发展中最具活力的正能量分子,在中国网络文学这方沃土上,写下一个又一个网络作家的名字。我相信,网络作家,也必能成为中华民族伟大复兴的记录者。

改革开放四十年文学的品格、特色、经验浅析

李朝全

文学是时代的先声。改革开放文学的起点早于通常认为的改革开放的开端——党的十一届三中全会。早在 1977 年至 1978 年,以刘心武的短篇小说《班主任》、徐迟的报告文学《哥德巴赫猜想》、卢新华的短篇小说《伤痕》等为标志,作为改革开放文学的先声与先导,开启了新时期文学的大闸。四十年来,文学始终坚持解放思想,传承发展,借鉴吸纳,与时代同向前行,与社会共进步,和国家同命运,和人民共呼吸,具有鲜明的人民性、时代性和创新性等特征,取得了多方面的杰出成就。

一　改革开放文学的基本品格

（一）思想解放

新时期特别是改革开放以来,我们党在总结文学战线十年“文

革"教训和建国三十年来实践经验的基础上,拨乱反正,实事求是,重新端正了文艺路线,不断解放思想,坚定不移地实施"百花齐放,百家争鸣"方针,积极推进创作自由和学术自由;不再提文学从属于政治,要求在文艺创作、文艺批评领域的行政命令必须废止,对文学作品写什么和怎样写,不要横加干涉;文学要弘扬主旋律,提倡多样化;文学创作必须以人民为中心,也就是要以人民群众作为自己的创作主体、表现主体、鉴赏主体和服务对象,要充分调动和发挥全体作家的创造激情与热情、活力与能力;倡导文学应自觉投身时代伟大实践,自觉传承中华优秀传统文化,弘扬中华美学精神,与时俱进,进行文学的创造性转化与创新性发展,等等。党领导文艺事业方式、方法的重大转变,从根本上奠定了文艺发展比较宽松的政治环境和社会环境,为文学创作生动活泼局面的形成创造了良好的思想条件,塑就了改革开放四十年文学以人民为中心、全面发展、勇于实践、创造创新的品格底色。

在改革开放之前,党和政府强调文艺为政治服务,主要依靠政治运动和行政命令来推动文艺。改革开放后,转变为注重抓导向、抓引导,通过举办培训班研修班研讨会座谈会、评奖评选评论和扶持优秀作家作品创作项目、资助文学对外译介传播等途径,以物质和精神鼓励为主,纠正了文艺从属于政治、是一种阶级斗争工具的片面论调,重视艺术民主和学术民主,文艺创作上提倡百花齐放,文艺评论上提倡百家争鸣,提倡讲道理、说真话。文艺战线上的拨乱反正、解放思想和实事求是路线的确立,重新赋予文学创作和评论以充分的自由,极大地解放了文学生产力,推动了文学的发展。毫无疑问,改革开放四十年文学的第一大特点就是思想解放,各种文学思潮日趋活跃,不断交锋,文学观念不断更新,文学创新成为自觉追求,广大作家和评论家努力展现鲜明个性,寻求艺术突破,造就了时代主旋律高昂响亮、艺术样式精彩纷呈,各民族文学共同繁荣,文学创作多样化、文学评论多元化共存的突出特点。

中国作家协会会员已从改革开放初期的一千三百四十七名增加到目前的一万一千七百零八名;省级会员现有八万多名;我国五十五个少数民族都拥有了自己的书面文学作家。作家管理体制出现多种形式,专业制作家积极改进,作家签约制、合同制、项目制逐步推开,作家队伍活力增强。隐性文学写作者总数在千万人以上。"文革"期间文学报刊几乎全部停刊,改革开放后,不少文学报刊陆续复刊或创刊,一些文学报刊不断扩版扩刊,全国各级各类文学报刊的总数在三千种左右,每年发表的文学作品数十万篇。与此同时,各地陆续恢复或创建文艺出版社,使文艺类出版社总数约五十家,每年出版各种文学作品超过两万种。根据 CIP 国家书号中心向笔者提供的数据,2016 年全国新出版的文学类图书多达五万余种,较 2015 年增长了6%,其中小说七千多部,诗歌三千六百多部,散文五千三百多部,纪实文学九百多部,儿童文学八千二百多部。网络文学经过二十年的发展,目前全国共有五千多家文学网站,各层次写作者超过一千三百万人,其中相对稳定的签约作者接近六十万人,日均更新量超过一亿五千万字,一年推出超过十万部原创网络小说。

(二) 以人为本

改革开放四十年文学中,人的重新觉醒、人的重新发现和人的再启蒙可以说是最重要的一个表现主题。"文学必须回到人本身"成为普遍的自觉意识。人在文学中的主体地位得到了重新确认和确立。文学必须以人为本,以人民为中心,把人作为文学的创造主体、表现主体、鉴赏主体和服务对象。在社会主义中国,人就是人民群众,社会主义文学因此必须以人民群众为自己的表现主体、欣赏主体和服务对象。四十年文学特别注重在人民创造历史的伟大实践中汲取创作源泉,接受艺术滋养,实现艺术创造,注重贴近群众生活,表现人民忧乐,反映人民心声,因此也深受人民大众欢迎,可谓是人民立场、人民性鲜明的文学。四十年文学同时特别强调创作者——作家、评论家的创作主体地位,强调激发他们的创造热情与激情、能力与活力。尊重创作者,尊重艺术,尊重劳动,尊重创造。

二十世纪七十年代末至八十年代末,在改革开放的初期,文学几乎占据了大众文化生活的一半天地,文学轰动效应持久。在那样一个文学黄金时期,从朦胧诗到伤痕小说、反思小说、知青文学、寻根文学、改革文学等,大量的作品人们都耳熟能详,产生了巨大而良好的社会效果。二十世纪九十年代以后,大陆每年出版的原创长篇小说在四百至一千部左右,有人认为近年来每年出版的长篇小说已达五千至八千部。不少小说发行量在五万册以上,更有一些超级畅销作品如《平凡的世界》《白鹿原》《草房子》等,销量超过数百万册。网络文学用户超过三亿五千万,国内四十家主要文学网站提供的作品数量高达一千四百多万种,大批网络文学作品被改编成影视、动漫、游戏等,创造了巨额的利润。青春文学、类型小说、小小说、手机文学等也有广大拥趸。诗歌方面,据不完全统计,每年报刊发表的诗歌在六至七万首,思想和艺术质量高。全国单旧体诗词作者超过一百万人。潜在的诗歌作者和爱好者可谓不计其数。许多诗作特别是歌词,因贴近现实生活而大受普通读者听众的欢迎和喜爱。拥有三亿多读者的童书方面,国内童书创作队伍日渐巩固扩大,创作与销售始终火爆。报告文学方面,许多贴近现实生活、关注国计民生、表现人性人心、令人震惊感动的作品不断引起较大反响，印行、销售数量都相当可观，并不断有作品被改编成电影、电视剧等更直接面向普通受众的强势媒体艺术形式。所有这些文学作品都在丰富和满足人民群众精神文化需求、建设社会主义精神文明等方面发挥了不可替代的作用。

四十年文学最大的成就是让文学得到了回归，回到文学自身，回到了人性人学的基点。一些作家特别重视、关注人的普遍生存。譬如，莫言小说《红高粱家族》《丰乳肥臀》等试图通过强烈的几乎被推至极致的审丑等表现方式，探讨人种的退化和人类的繁衍主题。在他看来，原始生命力才是中华民族最强悍、最具生机的力量，是中华民族的生命之根。他看到这种生命力在现代文明和正统文化的浸淫下渐渐丧失活力，他忧虑"种的退化"，于是像寻找野生稻种一样从自己的故乡去开掘先辈们原始野性的生命情采，试图通过塑造那些敢爱敢恨、敢作敢为、周身流淌着野性之血的农民形象，用气贯长虹的生命元气来荡涤城市和现代文明压抑下退化、萎缩了的现代人生。史铁生的《命若琴弦》《务虚笔记》《我的丁一之旅》探究个体、自我的生命存在形态，哲理性强。张洁的《爱是不能忘记的》《世界上最爱我的那个人去了》探究男女之爱、母女之爱，令人动容。刘恒的一系列小说《狗日的粮食》《伏羲伏羲》《贫嘴张大民的幸福生活》等分别从人的食、性、居等最基本的生理需要出发，探询老百姓在物质与精神双重压抑下畸变、扭曲的生存状况。作者从人的自然存在状态与社会存在状态的交错冲突中来观照人的生存。他要表现的是关于生存、生命繁衍与发展最根本的、带有人类普遍性的主题。作品通过塑造一个个普通的中国农民和小市民形象，所要探询的也是关于人性、人欲、人情等全人类共同的、共通的生命命题。迟子建《世界上所有的夜晚》通过讲述两个失去丈夫的女人相似的悲哀和困苦，揭示人类所共同面临的生存的孤独主题。李佩甫的《等等灵魂》《生命册》等探析生与死、得与失、快与慢，思考快速前行时代的人们的精神灵魂成长问题，体现出深远的忧思。陈彦的《主角》《装台》聚焦小人物的生存处境，烛照大历史的变迁。

有人提出，新时期文学创作的基本母题和主题是反封建①；还有人认为，四十年文学的主题是思想启蒙、文明与愚昧的冲突②。在笔者看来，最近四十年文学的基本主题是社会和人的现代化，是中国人如何摆脱沉重的历史因袭，提升精神境界，实现自身的现代化并推动民族和国家走向现代化。

一批作家试图用文学来展现国家形象，表现带有浓重儒家意味的中华民族人性之美。例如，李锐小说通过吕梁山一群面目苍老、疲惫的农民微缩式地表现他对于中国历史形象的整体把握："成熟得太久了的秋天"③，疲惫、苍老、冰冷，尘垢满身。他认为，"人和人性是活生生的，是一个不断生成的过程"；文学应当拨开那些"外在于人而又高于人的看似神圣的屏蔽，而还给人们一个真实的人的处境"。④他通过细微而丰富的情节和细节，从中国普通农民身上发现人情美，展露人性的光辉，力图表现出如诗如梦幻般的优美。这种美又是地道的中国韵味的美，是追求天人合一、天人化一、和谐融洽境界的美。而像余华《活着》、东西《没有语言的生活》、铁凝《哦，香雪》《永远有多远》、韩少功《爸爸爸》、阿城《棋王》、王安忆《小鲍庄》、汪曾祺《受戒》《大淖记事》、林斤澜《矮凳桥风情》、徐则臣《如果大雪封门》、石

---

① 参见曹文轩：《中国八十年代文学现象研究》，北京：北京大学出版社，1988 年。
② 参见季红真：《文明与愚昧的冲突》，杭州：浙江文艺出版社，1986 年。
③ 李锐：《自序》，《厚土》，杭州：浙江文艺出版社，2000 年。
④ 李锐：《一种自觉》，《厚土》，杭州：浙江文艺出版社，2000 年。

一枫《世间已无陈金芳》这样通过典型人物及典型生存环境，观照人的普遍生存处境、表现人性的中短篇小说在改革开放四十年文学中亦可谓俯拾皆是。贾平凹的许多作品如《浮躁》《秦腔》等则试图努力去把握和概括一段历史时期的社会普遍情绪或时代精神。而陈忠实《白鹿原》、张炜《古船》、路遥《平凡的世界》、张承志《心灵史》等一批长篇小说在某种意义上都可以看作史诗作品。

（三）现实主义的回归

四十年来，文学思潮日趋活跃，伤痕小说、反思小说、寻根文学、知青文学、改革文学、实验小说、新写实小说、女性小说、政治小说、类型小说、私人化写作、低龄化写作、非虚构创作、网络文学、手机文学、科幻文学等各种文学现象层出不穷，各种文学样式、形式技巧异彩纷呈，各种文学观念、文学思潮风起云涌，共同营造了一个兼容并包、开放多元、共享协调的文学生态环境，为文学创作的发展创造了丰厚的土壤。不断优化的文学生态，促生和培育了一大批优秀作家和优秀作品。

在改革开放四十年文学创作中，关注现实、描写现实、反映现实、参与现实的作品占据主流地位，也更为人们所推重和关注。尤其是对现实充满审视式、反思式乃至批判式的描写与反映的现实主义创作，更是常常成为文坛关注和热议的焦点。

现实主义文学创作的一个重大主题是关注人生和社会的痛点。譬如，关于历史上的战争、地震等重大伤亡事件的报告，徐志耕的《南京大屠杀》和何建明的《南京大屠杀全纪实》，钱刚的《唐山大地震》，李洁非的《胡风案中人和事》，寓真的《聂绀弩刑事案件》都是可贵的历史记述，能够引发读者深切的共鸣。反映"非典"事件的杨黎光的

《瘟疫,人类的影子——非典溯源》、徐刚的《国难》,记录汶川特大地震的李鸣生的《震中在人心》、朱玉的《天堂上的云朵》都再现灾难现场,直逼人心人性,带给人强烈的震撼。还有如何建明的《落泪是金》关注贫困大学生生存状况,《爆炸现场》描写天津大爆炸中数以百计的消防员直面巨灾而勇于牺牲的壮烈场面,梅洁的《西部的倾诉》反映西部女性生存的窘境,黄传会的《我的课桌在哪里?》《中国新生代农民工》描写进城农民工子女教育及新一代农民工生存状况,阮梅的《世纪之痛》关注农村留守儿童,杨晓升的《只有1个孩子》关注失独家庭之痛,《我是范雨素》是一个草根者生存困境的自述,冯骥才的《炼狱·天堂》讲述美术家韩美林充满苦难坎坷的人生……所有这些作品都是在揭示社会的一个又一个痛点,意在引起全社会的关切并采取相应举措。有许多作品客观上也发挥了促进问题解决、痛点纾解的作用,推动了社会的进步。

在第七届鲁迅文学奖纪实文学获奖作品中,我们看到,作家对于现实描写的倾心与用力。贫困是中国一个世纪之痛,也是亿万人无法承受的生活之重和最深切的苦痛。纪红建的《乡村国是》通过深入全国十四个贫困连片地区二百零二个村庄的实地踏访,接触访谈了多位扶贫队员、脱贫致富带头人和贫困者代表,试图全景式地展示和描绘这场激动人心的举国脱贫攻坚战大戏。作者以积极参与和在场的姿态,用笔用心用情讲述这段扣人心弦的中国新故事,体现了可贵的社会担当与作家使命。长年致力于生态文学创作的作家徐刚的《大森林》通过讲述森林历史,为我们揭示了一个颠扑不破的真理:人类是从属于自然生态的一部分,人与自然只有和谐共生才能永续发展,契合了绿色发展的时代新理念。许晨的《第四极——中国蛟龙号挑战深海》反映了我国在高新科技和创新方面取得的重大突破,弘扬了自强不息、勇于攻关、奋斗拼搏的中国精神。资深报告文学作家丰收的《西长城》是对新疆生产建设兵团一个甲子历史的生动记录，是献给那些为了祖国团结统一和繁荣富强做出了重大牺牲与奉献的兵团人的一首赞歌。李春雷的《朋友——习近平与贾大山交往纪事》则讲述了领袖和作家十几年不渝的深厚情谊，给人留下了深刻印象。

在小说创作领域，关注现实问题和社会痛点同样是一个热点题材。李佩甫的《等等灵魂》《生命册》等探讨的是社会文明快速发展背景下人们的道德灵魂和精神世界相对滞后的矛盾问题。阎真的《活着之上》探析超越物质欲望和生活层面的精神生存、精神世界，对现实芸芸众生的生存状态进行了反思。这些显然是当下社会的一个巨大痛点，也是改革开放四十年来人文精神领域最值得深刻反思的一个深刻问题。张平的长篇小说新作《重新生活》是一部独特的反腐题材的作品，创作的角度非常新颖，选取的是一个被"双规"以后的市委书记，他给自己的家人，特别是给自己的儿子和姐姐一家带来的灾难性的遭遇，借以反映腐败的恶劣的社会影响。延门市市委书记魏宏刚被"双规"，这是小说的开篇揭开的场景，紧接着，他那像母亲一样的姐姐魏宏枝一家就受到了牵连，生活轨迹从此改变。小说严峻地提出，腐败公然成为一种文化，腐败是一个普遍性的社会问题，不仅仅是官场的腐败，也有学校教育的腐败，还有医疗上的腐败，比如医院的过度医疗，学校的高考工厂式的教育方式，还有像城市管理拆迁过程中的暴力拆迁，种种的腐败，种种的权钱交易……腐败已渗透到社会的每个肌理，令人触目惊心，急需引起疗治的注意。作家的笔锋非常尖锐，对这些社会现实存在的问题都给予了尖锐的批判和鞭笞，体现了鲜明的现实主义精神和品格。

改革开放四十年文学高度重视现实题材，重视贴近时代，关注社会,直面民生,反映现实,表现生活,特别重视文学的社会责任和历史使命。广大作家坚持与时代同行,与人民同心,文学与现实血肉相连,关系密切,注意传承中华民族文以载道、文学参与生活改造社会的传统,恢复了现实主义的优良传统。作家大都具备强烈的社会担当意识,注重在创作中反映文明与愚昧的冲突,表现改革开放时代人的日常生活,表现人道主义,体现人文关怀和人文主义精神,发现与重塑民族灵魂,显示出鲜明的现实主义回归的特征。四十年来最优秀的作家、最优秀的作品几乎都是现实主义的作品。

(四)注重作品的社会效益

改革开放以来,作家普遍增强了自律意识、责任意识、使命意识,注意面对读者写作,认真考虑自己作品的社会影响。作家能够及时顺应人民群众审美情趣的变化,调整和改进自己的创作取向,坚持弘扬时代主旋律,参与构建社会主义核心价值体系,将优秀的精神食粮奉献给人民。二十世纪九十年代以后,受市场经济深刻影响,作家作品、文学报刊出版社等直面市场以后,带来的利是提高了作家直面读者的自觉性,增强了作品的可读性,促进了文学的大众化、通俗化、影视化,使创作与读者紧密勾连,与生活和时代紧密勾连;弊是严肃文学、纯文学、新潮探索实验性文体和文本生存空间狭促,趋于艰难。

改革开放文学更加注重面向国内国外两方面的读者,拓展两个市场的资源。据笔者的不完全统计,改革开放四十年文学的外文译本大约有两千种。对外译介作品中有一部分是由中国政府、出版社及民间组织的,还有不少得到了中国一些翻译工程的资助。

改革开放以来,外国有一批翻译家、汉学家、评论家、学者等对中国文学产生浓厚兴趣,陆续翻译介绍了大量的作品。目前仅国家图书馆收藏的英、法、德、荷、意、西等欧洲语种和日语的改革开放四十年文学外译图书超过一千种,中国有作品被译成西方文字的当代作家超过二百三十位。当然,国家图书馆的外文藏书还很不全面。

从翻译作品语种和数量上看,当代一批实力派中青年作家占据主体地位。其中,莫言小说的外文译本是最多的,有一百多种。其主要的作品特别是长篇小说几乎都已有外文译本。他能摘得诺贝尔文学奖,应该说与瑞典汉学家陈安娜翻译出版了他的《生死疲劳》《红高粱家族》等作品的瑞典文版、美国汉学家葛浩文翻译了其十几部作品的英文本关系很大。苏童、余华、王安忆、王蒙、北岛、多多等的外译作品品种亦较多。从翻译语种上看,改革开放文学已有作品外译语种分布,其中以日文、法文、英文、德文、荷兰文等居多,罗马尼亚文、瑞典文、意大利文、西班牙文、丹麦文和韩文等有相当数量。其他语种译本较少或几乎空缺。从译介作品的文体上看,最多的是小说,占到总数的三分之二以上。其中,长中短篇分布比较均匀。其他体裁除诗歌有相当数量外,外译作品数量都不多。如纪实(报告文学)、散文、戏剧等,一般只有几十部。从译作出版日期上考察,呈逐年迅速递增态势。如国图收藏外译本二十世纪八十年代出版的有一百四十七部,二十世纪九十年代出版的有二百三十部,2000 年以来超过四百部。可见,1978 年以来,外国对中国文学的关注度和重视度在不断攀升。从译者上看,法文译者陈安多(Chen-Andro)、弗朗索瓦·纳乌尔(Françoise Naour)、克劳德·佩恩(Claude Payen)、希尔维尔·让蒂尔(Sylvie Gentil)、诺埃尔与李丽昂·杜特莱(Noël et Liliane Dutrait)、安吉尔·皮诺与伊莎贝尔·哈布(Angel Pino et Isabelle Rabut)、安妮·居里安(Annie Curien)、埃玛纽埃尔·佩许纳

(Emmanuelle Péchenart)、热纳维耶芙·安博-比歇(Geneviève Imbot-Bichet)、韦罗妮克·雅凯-瓦耶(Véronique Jaquet-Woillez),德文译者卡琳·哈塞尔布拉特(Karin Hasselblatt),瑞典文译者马悦然(Göran Malmqvist),荷兰文译者司马令羽(Rint Sybesma),英文译者葛浩文(Howard Goldblatt)、王德威(David Der-wei Wang),日文译者饭塚容、吉田富夫等,都翻译出版了多部中国当代文学作品。从出版商上看,法国阿尔菲利普·皮基耶(Arles Philippe Picquier)、阿尔南行(Actes sud)、巴黎奥利维尔门槛(Seuil)、中国蓝(Bleu de Chine)、巴黎黎明(Editions de l' Aube)、弗拉马里昂(Flammarion)等出版社,德国柏林人与世界(Volk und Welt),荷兰阿姆斯特丹 Meulenhoff,日本东京德间书店、东方书店,美国火奴鲁鲁夏威夷大学、纽约哥伦比亚大学等出版社,都出版了不少中国文学译作。

翻译作品题材内容涉及多方面。中国最优秀的一些文学作品得到了译介,譬如在中国评论界广受好评的作品如长篇小说《白鹿原》《尘埃落定》《芙蓉镇》《活动变人形》《浮躁》《红高粱家族》《长恨歌》以及中篇小说《棋王》《小鲍庄》《人到中年》《黑骏马》《美食家》《爸爸爸》《妻妾成群》,散文《随想录》《干校六记》,诗歌如艾青、北岛、舒婷、顾城的诗等等,都得到了翻译。其次,一批受到大众拥戴和喜爱的作品得到翻译,如《狼图腾》《草房子》《幻城》《三重门》《文化苦旅》等,这些作品在中国的发行量均突破百万册。

根据媒体报道,中国有些作家的译作在国外颇受欢迎。例如,苏童《我的帝王生涯》,莫言《红高粱》《丰乳肥臀》英译本,麦家《解密》的西班牙语译本等在国外曾大受追捧,印数都在一万册以上;余华的《许三观卖血记》在韩国印行了二十万册;姜戎《狼图腾》2005 年以一百万美元版税卖出了全球数十种文字版权,意大利语版本 2007 年初出版在意引起轰动,2008 年英文版出版亦引起广泛关注;彭见明的《那山那人那狗》在日本先后印行了多个版本,据称总销量在十万册以上……

网络文学对外翻译增长迅猛,尤其是对周边国家的版权输出。目前,平均每天有超过一部的网络文学被译介到韩国、日本、泰国、越南、印度尼西亚等国家。专门翻译连载中国网络文学的"武侠世界"英文网站在欧美拥有数十万的读者。

一批中国作家作品在国际上深受肯定和好评,摘取了许多重要奖项。莫言 2012 年摘得诺贝尔文学奖,曹文轩 2016 年摘得国际安徒生奖,刘慈欣 2015 年摘得雨果奖。高行健有争议地获得 2000 年度诺贝尔文学奖,余华、莫言、刘震云、毕飞宇获得过法兰西艺术与文学骑士勋章,余华获得意大利最高文学奖格林扎纳·卡佛文学奖、Bottari Lattes Grinzane 文学奖,余华、迟子建获得澳大利亚悬念句子文学奖,贾平凹获得美国孚飞马文学奖、法国费米娜女评委奖,张炜获得美国总统亚太顾问委员会杰出成就奖,刘震云获得埃及文化最高荣誉奖,毕飞宇获得英仕曼亚洲文学奖,吉狄马加获得南非姆基瓦人道主义奖、波兰雅尼茨基文学奖,巴金、冰心、张洁、王蒙、莫言、苏童、周勍、姜戎等作家也获得过如日本福冈亚洲文化奖、意大利蒙德罗国际文学奖及诺尼诺国际文学奖、德国尤利西斯国际报告文学奖、首届亚洲文学奖等。

国际上,也有许多汉学家、教授学者等相当看好中国改革开放四十年文学。例如,诺贝尔文学奖评委马悦然非常喜欢李锐的作品,几乎把他的每部作品都译成了瑞典文;他还高度评价莫言等人的小说。美国汉学家葛浩文钟爱并长期致力于译介中国改革开放四十年文学,特别是对莫言作品情有独钟,几乎翻译了他的每部长篇小说。法国著名汉学家弗朗索瓦·朱利安认为今天的中国文学已是"真正的文学"。① 法国翻译界近年来相当重视跟踪中国最新的文学作品,译介了大量在题材上具有强烈时代感或地域特色,在思想内涵上具有对人性本质的深刻剖析、凝聚着东方哲学精髓,在艺术手法上有所突破创新或具有鲜明个性特征的中国当代作家作品。许多热爱中国文化的外国留学生等也在潜心研究中国改革开放四十年文学,撰写了一批有深度有影响的论文,翻译介绍了部分作品。莫言获得诺贝尔奖后,德国著名作家马丁·瓦尔泽认为"他是我们这个时代最重要的作家之一,与福克纳并肩";莫言《丰乳肥臀》《酒国》等多部作品的法语译者、普罗旺斯大学中国语言与文学教授诺埃尔·杜特莱说:"我相信诺贝尔奖评委会的成员们没有颁错这个奖项。莫言的作品让任何人都为之动容。"②

　　根据改革开放四十年文学作品改编的电影等艺术作品频频在国际上获奖,在给中国电影、导演、演员等带来巨大国际声誉的同时,也为改革开放四十年文学赢得了荣光。张艺谋、陈凯歌、姜文、谢飞、贾樟柯、顾长卫、张元、王小帅、娄烨等一大批中国导演拍摄的影片屡屡在国际上捧回重要奖杯。而他们的电影大多是根据改革开放四十年文学作品改编的。如张艺谋拍摄的电影,《红高粱》根据莫言《红高粱家族》改编,《大红灯笼高高挂》根据苏童《妻妾成群》改编,《一个都不能少》根据施祥生《天上有个太阳》改编,《活着》根据余华同名小说改编,《秋菊打官司》根据陈源斌《万家诉讼》改编,《菊豆》根据刘恒《伏羲伏羲》改编,《我的父亲母亲》根据鲍十《纪念》改编……陈

---

① 参见:杜特莱《中国当代文学在法国的接受与翻译的困难》,2004 年 6 月 23 日,载于 http://www.yhl.sdu.edu.cn。
② 《中国当代文学走入世界》,《人民日报》,2012 年 10 月 13 日,第 3 版。

凯歌导演的《黄土地》根据柯蓝散文《深谷回声》改编；姜文导演的《阳光灿烂的日子》《鬼子来了》则分别根据王朔《动物凶猛》和尤凤伟《生存》改编。谢飞导演的《本命年》《香魂女》分别根据刘恒小说《黑的雪》和周大新小说《香魂塘畔的香油坊》改编。这些改编成电影的原作及其作者有许多在国内并不是最具影响力、最被评论者和受众所看好的，但拍成电影后，却因其对中国社会现实、历史文化等的关注或对人性、人情的深刻表现而受到了国际评委的褒扬和外国观众的欢迎。

电影等其他形式的艺术几乎皆以文学为母本。电影等艺术作品能在国际上频获大奖，正好印证着其背后的文学母本具备了为世界受众所认可的潜质和卓越不凡的艺术成就，印证着中国改革开放四十年文学完全可以立足于世界优秀文学之林。

（五）重视文学创新

改革开放四十年来，在迎接西方大量涌入的文学思潮的同时，中国文学观念与方法的嬗变、更递与变革一直在进行之中。文学观念创新、主题创新、思想创新、艺术创新成为普遍的自觉追求。而电视、网络、手机等新兴传媒的深远影响，使文学载体、文体样式、内容形式等实现了诸多创新或变革。文学对新媒体的适应，就评论领域而言，就出现了媒体批评、酷评坐大，大众批评和学院批评分野的局面。创作上，网络、博客、手机文学等新样式勃发，悬疑推理、玄幻奇幻、穿越历史、仙侠武侠等类型小说文体涌现。受影视双刃剑影响，利与害并存——影视极大地推动了文学传播，扩大了文学影响，提升了作家知名度；同时文学创作的影视化倾向，过于强调和突出情节推进节奏、矛盾冲突戏剧性场面、人物对话,削弱了人物性格表现、心理描写等文学性特征。

改革开放四十年文学,许多作品艺术表现手法丰富多样,具备自觉的审美追求,赋予作品浓烈的理想主义和浪漫主义色彩,或者运用诗意叙事、散文化叙事,致力于创造跨越文体边界的杂交式文体。有些作家在创作上开始走向成熟,形成了自己独特的语言风格和艺术风格。例如,巴金《随想录》式的凝练晓畅、令人回味不尽的倾诉,贾平凹富有文言韵味的典雅语言,莫言激情汹涌、天马行空的叙事,苏童散发着醇厚历史意蕴的文字,阿来《尘埃落定》令人迷醉的诗意语言,余华《活着》《许三观卖血记》简朴反复的故事讲述……

二 改革开放文学发展阶段

改革开放四十年文学大致可以划分为三个阶段。

第一阶段:1978—1991 年

文学创作出现了井喷,出现了文学大爆炸的轰动效应期。文学基本上还是围绕着意识形态、围绕着时政运转。文学战线拨乱反正,落实政策,解放思想,实事求是,沿承了建国十七年文学文以载道、积极改造社会的传统,坚持并贯彻了"百花齐放,百家争鸣"方针,积极面向世界文学大潮并接受其深刻影响,各种文学现象、思潮、流派此起彼伏,名家名作迭出。文学强调凸显个性,表现出新的价值取向、人格魅力和时代气息。

具有代表性的作家作品如巴金的《随想录》,李準的《黄河东流去》,古华的《芙蓉镇》,王蒙的《活动变人形》,路遥的《平凡的世界》,贾平凹的《浮躁》,张炜的《古船》,张承志的《心灵史》,汪曾祺的短篇小说,北岛、舒婷、顾城等人的诗歌,徐迟的报告文学《哥德巴赫猜想》等。主要流派如:新问题小说(包括伤痕小说、反思小说、大墙文学)、朦胧诗、知青文学、寻根小说(含以邓友梅、陈建功等为代表的京味小说)、改革文学、先锋小说等。

第二阶段:1992—1999 年

文学失去轰动效应,受市场化、全球化和多媒体信息化深刻影响期。文学受到西方现代主义等文学、文化思潮的深刻影响,出现了去中心化、多元化特征;文学不再占据社会文化生活的中心地位。作家创作主体意识进一步增强,注重历史的和文化的视角,语言更加鲜活灵动。作家簇生现象突出:"陕军东征""湘军崛起""中原作家群"等成为标志性事件。一些创作出现私语化倾向,对社会现实关注不足。文学缺乏对社会的自觉担当,缺乏精神力量,进入无法命名的无主潮时代。文学从以作者为中心进入到以读者为中心,创作者、出版者面向读者创作出版文学作品,适应或迎合市场需要的意识增强。与市场、资本、都市结合的欲望化写作、个人化写作(包括女性写作、身体写作、下半身写作)相当盛行。

代表性作家作品如:陈忠实的《白鹿原》,阿来的《尘埃落定》,王安忆的《长恨歌》,莫言的《丰乳肥臀》,贾平凹的《废都》,余华、苏童等人的小说,余秋雨的《文化苦旅》等。主要流派如:新写实小说(原生态文学)、后现代小说、新乡土小说、历史文化大散文。

第三阶段:2000 年以降

新世纪我国逐渐步入信息化、电子化时代,网络文学勃兴,电子文学崛起,文学实现新转型——写作队伍空前壮大,写作、发表自由及空间空前拓展,传播、互动空前便捷和深入。文学走向开放走向世界,进入了一个承认并包容差异的时代。文学创新受到空前鼓励和支持,创作者的价值观念、人文理想、审美意识等有进一步多元化、多样化的倾向。受文学电子化深刻影响,作家成分、文学形态、文学生产机制和传播方式等都产生了重大变革。跨文体、超文体"越境"写作盛行。文学语言的自觉、叙述的自觉大为加强。多数文学作品注意反映时代和社会生活,表现人民群众的主体地位。在马克思主义中国化理论成果的指引下,文学始终坚持社会主义先进文化前进方向,坚持"三贴近"和深入生活扎根人民,坚持张扬民族化特点,创作主旋律继续高昂,保持了比较健康的发展态势。同时,在新传媒条件下,以余秋雨、易中天、于丹等为代表的文化写作受到追捧。

代表性作家作品如:莫言的《生死疲劳》、刘慈欣的《三体》、格非的"江南三部曲"、陈彦的《主角》、韩寒的《三重门》、郭敬明的《幻城》、姜戎的《狼图腾》等。主要流派如:类型小说勃兴,包括奇幻、悬疑、侦破、恐怖、新武侠、新言情、无厘头搞笑、动物小说,打工文学、底层叙事、青春文学、"八零后"写作、网络小说、博客、手机文学、科幻文学等此起彼伏,以读者为导向的文学概念盛行。

三　改革开放文学的经验与启示

(一)四十年文学发展的基本经验

党的文艺方针政策的正确制定、贯彻、落实是文学发展繁荣的思想基础和重要保证。要正确坚持"二为"方向、"双百"方针、"两创"原则，大力弘扬主旋律，提倡多样化；要正确处理好政策原则性与灵动性的关系，坚持以正面倡导和引导为主的策略，提倡艺术民主学术民主，坚持宽容和包容的准则，允许并支持多元多样共存的文学生态的不断发展，对文学创作不横加干涉，扶持少数民族文学、青年文学发展。

作家和评论家比翼齐飞，是文学事业的人才资源，是文学发展的基础，加强和扩大创作队伍建设是文学繁荣的首务。要创造和提供各种条件，帮助作家提高艺术素养、文化学养、品德修养和生活滋养，开拓艺术创作的生活资源、艺术资源和精神资源，积极扶植中青年作家队伍；要综合运用激励机制、扶持机制、工作机制等，推动优秀作品的生产。

创新是文学发展的主要推动力。要坚持创造性转化和创新性发展，充分调动创作者的创造激情和热情、能力与活力，推动艺术探索，促进文学创作的思想创新和艺术创新。新时代呼唤新文学，人民呼唤创新的文学。只有与时俱进、不断创新的文学，才能有效地满足人民群众多样、多变、多元的精神文化需求。

要自觉处理好文学普及与提高的关系、文学大众化与艺术化的关系、通俗文学与严肃文学的关系。文学要积极面向读者，适应或驾驭市场，解决好文学市场化、商品化与保持艺术品位的矛盾。

文学要不断更新观念，主动适应或利用新媒体和文学电子化，适应文学阅读纸质与电子并存、浅阅读、休闲式阅读、读者主动参与式阅读等大众阅读的新变化新特点，不断满足人民群众的精神文化需求。

文学创作的发展始终都要有有效的文学评论相伴随。改革开放以来,文学评论坚持马克思主义指导地位,坚持科学健康说理,紧密结合文学创作的实践发展,追踪潮流走向,剖析作家作品,对作家创作、读者审美总体上产生了引导作用和积极影响。我们要继续致力于建立中国特色社会主义文艺评判体系,更好、更高效地发挥评论的作用,倡导在场的、及物的、剜烂苹果式的批评,真正发挥文艺评论激浊扬清、褒优贬劣的功能,要划清商业化炒作与严肃学术活动之间的界线,纠正文艺评论的各种不良倾向。

生活永远大于文学,鲜活、有生命力的作品大都来自生活。贴近社会现实和群众生活的作品总是深受大众的欢迎和喜爱。要倡导作家更主动地面向现实生活写作,深入群众生活,深入人民的心灵情感世界,更多地描写和表现改革开放时代人民群众的日常生活。

(二) 四十年文学发展的基本规律

"深入生活,扎根人民"是优秀作家成长和优秀作品诞生、文学发展的必由之路。改革开放伟大实践是文学最基本的母题,人民群众生活是文学创作唯一的源泉。作家要从时代实际、人民生活中找寻和汲取创作素材题材、内容主题、诗情画意、艺术语言。文学始终要与时代同步、与人民同心,与时俱进,开拓创新。

以人为本、以人民为中心是文学实现发展的根本要求和创作导向。表现和体现人民的主体地位,作为创作主体的作家积极性、能动性的充分调动与发挥,是文学发展的不竭动力。

文学生态优化是文学发展的必要条件。"百花齐放,百家争鸣"方针的贯彻落实,艺术民主思想解放氛围的营建和保持,包容并蓄的文化生态,都为作家创造了充足的创作自由,为文学发展创造了良好的环境土壤。

中华民族传统文学和文化是文学创作基础性的精神资源和艺术资源,对传统资源必须去粗存精、去伪存真、古为今用。文学要注重传承传统,从民族文学、文化传统以及民间文化中汲取丰富营养,传承中华审美体系。

必须坚持全球化背景下的本土写作,对外来文学、文化必须去糟粕、存精髓,洋为中用,根据中国国情和文学创作的实际,借鉴吸收外国优秀文学、文化精华,用以推动中华民族文学的发展进步。

文学创作的三维度

凸 凹

所谓文学创作的三个维度,用论文的语言来讲,就是世象、书象和心象。世象,通俗地说就是现实生活;书象就是阅读,了解书本的记载;心象是向内心探索。即是说,一是向现实生活要文章,二是向书本要文章,三是向内心要文章。

一 世象

第一个维度叫世象,向现实、向大地要文章。

面向现实生活要文章,实际上就是向生活学习,发现生活中的美和诗意,向脚下的这片土地要文章。文学本质上说,就是状写乡愁的一种样式。文学是与农业文明、乡村文明、乡愁文化密切相关的一种样式,本质上文学是跟农业文明有着血肉相连、不可割舍的本源性的联系。所以,拥有丰富的乡土经验的基层写作者,一定会写出好的文章。

但是,我现在就要说说创作中需要注意的问题,也是乡土文学创作面临的一些困境。虽然我们有最完备的乡土、乡俗、乡园生活,但是基层的创作者,尤其是乡土文学的践行者,往往眼界偏低,匍匐于乡土,醉倒于村俗,为原始的乡愁无限地唱赞歌。描摹乡土上的物事、外形、颜色、味道、功能,纤毫毕现,特别逼真,笔触极为细腻。我身边有很多房山区乡土作家,写故乡的事很陶醉、很用心,写得极端细腻。例如写桑葚,桑树的外形,桑葚的颜色、味道,洋洋洒洒好几千字,而且特别得意,认为是得意之笔,其实他无非是还原了生活的本身,并没有把乡土生活中桑葚所蕴含的东西写出来。我们想,逼真的原生态反映不是文学精神,山峰静美,登就是,干嘛非要写呢?桑葚好吃,吃就是,浪费笔墨写出来有什么意义呢?你把桑葚形状、颜色描绘得再逼真,在植物学家眼里似是而非,不符合植物学的原理,很多知识其实是错误的;在美食家眼里,你的味道描写也不符合味觉发酵的原理,也是似是而非。我所说的意思是,状写乡愁,写乡音物事,不能匍匐于乡土,醉倒于村俗,跟乡土上的物事平行上来、原始上来写。文学是精神创造,要呈现乡土上精神性的东西,而不仅仅是物质性的东西。文学意图就是要呈现出大地、乡村生活里蕴含的深意,呈现出最给我们启迪、最让我们回味、最给我们生命注入营养的东西。

所谓"此处有深意,相对已忘言",这是对俗人所说。"此处有深意,相对要能言",我们要对乡愁的深意发出自己的声音,要能表达,写乡土那些质朴、绚烂背后的深意。用我自己的话说,也归结了个理论,叫"大地道德"。要写土地的伦理、大地的道德、乡村的哲学,我们要在现实生活层面上,有形而上的思考、动作,提炼里面蕴含的深意。

我们也开玩笑,蚊子和蚂蚁都是草芥式的存在,蝼蚁之小都是卑微的存在,但是蚂蚁和蚊子又有区别,蚂蚁是向下接近,在地面匍匐,越用功越钻入地下,进入黑暗,什么都看不见,淹没在自己的生活中。蚊子虽然也卑微,但它有翅膀能飞,飞的高度虽然不高,但它的视野观察是三维的,能看到地面,看到左右,看到天空,在蚊子眼里这个土地就变亮了,多维了,丰富了,复杂了,也有意思了。而蚂蚁越使劲,越走向黑暗,把自己出生地的美好东西都给淹没了,所以说要学蚊子,不学蚂蚁。在看我们的乡土生活的时候,在向现实生活要文章的时候,要有一种什么视角?要审视,或俯视,或回眸,回味乡土上面存在的东西。鲁迅的《朝花夕拾》写乡土,为什么长读不衰,大家感到很解渴,他就是用回望的方式,有了现代理念和城市生活经验以后,反观乡土,有一个反观的视野和审视的角度,不把自己沦陷在乡土同一个地平线上,不匍匐于乡土,醉倒于乡俗,不只限于形象地描摹乡土的形状、颜色、气味,而是要提炼归纳乡土里蕴含的深意,就是乡土上的土地伦理、大地道德、乡村哲学。

形而上、土地上也能出现高大上、洋气熏然的东西。这点我给大家举个例子:大地道德是一个丰厚的存在,也是一个最容易被我们漠视的存在。但是,在土地上处处有道理,处处有哲理,或者说处处有金句。写诗要有诗眼,写文章要有金句,有几个金句,会让人一下子记住,朗朗上口,你的文章就活了,就传播了。大地上,其实静态的就存在很多哲理,能产生很多金句,只是因为我们太匍匐于大地了,不会用审视、回望、反观、提炼、归纳的眼光去看,所以把这些宝贵的东西、这些金句丢了。大地伦理最基本的提炼就是本分。我们老家百花山下,最偏僻的、长期人迹罕至的一个深山沟里,长着一种植物,叫山海棠,它不被人发现,不被欣赏,或者淡忘了,也不放弃,尽管人们看不到它,但是它依然长得非常青翠,花朵依然绽放得非常灿烂。一个偶然的机会,我踏入这处山坳,发现这种植物,我被震撼了。这么幽密偏僻的地界,居然有这么美丽的植物在生长,我当时就很感慨。回家我说给爷爷听,爷爷对我说:"这你就不懂了。它生为海棠,就是要生长,要开放。不论人看得到或看不到,它都尽它生长开放的职责,尽它应尽的本分。长得好不好,是花儿的事;能不能被发现,能不能被欣赏,是人的事。"我们描述山海棠,如果仅仅是描写它的外形,述说它长得如何青翠,鲜花绽放得如何灿烂,也只能是一种生动的描绘。它其中蕴含着的深意更需要挖掘,即大地万物都在努力尽着自己的本分,不期待被人发现,也不期待被人欣赏,它无言,但存在。

所以说,记录土地上的故事,做到像蚊子一样地审视、反观、回眸,采用提炼、归纳的手段,譬如"穗实者低头,虚空者招摇","大水无波,小水喧哗","负重者身矮,轻飘者摇曳",等等。大地上遍地是金句,只要在大地上随手舀一瓢,拣一瓦,于是现实生活中的文章就会源源不断地来到笔端,助你实现"此处有深意,鄙人能尽言"。

二　书象

第二个维度叫书象,向书本要文章。

首先,阅读很重要,不能只在"读书日"当天重视。读书对于写作者而言应该是一个常态。好比早餐、中餐、晚餐,像水,它是一种常态,不用刻意强调。不读书怎么搞写作,所以必须要读书。过去说

"行万里路,读万卷书",但现在看来,因为科技的发达,"行万里路"很容易实现,但"读万卷书"更重要。比如,虽然我没有亲自去过巴黎、伦敦,但通过阅读,我对巴黎的风土人情了如指掌,甚至比去过巴黎旅游的人了解得还要详细。所以说,要读书,从书本里要文章。因为我们每个人生活经历、生命体验很有限,每个人都生活在自己的空间里,人只能活一辈子,百年之后生命就终止。人的生命长度有限,人的生活见闻也都是很有限的,自己的生命体验、生活见闻一旦写完了就没得写了。现在有些人的写作就是原始写作,写自己所见到的,一旦写完就枯竭了。如果只按自己的生活经验去写,总有一天会江郎才尽。但是,书可以让你知道天下事。如果每人活一辈子写一本书,这是自己的人生经验;你要是读一千本书,就好比活了一千辈子,有一千种人生经验。当你花力气博览群书,从古到今、从中到外全掌握了,从书本里吸收、摘取蕴含的生活体验、生活经历和思想结晶,那就把古今中外的生活体验融合在一起,这些融合会让你有无限的感受。这些经验一旦融合,会不留痕迹地变成自己的言说,你会实现一种无缝的"抄袭",巴黎诗人的诗集,俄罗斯作家的散文,顺手拈来。所以说,读书对写作者来说是维他命,是基本功,是写作者不竭的源泉。现在有些作家放言说不读当代人的作品,这种人就显得很狂妄,都是当代人,但生活的领域却不同,读别人的书是开阔你的视野,增长你的见识,让不同人生的体验在你这里融合,使你更加丰厚。

其次,至于选择读什么书,以我的体验,首先要读世界经典名著。要想使自己的写作能力提高,写得长久,一定要读世界名著。世界名著是经时间淘沥出来的,真正的精品,不仅是被人心,也是被时空和岁月检验出来的真品,你无法超越。什么叫经典?经典蕴含着人类典型的感情、典型的思想、典型的人性状态、典型的思维习惯,提供了人类从古到今的情感广度和思想深度。它能告诉你，前人已经写到什么程度了，人的思考水平、思维能力已经达到怎样的深度、怎样的高度。它还会告诉你，对人性的解读到了什么样的广度。掌握了经典，写作的时候就有了起点，因为它给你的写作建立了一个科学的坐标。以前有人已经写过了，已经写得很彻底了，我们再写，文章要存活，就要站在巨人的肩膀上，在前人的基础上往上走，写出新的内容。如果前人的写作已经到了一定的深度和高度，你不闻不问，目空一切，还要从头写起，写出一篇小文，认为自己太棒了，真有才，能写出这样的文章。但是一回头，看看经典之作，人家早就这么写了，比你写得还真，表达得还透彻、还好，你的写作可能就价值不大，无法超越经典。这就是说，经典著作为人们的写作提供了一个坐标，你完全没有必要再重复，费虚工，浪费生命。一定要重开炉灶，创新构思，写出新意。如果不读经典，拿起笔就写，那就走不远。

阅读是写作的故乡，这句话太棒了：没有阅读的作家走不远，出了门就像小鱼出了水缸。经典，就是生命的原点、伦理的基点、人性的起点，包括这个乡愁的写法。经典名作是创作的基点，个人创作的起点。所以，写作者必须读书，且要读经典，为自己找准坐标。

再次，读经典不是随随便便翻几本书。说说这个博览和精读的关系。在作家这儿，我有一个看法，也许是谬论，但是很管用。做学问的，可以猫着劲儿精读。但是作家没有必要抱着一本书，死乞白赖地啃，研究，看得很深，精读。而我认为作家更需要的是博览，什么书都要读，哪怕是一个印着字儿的破纸片，比如旅游指南。为什么这么说？我写过一本书，叫《欢喜佛》，其中的女主人公要去四川绵阳旅游，怎么把它写得像？我就四处找相关的材料，了解当地的民俗风情、特产等。我没去过，但我非常了解。有人给作家一个特别神圣的称号,叫作"坐行者"。我非常认可这个称号,就是坐着不动就能行千里万里,知古今中外。正如俗语所说:"秀才不出门,能知天下事。"博览的效果就是什么文章都能写。

三　心象

心象,即向自己的内心要文章。

人的大脑在物态上,有各种沟渠、棱角等等,构造非常复杂。但人的一生,从生到死,对于大脑功能的开发和利用不到百分之十五,剩下的百分之八十五都浪费了。如果大脑的功能真能全部开发了,庸人也可以变成天才。会用脑子的人越用越聪明,相反则越呆越臃肿,所以人要善于思考。写到最后,人们都不屑于向现实和书本要文章了,而是向自己内心要文章。许多作家不出门,没有接触社会,却写出了非常杰出的作品。现在提倡要"深入群众,扎根基层",说"活水源头"在于体验生活,但有的作家就是坐在书斋里开发自己的大脑。大脑有一个功能,充满想象力。如果把人的想象功能开发了,不论是冥想、猜想、玄想,都是高超的想象力,它是创作的第一生产力。我们中国古代的小说就充满了想象,文章里出现了千里眼、顺风耳。在那时候可能只是一种玄想,太科幻了,但是现在变成了现实,咱们每个人身边都有了千里眼和顺风耳,比如移动通讯、微信视频、监听监控设备等等。再比如说,卡夫卡,他是一方小职员,也不怎么接触社会,但他写出了著名的《变形记》,被奉为现代小说的鼻祖、现代小说之父。这部小说把主人公幻变成甲虫,在甲虫的形体状态下,用甲虫的思维逻辑来体验和看待人生,写得非常棒,太真实了。这就是想象的产物。文学,就是要创造一个自我心灵上的纪念碑。从作家心灵上生长出来的建筑是文字建筑,构造的是文字帝国。这个靠作家想象力创造出来的文字世界,常常比现实存在的世界更丰富、更幽深、更接近人性本质。卡夫卡是作家的圭臬和榜样,谁的写作要像他,谁就会被高看。为什么他的《变形记》受到全世界的喜欢? 因为他验证了马克思、恩格斯《1844 年经济学哲学手稿》里的一个论断,即劳动的本质是创造美和创造人类的自由。可是人们对物质追求的最大化,把人的不需要变成需要。其实人自身生存下来的需求很少,有一套单元房、一张床,日子也能过得不错,可是人们还要追求别墅、山庄、庄园,无限地去掠夺,人们在这种奢华的追求中物化了。人成了物质和金钱的奴隶,这样的人就好比是甲虫,盖子将自己罩住,失去了行动自由,失去了心灵自由,失去了人性自由。马克思的论断在这篇小说中得到印证。这种想象力就是把人大脑中那种潜力开发出来了。所以大家一定要向自己的内心要文章。静下来思考,看自己的内心,就会发现平时想不到的,突然就顿悟了。我提示大家要学会思考,也许大家觉得这句话太冠冕堂皇了。其实,思考就是要让人静下来向自己的内心看。看看有什么样的真实想法? 有什么样的困惑? 有什么样的感悟? 怎么去化解困惑? 通过逻辑思考找到出路,找出路的过程中就会对事物产生新的想法。其实每个人都有思考能力,就是有些人不用大脑,别人说什么他就说什么,人云亦云。现在一些网络信息的传播代替了人们的思考,代替了向自己内心要主意、要说法。如果形成习惯,天天向自己内心要思考,要说法,要结论,慢慢地就能成为思想家。自己最知道自己的真实状态,向自己的内心要答案,这就是思想。人的大脑只要一开发,玄妙的语言、玄妙的情景、玄妙的人物就都来了。马上记录下来,这就是向冥想要文章。

　　我在写小说之前就会将自己关在小屋里去想。当黄昏降临,我静静地坐在小屋里,面对四壁昏暗,放任自己的想象。此刻的坐等很有意义,许多人、场景和思绪都来了。将自己想到的、觉得有意义的记下来就是一篇小说;将想到的一些奇思妙语记下来,就是一篇散文。想写作就要下真功夫,多观察社会,多阅读。最重要的,是要能够耐得住寂寞,能静下心来,远离喧嚣的世界、表面的繁华、外面的诱惑,退居一个小屋独处,让灵魂登场,忍受孤独,静心思考,得到好的文思,收获心灵成果。这就是心象,向内心要文章。

讲述中国故事与中国经验的文化前提

张慧瑜

改革开放四十年来,中国发生了巨大变化。这四十年对于中国漫长的历史来说非常短暂,但对中国的改变确实是关键时期。通过对内改革、对外开放,中国经济实现了高速起飞,也基本完成了近代以来梦寐以求的现代化目标,从传统中国变成现代中国。中国的城镇化率已经超过50%,使得几亿人变成工业人口,如此短的时期、实现如此大规模的现代化,在人类发展史上也是非常罕见的。这意味着二十世纪八十年代以来讲述中国故事和中国经验的前提发生了变化,这既需要改变那种对传统中国的激烈批判态度,又需要调整对西方现代性的盲目崇拜。我想从传统与现代、中国与西方的角度来呈现当下的中国故事。

一 现代中国的浮现

在二十世纪八十年代前后,在传统与现代的框架下,中国被认为是未完成现代化的传统中国。这是"五四"以来形成的基本问题意识,在七八十年代之交的"拨乱反正"时期,这种五四意识又成为八十年代推动改革的文化动员。在这种文化意识之下,形成了两种文化心理:一是文化自卑感,也就是对传统的批判和反思,甚至出现了激烈的反传统思潮,因为传统意味着落后、愚昧和非现代;第二是现代焦虑症,就是对现代的强烈渴望和追求,以至于在现代中国文化中很少出现对现代的反思和批判,现代以及与现代相关的科学、科技、理性、现代化等概念都是正面的词汇。正是受到这种把中国指认为传统、把西方指认为现代的意识,八十年代的电影《黄土地》(1984年)重新把中国呈现为一个几千年来都凝固不变的文明形态,是一种压抑人的、没有希望的、从来不会被改变的陆地文明,即便八路军战士顾青来到黄土地,依然无法改变翠巧的命运,这种八十年代对革命历史故事的重新改写服务于重新现代化的启蒙叙事。九十年代中国历史,尤其是革命历史的叙述,往往放置在西方人的视角之下,如《红河谷》(1996年)、《黄河绝恋》(1999年)、《红色恋人》(1999年)等。新世纪以来在"大国崛起""复兴之路"等新一轮关于中国史的重述中,中国开始呈现为一种作为民族国家的"现代主体"的位置,一个拥有悠久历史和传统并在近代遭遇现代化的历史中逐渐实现了现代化的新主体。

2015 年,中国与法国联合制作的电影大片《狼图腾》由擅长拍摄动物题材的法国导演让·雅克·阿诺执导,改编自 2004 年出版的同名畅销小说。《狼图腾》让很多网友想起 1989 年好莱坞经典西部片《与狼共舞》,一个白人中尉来到印第安部落,发现原始部落不是愚昧、残暴的吃人族,而是充满了团结友爱、高尚品德的大家庭。通过把他者、异族建构为神秘的、野性的、传统的文明形态,来反思具有扩张、剥削色彩的现代城市文明。尤其是二十世纪六七十年代,西方发达国家完成从工业社会向后工业社会的转型,更推崇一种去工业化的生态主义美学。在这种观念支撑下,前现代的时间(如农耕文明、中世纪)和空间(如农村、西部荒原等)都被书写为自然和谐的伊甸园。与西方原发现代性国家不同,中国近代以来一直是被征服和被殖民的对象,也就是说中国就是殖民故事中的他者。因此,中国故事经常以弱者、前现代主体的角度来讲述,中国无法像西方那样自然占据现代主体的位置。而《狼图腾》的出现则意味着中国终于从前现代主体变成了现代的、后工业的主体,这恐怕迎合着近些年中国经济崛起的大背景。从这个角度来说,电影版比小说版更加有效地完成了这种主体身份的转换,中国电影也能像好莱坞那样讲述与西方没有本质差异的故事,这也有利于推动中国电影被西方观众接受和认同。

近些年还出现了一批魔幻、奇幻大片,如《九层妖塔》(2015 年)、《寻龙诀》(2015 年)、《盗墓笔记》(2016 年)、《鬼吹灯:精绝古城》(2017 年)等根据网络文学改编的盗墓影视剧。这些作品虽然受到原小说拥趸的批评,认为从特技到情节都无法表现原小说的精髓,但是有趣之处却在于把毛泽东时代与魔幻故事结合起来,改变了八十年代以来把当代历史讲述为伤痕和历史反思的策略,借助寻宝、盗宝模式把当代历史奇幻化,这本身是一种很有意义的本土商业化的尝试。比如《九层妖塔》的前半部分,一方面是"文革"后期科考队员在昆仑山腹地进行艰苦的探险,就像电影《狼图腾》中把毛泽东时代表现为高速现代化的时代,这部电影中的科技工作者也像好莱坞电影里的科学家、考古学家或殖民者一样;另一方面,在高度写实的社会背景下,神秘的幽灵世界开始浮现。这种当代历史图景与魔幻世界最后交汇于一座废弃的石油小镇,出现了好莱坞电影中常见的不明生物与现代人类的战斗。2017年初,腾讯投资的网络独播剧《鬼吹灯:精绝古城》热播,点击量超过四十亿人次,这显示了移动互联网和手机等新媒体在文化传播领域的影响力。这部网剧的成功具有重要的文化意味,这不仅是一部中国版的印第安纳・琼斯式的《夺宝奇兵》,更重要的是借摸金校尉胡八一知青、越战老兵的身份把中国当代史镶嵌到寻宝、探险的故事里,从而使得五十年代到七十年代的革命历史与八十年代改革开放的历史对接起来,并用这种对未知、他者之地的探险来表达一种现代精神。

2017年小成本青春片《闪光少女》则征用轻盈的二次元文化改写八十年代的另一种传统与现代的文化逻辑。《闪光少女》讲述了音乐学院的高中生进行西洋乐器和民族乐器斗法的故事,最终看似不时尚、无人问津的民族乐器却"以弱胜强",大放异彩。2016年也上映了一部讲述民族音乐在当代社会生存境遇的电影,这就是第四代导演吴天明的遗作《百鸟朝凤》。这两部作品的影像风格和价值表达截然不同,《百鸟朝凤》依然沿用八十年代现实主义电影的语言,乡土空间与唢呐所代表的传统文化是一种非现代的、非城市的文化价值,也就是说,传统与现代、乡村与城市处在一种激烈对抗的状态,唢呐艺人焦三爷及其所坚守的"百鸟朝凤"只能给德高望重的逝者演奏的价值,都成为一抹即将消失的文化乡愁。

而《闪光少女》则不然,西洋乐器和民族乐器所代表的不再是现代与传统的冲突,而是两种不一样的演出风格,甚至能演奏出"百鸟朝凤"的唢呐成为打败"乐器之王"钢琴的撒手锏。这种对于民乐的推崇与二次元文化"嫁接"起来,使得"二点五次元"乐队不仅不代表着落后、保守,反而是既新潮又有文化底蕴的中国古风。在这里,现代化的焦虑感消逝了,传统是已然现代化的中国人建构自我认同和文化身份的华丽外衣。

中国变成了现代主体,传统也获得新的意义,成为一种与现代不再冲突的文化遗产,或者说正因为中国有着悠久的历史和文明,才使得中国可以完成现代化。这种现代主体对于中国来说,是一种新的文化经验,显示了中国克服了近代以来的文化自卑感和现代焦虑感,开始用现代中国的主体来讲述故事。

二　中国的"世界"视野的转变

近代以来,中国从帝国蜕变为现代民族国家,以中国为中心的天下观也变成由不同的民族国家组成的世界观。八十年代以来中国的世界想象发生了转变,从五十到七十年代的国际主义世界维度转变为八十年代的民族国家叙事。在冷战割据的大背景下,中国拥有一种超越民族国家的国际主义以及"解放全天下三分之二的受苦人"的人类视角,而八十年代在普世的现代、西方的参照下,中国又变成了充满特殊性和差异性的民族国家故事。这种文化逻辑下出现了两种中国故事,一是把自己指认为贫穷、落后的"黄土地",通过激烈的自我批判来完成中国的民族化、民俗化和东方化,如《黄土地》(1984年)、《红高粱》(1987年)、《菊豆》(1990年)、《五魁》(1993年)等;第二种是追逐"蔚蓝色文明""海洋文明",把世界简化为西方和美国,如电视剧《北京人在纽约》(1993年),贺岁片《不见不散》(1999年),电影《北京遇上西雅图》(2013年)和《中国合伙人》(2013)等,这两种中国故事又是一体两面,中国是传统的、非现代的价值,西方、美国是现代的、理想的所在。

近些年中国经济崛起、逐渐成为全球第二大经济体,这种中国与西方二元对立的世界图景开始出现新的变化,除了作为发达国家的欧美世界之外,也出现了东南亚、中东、非洲等第三世界或发展中国家的身影,如电影《泰囧》(2012年)、《湄公河行动》(2016年)、《战狼2》(2017年)、《红海行动》(2018年)等都反映中国与这些地区有着密切的经贸关系。随着中国成为世界加工厂以及工业产品出口国,中国游客、商人、工人开始遍布全球。在这些电影中,中国从落后的、愚昧的主体变成了现代的、文明的代表,这些发展中国家则是欠发达的、非文明的地方,中国开始占据曾经是西方、现代、白人的文化位置,变成一个现代化的主体。

2015年暑期档的《战狼》和2016年国庆档的《湄公河行动》分别取得了五亿多和十一亿多的票房。这些影片的成功一方面是把传统的军事题材影片动作片化,另一方面又用商业片的方式传递了主流价值观。《战狼》把个人英雄主义与爱国主义精神紧密融合起来,这种个人英雄主义与为国打仗的军事行动之间是合二为一的,实现人性价值与军事行动的统一。在《战狼》中有一句经典台词就是"犯我中华者,虽远必诛",据说这句话来自西汉抗匈名将陈汤,原文是"明犯强汉者,虽远必诛",这是一种强烈的国家主义(爱国主义)的表述,通过对敌人的消灭,来确认自我的主体身份。《湄公河行动》改编自 2011 年中国公民在湄公河遇难的真实案件,正面呈现了中国警察到境外抓捕国际毒贩的故事。与之前影视作品中大义凛然的警察形象不同,这部电影由大陆硬汉张涵予扮演的有勇有谋的警察与台湾演员彭于晏扮演的智勇双全的卧底组成了"喋血双雄",他们不再是赤手空拳勇斗歹徒或"小米加步枪"式的游击队,而更像是被先进装备"武装到牙齿"的美式突击队员,其行动模式也是分工明确、各具特色的小分队模式。更重要的是,这种一场接一场紧张刺激的商业类型与誓死捍卫公民生命安全的主流价值之间实现了无缝对接,就像同类型的好莱坞电影一样,既表现了个人主义的孤胆英雄,又传递出保护个体生命安全的主流价值。只是相比好莱坞大片中动辄保卫人类的普世主义和对战争的反思,《湄公河行动》还是以国家主义、爱国主义为底色。对于刚刚崛起的中国来说,这种主动出击、境外作战、为无辜受害的中国人讨还正义的行动本身已经彰显了中国崛起的大国地位和国家自信。

2017 年出现两部展现中国孤胆英雄的电影,都以中国人在非洲为剧情,分别是《中国推销员》和《战狼2》。相比九十年代初期以电视剧《北京人在纽约》为代表的中国人在西方发达国家实现美国梦的故事,今日的中国人在落后、混乱的非洲成了现代、先进和文明的代表。这些电影都是中国资本投资、中国男演员也是绝对的男一号,而大部分演员是外籍,外景地也是在非洲拍摄完成,显示了中国电影产业运作国际题材的实力。《中国推销员》讲述了中国电信公司在非洲某国推销电信产品的故事,这一方面显示了中国在电信等高端技术领域的实力,另一方面也传递了中国人的价值观比过去的西方殖民者更能帮助非洲国家完成现代化治理。2017 年暑期档上映的军事题材大片《战狼2》不仅创造了56.83亿的国产电影最高票房,而且成为少有的受到跨区域、跨年龄欢迎的全民电影。"战狼"系列的成功有点措手不及,但又恰逢其时。首先,吴京扮演的冷锋塑造了新的中国特种兵形象。相比之前的中国军人,不是吃苦耐劳、艰苦朴素,就是严守命令、不怕牺牲,冷锋则是个性张扬、武艺高强、以一敌百,更像是"路见不平一声吼"的绿林好汉。更重要的转变是,冷锋不再是以弱胜强、小米加步枪时代的军人,而是冷兵器、热兵器样样精通的特种兵,是打不败、无所不能的强者,这种个人主义英雄与好莱坞电影中的"钢铁侠"和"美国队长"类似;其次,《战狼2》呈现了一种新的国际视野。不是城市反恐,也不是边境抓毒枭,而是在非洲大陆与雇佣军作战,这带出来新世纪以来尤其是中国经济崛起之后中国资本和劳动力走向非洲的大背景,如电影中有中国人开的超市,也有中国民营资本投资的工厂,冷锋是这些中国海外利益的保护者,也显示了国家特种兵、民营资本、普通民众的融合;第三,冷锋代表着一种中国主体和国家身份,这不只体现在冷锋背后有中国海军舰队做后援,而是冷锋面对美国护士所表现出来的自信以及冷锋铲除欧洲雇佣军时的自豪,这改变了近代以来积弱积贫的中国形象,中国也成为名副其实的大国,或者强国。这种强者、强盛国家的情怀从观众买票看电影的行为中也可以看出。

不过,《战狼2》等电影依然有一些混杂性,比如冷锋所保护的除了民营资本所开的工厂,还有中国援助非洲的医院,这带出了二十世纪五六十年代以来中国在社会主义、国际主义和第三世界的立场上,支持亚非拉人民进行现代化建设的历史。影片结尾处,冷锋打着国旗顺利穿过交战区,这种非洲对中国兄弟的认同,也来自中国援助非洲的历史,这是与西方大航海以来殖民非洲、掠夺非洲不同的经验。

因此,《战狼2》的成功具有双重文化意义,一是显示了中国走向海外的事实,并非常自信地把中国表现为一个强者的形象;二是显示了一种个人对国家的认同,不再是个人牺牲自己、赢得国家、组织的认可,而是个人主义与国家主义的统一。2018年初上映的《红海行动》讲述的是中国海军特种兵从中东战乱之地拯救难民和撤侨的故事,采用了好莱坞商业大片的模式,用大场面和激烈的战斗场景来凸显中国军人的勇猛和意志。这些电影既与中国资本和劳动力十余年来深入中东、非洲等地区有关,又与中国崛起时代新的国家形象的塑造有关。从这里也可以看出,越来越成熟的中国商业电影开始主动配合新的国家战略,这些也都是中国崛起时代所浮现出来的一种新的中国经验。

结　语

2008年西方遭遇经济危机,2011年中国超过日本成为全球第二大经济体,中国道路、中国模式开始从学术界的精英话题扩散为一种普遍的社会情绪,再加上西方经济危机所引发的社会革命、政治危机,一种混杂着国家主义、民族主义、工业主义的新的中国认同逐渐浮现,这扭转了八十年代以来对中国体制的不自信,甚至在青年网络群体中出现自干五、小粉红、工业党等命名方式。从这些自觉、不自觉地表现大国意识、现代主体的流行文本中,可以感受人们(包括青年人)对体制、国家有了更多理解和认同,也对中国制度有了些许自信。这种混合了悠久的古代文明、不屈不挠的现代精神和经济硬实力的当代中国,确实是一种近代以来完全崭新的经验。也正是在这个意义上,中国开始扭转百余年来激烈的反传统和自我否定,尝试"回收"、追认曾经被遗忘的灿烂与辉煌。至于中国能否把现代也纳入中华文明之河,就像历史上的几次文明交汇一样,应该还有很长的路要走。

北京,请再引领一次电视剧新潮流

曾庆瑞

我们聚会在一起谈论"改革开放四十年的北京文艺"这个很大的话题,可以做很多大文章。从北京市文艺评论家协会这个角度,我们站在今天,回看历史,眺望未来,就电视剧艺术和我们电视剧评论家的关系而言,我谈四点看法,就教于各位,请各位不吝指教。这四点看法是:

一、北京电视剧,四十年改革开放,一路辉煌,也曾一再风急浪高!

二、今日电视剧寒冬,非一日之寒;但冬天来了,春天还会远吗?

三、当今之世,再引领一次电视剧潮流,走出寒冬,非北京莫属!

四、走出当下电视剧寒冬的阳光大道,就是全心全意为人民创作!

我只说看法,尽量不展开了。

第一是说,北京电视剧,四十年改革开放,一路辉煌,也曾一再风急浪高!

这一路辉煌,大家有目共睹。四十年来,北京以自己独具的、综合的、强大无比的优势为中国电视剧的灿烂辉煌,贡献了全中国任何一个城市都无法比拟的力量,也因此获得了谁也不能攀比的无上荣光和令人们艳羡的最高奖赏。说起来,无非就是人多,特别是有本事的编导演造型艺术家多;作品多,特别是各种题材各种类型的优秀作品,以至于精品力作甚至高原上的高峰作品绝大多数都出自北京。我们可以用几句话来概括一下这样的成就——北京的电视剧文学家、艺术家、理论家、评论家、教育家、企业家、管理工作者、媒体工作者,改革开放四十年里,和我们的时代,我们的社会,我们的国家,一路同行,齐心协力,推动这种电视剧艺术趋向成熟。这有两个标志:一个是,它用电视画面描绘了改革开放四十年的历史风云,谱写了中华民族伟大复兴的英雄史诗,其连续性的大规模的成就无可替代;再一个是,它寻找到了展开这种描绘和谱写所需要的最好的艺术形式,并且发展成熟为我们这个时代所有文学艺术现象中带有标志性身份、地位和作用、影响的一种文学艺术样式,其综合性的高水平上的辉煌无与伦比。现在,中国电视剧的盛世景象和泱泱大国的气派,它的时代宠儿的容颜和身姿,已经十分清晰地展示在我们面前。可以说,当今中国,在国家和民族的总体文化艺术系列里,在国民的文化艺术生活里,电视剧文学艺术已经具有了一种特殊的地位,已经成为标举我们这个时代的文学艺术现象的一个全新的重要的标志;正在引领我们这个时代的文学艺术为践行社会主义核心价值观而奋斗;也正在引领我们这个时代的文学艺术为凝练社会主义美学品格努力实践;它已经日益成为推动我们这个时代的文化大发展、大繁荣的最活跃的力量之一。

所谓"已经成为标举我们这个时代的文学艺术现象的一个全新

的重要的标志"，是说，就像我们用诗经楚辞、先秦散文、汉魏乐府以及唐诗、宋词、元曲、明清小说，标举了相应历史时期的文学艺术那样，在现当代文学以新诗、小说、散文和戏剧标举了1917年到二十世纪末八十多年的文学艺术之后，可以说，现在，人们已经可以清晰地分辨出来，电视剧文学艺术正在以它的一种"王者气势"，雄踞于新世纪中国各种文学艺术群峰之巅，越来越成为标举我们眼下这个时代的文学艺术现象的一个全新的重要的标志。这种"王者气势"找到了讲好什么样的中国故事，以及怎样讲好这样的中国故事的道路和方法，用作品谱写了这四十年盛世中华的赞歌，吟诵了这四十年中国人的英雄诗篇，也推动了这个艺术事业和文化产业的发展。

这样的成就，使得它在我们的社会生活里发挥的作用简直是难以想象的。举一个例子就足以说明。汶川地震的时候，有报道说，一些被压在倒塌房子底下的孩子，互相鼓励的话竟然是："别害怕，许三多叔叔一定会来救我们的！"许三多是谁？电视剧《士兵突击》里的一个艺术典型、一个人物啊！一部电视剧竟然这样深入人心！竟然能够在突发的自然灾害面前发挥这样巨大的作用，这样深入人心！请问，古往今来，有过哪一部文艺作品收获了这样的灿烂辉煌！再就是，这样的成就使得它给人们提供了无可替代的审美的艺术享受。记得电视剧《长征》参加电视剧金鹰奖评奖的那一年吧？在观众投票的那一部分里，谁都没有想到，《长征》得票高居榜首！除了长征故事的强大震撼力，不能不说是这部电视剧的完美的史诗叙事艺术极大地感染了广大观众。

这四十年下来，到今天看，还有一个重大的成就，是在继续前进的道路上，我们具有一种"鹿回头"的精神，这种精神，使我们回望来路，检讨路走错了没有，发现走错了就下决心纠正。现在，我们终于发现了,在取得巨大成就的同时,我们还有很多问题。2017 年的"五部委十四条"电视剧"新政",就是一次对存在问题的清理。2018 年 4 月的宁波"北仑会议",电视剧规划会议,国家广电总局聂辰席局长在他长达一万五千字的讲话里提出"把握高质量发展这个根本要求,推动中国电视剧在新时代焕发新气象,实现新作为"。他从五个方面论述了"高质量发展"的含义和目标。他讲的头一个要点就是"直面问题"。这是很可贵的清醒!

什么问题呢? 借用原广电部长、文化部长,现中国文学艺术界联合会名誉主席孙家正同志在南京的一次公开讲话说,就是在看到了空前的灿烂辉煌的同时,还可以看到空前的黑暗和肮脏。

现在都说,当下的电视剧寒冬都是因为崔永元举报了范冰冰、冯小刚的问题造成的。这是一个极大的误会。

人们都知道,冰冻三尺非一日之寒。我 10 月 28 日上午在山东第七届文博会的影视产业发展论坛上,下午在山东艺术学院六十年校庆讲座上,都说了,现在的寒冬是"厄运难逃,命有一劫"。

世界上,对于电视的威力,早就有人担心、恐惧和不知所措,认为,它的发展是需要控制的。就说电视剧吧,我们中国的电视剧,偏偏就有一个比较长的时间没有控制好。

从 1993 年到现在,二十五年里有三次病态文艺思潮的偷袭。第一次是 1993 年 5 月,北京怀柔雁栖湖"通俗剧研讨会"上,西方后现代主义思潮大举偷袭,电视剧被定位为"满足人们当下即刻的感官冲动"的按配方制作的娱乐产品。第二次是七年后的 2000 年新世纪伊始,清华大学教授尹鸿在京城里两本相当权威的杂志上发表两篇文章,鼓吹电视剧的定位是"政治娱乐化"。第三次,再过十四年,到 2014 年,还是尹鸿,又提出了一个荒谬的伪命题"轻时代"论,鼓吹电视剧不要关注时代和社会的重大问题，故事、调性、制作、队伍都要"轻"，"轻"到电视剧"改朝换代"。同样，电影也要"轻"。

　　虽然，1993 年以来，每一个回合，理论界、评论界都有人开展过严肃的批判，严正的较量，以至于不懈的斗争，但是，有关方面忽略了，在文化领域里，市场往往会排斥价值，结果掉以轻心，没有组织对这三波病态的文艺思潮进行强有力的狙击，哪怕只是控制，有时候反而不辨是非，加以姑息，以致养痈遗患，为害不浅。历史就这样给了这些个幽灵自由游荡的二十五年的时间，结果就是滋生了一大批劣质的电视剧产品。2015 年年末，中国作家协会影视文学委员会开年会总结当年的影视文学包括影视作品，我在会上发言对劣质的影视作品有一个概括是："看作品里的人物，可以归纳为：帝王将相，才子佳人，剑仙侠客，妖魔鬼怪，地痞流氓，加上一群盗墓贼！看作品里的故事，可以归纳为：争权邀宠，谈情说爱，吞云吐雾，神游天外，聚众斗殴，加上一个鬼吹灯！"这种情况，现在好一点，但是没有根本改变。大家都知道，在我们民族的整个文化系列里，电影、电视剧最能够生动地展示我们国人的精神境界和人文情怀，也最方便让世界上的其他民族在电影、电视剧里感受我们国人的精神境界和人文情怀。要是我们只能拿出这样的电影和电视剧来，别人都会有个错觉，以为我们中国人现在欣赏和崇拜的就是帝王将相，才子佳人，剑仙侠客，妖魔鬼怪，地痞流氓，加上一些盗墓贼！只喜欢品味和鉴赏这一类的争权邀宠，谈情说爱，吞云吐雾，神游天外，聚众斗殴，加上一个鬼吹灯的故事，真要这样的话，我们还有什么地位和尊严！他们还瞧得起我们中国人，我们中国人还能够立于世界民族之林而不败吗？炮制这种货色，痴迷这些东西，后果很严重，概括起来，就是真假莫辨，以假为真；善伪不明，以伪为善；美丑不分，以丑为美。一个民族要是到了这种状态,也就到了最危险的时候。从这个意义上说,眼下这个"寒冬",真的是"厄运难逃,命有一劫"!

我在这里还要指出的是,由于北京在当今中国影视界特别的地位和影响力,全都在北京地面上滋生的这三次病态的文艺思潮,对全国造成的负面影响是不能够忽略的。在一次会议上,仲呈祥同志就当面批评尹鸿:"你知道你的'政治娱乐化'的言论害了多少人吗?"

这就可以说到第二句话。

第二,今日电视剧寒冬,非一日之寒;但冬天来了,春天还会远吗?

10月11日,在北京"电视节目秋季交易会"的"首届中国剧本推优与版权保护论坛"上,总局艺委会原副主任、秘书长王丹彦问我:"现在的电视剧'寒冬'你怎么看?"我回答她的话里,有三组关键词是:"厄运难逃,命有一劫!""物极必反,趁势弄潮!"再就是"冬去春来,走向明天!"

当下中国的影视界,正是一个"寒冬"。只看一个指标就够了。今年9月,在广电总局备案的电视剧数量只有一百八十四部!在这之前,每个月平均备案的数量都在四百部以上。开机率在2018年下半年呈现了'断崖式下跌'。正常情况下,横店总有五十个组拍摄,巅峰时期有过七十个组,现在只有不到十个组,还有六个是网大(网络大电影)。再就是今年的"秋交会",从手册上看,倒是有一千一百二十二个参展项目,其中电视剧近八百部,却没有多少好作品吸引人们注意,显得比以往更加冷冷清清,更加交易疲软,到现在也看不见有交易金额的报道。

现在,以在万千股民身上吸血为能事的金融资本里的劣币,也伤痕累累,纷纷狼狈逃亡,景象惨不忍睹。几乎所有影视公司的股价都在大幅下跌，跟 2015 年相比市值缩水三分之二的案例并不少见。有名的"华谊兄弟"的股价，在 2012 年 5 月 17 日那一天，曾经疯狂地高到过 91.80 元！从今年 5 月下旬以来就进入"阴跌"状态，10 月 12 日盘中创下近五年新低，跌到 4.06 元一股。还有一个例子是大连万达集团的王健林，前几天，他的身家四天暴跌一百亿！万达电影 11 月 8 日继续封死跌停。业内预计跌停还将继续。王健林的"影视梦"举步维艰，完全没有办法为广大的万达电影投资者圆梦。

据说，有超过六百家影视公司面临税改风暴。前不久，媒体还报道说，近期退市撤离新三板的五十三家影视公司，包括胡歌、古力娜扎、刘诗诗、杨幂、葛优、韩庚、李小冉、文章、侯小强等等，一帮都想学着赵薇、范冰冰那样空手套白狼从可怜的股民身上吸血的所谓明星股东们，都纷纷离场了！有报道说，蒋雯丽和顾长卫用一千万注册的公司眼看就要被人用九亿八千万的高价买走，结果还是一场梦。明星 IP 资本化的泡沫已经破碎。2018 年 6 月开始，曾经的影视节税天堂霍尔果斯曝出新闻，几百家影视公司陆续注销了在霍尔果斯的办公地。

在整个数据行业造假漩涡里操大盘的艾瑞集团高管失联，郭靖宇揭露买卖收视率的内幕，更加暴露了这个行业的黑暗和肮脏。票房造假，点击率造假，卖收视率，卖"金鹰奖"评奖的网上投票，连"豆瓣评论"（打分）也 38 元一条在肆无忌惮地卖！前两天，有一个叫作"今夜九零后"的公众号里，有一篇署名"易岚"的原创博文，题目叫《吴亦凡刷榜造假：一个面子工程的崛起与崩塌》，揭露了吴亦凡造假，叫经纪人把自己微博只有三十个转发量刷到了五万的内幕。博文还揭露，当年那个哭着求转发的杨幂，现在随随便便发个自拍，都能获得七百多万转发。蔡徐坤胆子更大，一条微博在短短七天时间内就刷了一个亿转发。也就是说，一共才三亿的中国手机微博用户，每三个人里，就有一个人转发了蔡徐坤这条微博！甚至于，迪丽热巴还通过数据造假，获得"金鹰节女神"的头衔！一些所谓的"流量明星"，就是这样用造假的明星数据，抠图式演技，兜里揣着阴阳合同，拿到手天价片酬的！

范冰冰税务风波发生的三个月里，优酷、爱奇艺、腾讯三大视频网站，华策、正午阳光等六家制片公司联合声明抵制明星高片酬，承诺此后所采购或者制作的所有影视剧，单个演员的单集片酬（含税）不得超过一百万，总片酬（含税）不得超过五千万人民币。还有人们说的"2018影视十大惊雷"，各种禁令急刹车一脚踩下，所谓"一线明星"，包括一些跟着劣币资本一起吸股民的血的男男女女，影视界曾经的大红人，反应出奇一致，不敢报价，不敢接片，甚至把自己都雪藏起来。还有报道说，影视入冬，编剧休克。著名编剧汪海林更是直接在微博中吐槽：导演、编剧、演员大批失业，这个行业已经"休克"了。软银赛富合伙人阎焱在6月的上海电影节上预言：影视公司也许会进入漫长的"冷冻期"，但这只是开始，最冷的时候还没有到来。也是在电影节上，光线传媒CEO王长田带着怒气，曝出了惊人言论："我基本上可以肯定的是，在未来的一两年时间里说不定有几千家影视公司要倒闭。"

不过，大家都很熟悉的一个道理，就是雪莱的诗里说的，"冬天来了，春天还会远吗？"所以，我在这第一点看法的结尾加了一句话，"但冬天来了，春天还会远吗？"

这里有一个简单的道理是，要活到春天，肯定先要度过严冬。怎么样应对当下这股急剧变化的浪潮？大家频繁提到的一个词是"观望"。这是消极的态度。积极的态度是什么？应对！

第三，就表达一个意思吧，不多说了。这个意思就是，当今之世，再引领一次影视潮流，走出寒冬，非北京莫属！

我刚才用了"厄运"和"劫难"的"劫"字这样的字眼儿，一点也不夸张。

大家看，七八年前，服用或者注射了兴奋剂的大量热钱，金融资本里的"劣币"，当年据说是一千二百到一千八百个亿，像一股狂潮冲进我们的影视领域里以后，曾经造成了"票房""收视率""点击率""流量""飙升"的假象和种种的乱象。就是这几天，一部网播的宫斗戏《如懿传》，还被宣称点击率高达一百五十亿！中央着手治理之后，特别是 2017 年 9 月部署了五部委新政"十四条"出台和国家广电总局的"北仑会议"之后，加上崔永元举报风暴带来的影视界一地的残枝败叶，污水横流，泥泞不堪，让我们又一次看到了"物极必反"的规律再一回应验了。

结果，人们看了一整个夏天的古装戏、宫斗戏，明年呢？谁也说不好。大家看看腾讯、优酷他们新近发布的片单了吧？腾讯影业公布了六个主题单元超过五十个项目，比前年的二十一个项目和去年的四十三个项目还多了。其中有《庆余年》《古董局中局》《黄金瞳》等头部 IP 的改编计划，武侠修仙的《从前有座灵剑山》、拥有超能力"异人"故事的《一人之下》《网球少年》等的漫改真人计划，还有《求婚大作战》《约会恋爱究竟是什么》《深夜食堂》《赌博默示录》《狐妖小红娘》《应声入网》《西行纪》《镜双城》等剧集下一步衍生内容的开发。优酷的是《艳势番之新青年》《三遂平妖传》《天坑鹰猎》《九州缥缈录》《天醒之路》《青囊传》《大明皇妃》《长安十二时辰》《幕后之王》《平凡的荣耀》《神秘博士》《重生》《盗墓笔记重启·极海听雷》等言情、悬疑冒险、现代都市以及科幻等等。顺便说一句，去年，十九大闭幕第二天,他们在上海发布的新项目里,居然有一部作品片名就赤裸裸地叫《十八岁,请给我一个姑娘!》！无心于我们这个时代火热的生活,无意为这个时代创作有意义的作品,而继续顾影自怜,这应该算他们途穷技穷了吧？

好,辩证法告诉我们,这"物极必反",这局势大乱,就酝酿着新的机遇,新的局面,我们就有新的机遇,新的机会,就应该乘势站在新时代的潮头上,勇敢地、机智地、富有成效地弄潮！

一方面,认真地清算二十五年来的病态文艺思潮,清理病态文艺思潮滋生的劣质文化产品,以及市场上的、管理上的种种问题;一方面,我们就要创作出符合我们时代要求的好作品来。

我以为,当今之世,再引领一次电视剧潮流,走出寒冬,非北京莫属！

现在说第四点,走出当下影视寒冬的阳光大道,就是全心全意为人民创作！

创作出来符合我们时代要求的好作品,这有话多说,比如,习近平同志在北京文艺工作座谈会上的讲话,在中国文联第十次代表大会和中国作协第九次代表大会上的讲话,还有对去年"五个一工程奖"评奖的指示,都指明了方向。聂辰席同志在北仑会议上的讲话也具体地指出了道路在哪里。今天时间有限,不讲了。我觉得,前些日子,中宣部副部长、中央广播电视总台党组书记、台长慎海雄在《求是》杂志上刊发的署名文章《以守正促创新,以创新强守正》里说到的有关内容,应该可以算是对当下电视剧创作的要求,我在这里复述一下,就是"站在新的历史起点上守正创新","不断唱响时代最强音","为建设具有强大凝聚力和引领力的社会主义意识形态做出应有贡献";就是"找准新坐标,发出中国声音,传递中国价值","讲好中国共产党治国理政的故事、中国人民奋斗圆梦的故事、中国坚持和平发展合作共赢的故事"。就是"不断推出讴歌党、讴歌祖国、讴歌人民、讴歌英雄的精品力作"，"着力提升讲好中国故事的能力和水平"，"努力打造一批具有中国气派、中国水准、世界影响的精品"。

有正确的理论指引，正确的政策指导，正确的管理规范，正确的审美精神和创作思想、创作方法，加上良好的创作生态环境，我们一定会有一部又一部的好作品涌现出来的。我们一定能够带着好作品走向明天。

可以说，走出当下影视寒冬的阳光大道，就是全心全意为人民创作！

就此，我说三个小问题。

一个是，我们不搞题材决定论，什么题材，包括历史题材，神话题材，都可以做戏，但是，当下，我们的兴奋点，应该放在现实题材上，特别是重大现实题材上，应该在现实题材特别是重大现实题材的创作上兴奋起来。

第二个是，要从"现实主义电视剧"的基础理论误区里走出来。前不久，我参加一个高层管理部门的作品研评会，会标上有一个词叫"现实主义电视剧"，但是，研评的对象却又都是现实题材电视剧。这里搞混了。这种混淆，现在相当普遍，必须澄清。其实，文艺理论里，现实主义是一种审美精神、文艺观念、创作方法，可以体现在贯穿在历史题材作品里，也可以体现在贯穿在现实题材作品里。而现实题材作品，则可以是现实主义的，也可以是浪漫主义的，还可以是现代派的，后现代什么什么派的。

科学的说法是：我们要用现实主义精神和方法创作现实题材电视剧。

好,这就有了一个原则性的问题——什么是现实主义?

聂辰席同志在北仑会议讲的五个问题里的第五个问题,是说"回归创作常识"。现在,全行业要弄懂什么是现实主义,就是一个回归创作常识的问题。什么是现实主义? 现实主义最基本的解释是,一种文学艺术的创作方法和思潮。它形成于十九世纪五十年代。它要求按照现实生活本来的面貌,选择具有普遍意义的生活现象,作具体的、如实的艺术描绘,真实地、客观地、典型地再现社会生活。最简单地说,它的要义就是客观、真实。要是再加一个词,向上,就又不一样了。客观地写,真实地写,向上地写,就是我们说的,不同于旧现实主义、批判现实主义的新现实主义、积极现实主义,或者革命现实主义。拿这个确定无疑的理解来看现在的很多现实题材电视剧,就有了一批被人们批判为"伪现实""悬浮现实"的东西了。这种"伪现实""悬浮现实"电视剧,就是没有客观、真实地描写最本质、最典型的社会现实生活。集中在都市生活题材的作品里,就是八个字:职场恶斗,情场争风。最近播出的一部北京四合院民居里的小女人的戏,又一次演出了为了争夺财产打得不可开交差一点死去活来的"家斗"戏,人性的假、恶、丑都搬到戏里来赤裸裸地展示了。我多说几句情场争风,一个普遍的现象就是,无论搭什么样的戏台,都是唱的男男女女的戏。这种戏里,这几年,还有一个衍生的特种类型的戏,就是大叔男和小淑女爱得激情似火! 有一位男演员,近几年接连演了五部这样的戏,从《蜗居》《浮沉》《急诊科医生》到《体育,我的老师》再到《美好生活》,都成了这种激情似火的电视剧的特型演员了。

跟这相关,第三个问题,这些电视剧里男男女女的问题。

男男女女之间的爱情和婚姻,我们的影视作品当然可以写,但是,不能把话说绝了,讲死理说非写不可。几年前,电视剧《浮沉》的导演滕华涛讲:"完全不牵扯感情的电视剧我无从下手。""没有情感拍给谁看?"鲍晶晶写这个剧本,就是按"职场＋商战＋情感"的模式写的。

重要的问题还在于,不少作品乱写,写烂了。

说到这里,我想起来,一百零二年前的 1916 年 8 月 15 日,北京《晨钟报》创刊号上,李大钊写的发刊词《青春中华之创造》里,有一句话是:"以视吾之文坛,堕落于男女兽欲之鬼窟,而罔克自拔,柔靡艳丽,驱青年于妇人醇酒之中者,盖有人禽之殊,天渊之别矣。"当时的新文学运动,对黑幕小说、鸳鸯蝴蝶派小说,展开了严肃的、猛烈的批判。到了八十年代,苏州大学和扬州师范学院两位教授为鸳鸯蝴蝶派小说作了大量的翻案文章,出版了大量的鸳鸯蝴蝶派小说和资料,还有研究论著。在许多因素的综合作用下,特别是美国中央情报局策划的驱使中国年轻人沉溺于男女情色阴谋的背景下,我们的影视作品涉及男女情爱的描写,又重现了那种"堕落于男女兽欲之鬼窟,而罔克自拔,柔靡艳丽,驱青年于妇人醇酒之中"的现象了,而且非常严重。

这些年,我不知道多少回,也不记得在多少场合,严肃地批判了这种现象。其中,最重要的一回是 2014 年 11 月 18 日,在中国文联局处级干部学习贯彻四中全会文艺工作座谈会精神培训班上的一个讲座里,我就作了尖锐的批判。比如,我批判电影《心花怒放》展示的就是"一场三千公里的'猎艳'晚会,'交配之旅'";"新《还珠》大尺度床戏",让人们怀疑它"堪称古装 AV 剧",是"大陆版的《肉蒲团》",以至于网友严厉抨击怒斥导演"猥亵""恶心",是"烂人、烂剧、烂导演",斥责编剧也"下流"!这里就不多说了。讲座稿《用法治的利剑剜影视文艺的烂苹果》,上个月出版的我的二十五卷本《曾庆瑞电视剧艺术理论集》的第十二卷《守望电视剧的精神家园》下册里,编进去了。

眼下一个大量出现的问题是,我们的电视剧,不管搭什么样的戏台,都是唱的男男女女的情爱和性爱的戏。有评论就说:"如今的电视荧幕上,激情戏、洞房戏、床戏越来越多,似乎一部戏中没有点'激情片段',就少了些什么似的……'不肉搏,不成活','台词不销魂,不成戏'俨然成了当下电视剧收视的'潜规则'。短短十多年,剧中的少男少女们竟都像吃了春药一般,见面即亲吻,动辄床上见,话里话间都是露骨的性暗示。电视剧中的情感戏,已从当年的'情窦初开',进化到了今天的'如狼似虎',其间的场景堪比禁片。"

令人震惊的是,这种情况,在北京文艺工作座谈会之后,还逆潮流而动,依然故我,我行我素。中国青年网(北京)2014 年 11 月 9 日 09:51:00 发帖《马伊琍大尺度剧照曝光,马伊琍朱亚文剧中尺度大胆豪放》说:"11 月 6 日,电视剧《北上广不相信眼泪》首发先导版片花,并曝光了大量在剧中饰演隐婚夫妻的马伊琍与朱亚文对手戏,台词彪悍,床戏颇多,尺度大胆豪放。二人在剧中几次游离在被揭穿夫妻关系的边缘,凸显隐婚夫妻的痛与乐。"从网上披露的马伊琍的剧照可以看到那种大尺度,大得绝对令你惊讶。剧照一是,马伊琍挺着巨乳撞向男演员朱亚文的胸肌,然后与其激吻,可谓激情四射;剧照二是,朱亚文已经脱光了上衣,与马伊琍裸身拥抱,马伊琍显得非常开心,脸色红润;剧照三是,马伊琍躺在办公桌上,挺着巨乳,岔开双腿,竟然引诱朱亚文闻自己的下体,简直就太风骚、太色情了。

这样的色情宣泄,在网络自制剧里,也很猖狂。有一部腾讯视频出品的《诛三计》,号称情爱网络大剧,讲述了一个男人与三个女人的情感纠葛,从而引发一连串让人匪夷所思的故事。从小说到网络剧,这个故事里,创作者津津有味地大谈特谈的是什么"情色、小三、捉奸、出轨等劲爆情节轮番上演",什么大奶与小三做姐妹,小三假怀孕逼宫,小四隐藏背后图谋财产,乱七八糟的一男三女之间的感情故事,其实就是一连串的虐心剧情。

我们一定要看到这样的宣泄,包括"小鲜肉""娘炮"所显示的全民娈童现象的张扬,给我们民族造成的深重灾难,一定不要忘记了古罗马、古埃及、古巴比伦社会沉沦于情色而亡国的历史教训!

最后,说一点鼓劲的消息吧! 大家知道陆天明吧? 中央电视台中国电视剧制作中心的著名剧作家。早些年,他一部《苍天在上》拉开了反腐题材电视剧的大幕。眼下,他微信聊天透露,自己正在创作一部港珠澳大桥建设题材的电视剧。这又将使他具有了电视剧创作的风向标的意义,路标的意义! 我们都来学学陆天明吧! 都从"轻时代"谬论的阴影里走出来,兴奋起来,满怀高涨的热情拥抱我们伟大的时代,火热的生活! 拥抱我们的人民,人民的伟大创举!

"沉舟侧畔千帆过,病树前头万木春。"

我们的人生里都有一个经验是,一场暴风骤雨过后,你要是抬头看天,看到的是朗朗乾坤,雨后彩虹,以至蓝天白云,风和日丽;你要是低头看地,看到的是一定是残枝败叶,淤泥积水,以至满地狼藉,心似沉渊。我建议大家都学学王阳明。王阳明是暴风骤雨过后抬头看天的那种人。"险夷原不滞胸中,何异浮云过太空",他把一切艰难险阻都看成是天空中的浮云。大家想想,树木花草现在都要枯黄败落了,然而,整个冬天,它们都在平静中积蓄力量,春天一到,全都生机盎然,芳华灿烂了。再重复一次。英国浪漫主义诗人雪莱的《西风颂》有一句:"冬天来了,春天还会远吗?"

让我们志同道合的新时代中国电视剧人,特别是北京的电视剧人,团结起来,携手并肩,一起穿越冬天,走向中国电视剧的春天!

当前国产电视剧创作的"在地性"思考

卢　蓉

　　从业界产出来看,2018 年国产电视剧行业整体表现并不乐观。比较突出的问题大致总结一下有:类型离散化,前面几年我们积累的商业和市场的判断,成长起来的比较成熟的类型片,到了今年出现了信心犹疑、定位离散的情况。创作配方化,摸着大众趣味走,言情的来一点,悬疑的来一点,动作的来一点,人物创作变成了人物设计,变成各种话题配方大杂烩,很多角色不知道性格逻辑和真实的落地性是什么。我们说艺术创作应该是源于生活高于生活,但低于生活的表现越来越多。还有评论大话化和自定义化,评论者自说自话,宣发部门自组网络水军,各种吐槽弹幕甚嚣尘上,价值判断模糊……总结起来,多数创作和批评都把文学性遗忘得太久。文学对于影视是母本关系,没有充沛的文学性滋养,靠配方来做剧是违背艺术创作规律的。

　　我在这里一开始就提出这么多问题讨论,实际上是很期待理论界能够在行业极速变化时期不缺席。今天的观众已经不再是传统的看电视剧的观众，观影方式和观影经验都大不一样，平台发生了迁移，观众发生了迁移，接受心态发生了迁移，审美趣味发生了迁移，我们应该怎样创作和评价今天的电视剧集？

从理论观察来看，娱乐业在创作趣味上屡犯"空心症"的同时，经济生活的迅猛发展实则带来社会各个层面现象和认知视角的复杂化。现实的情况是，身处传媒大变革时代，现代人的处境变得更为芜杂混乱，故事讲述者该如何具备基本的勘探能力，寻找新的表述方式，去讲述我们所经历的时代变革和经验感知？当技术进步带来媒介领域翻天覆地的变化，文化传统、价值观念发生复杂的裂变，该如何用现代人的精神结构讲述当代中国人的故事？通观 2018 年的产业环境，影视业经历资本冲击、IP 爆炒、平台迁徙、收视整顿、税务调整，一度陷入低谷期，政策管控背景之下，行业如何顺势转轨进入良性"重启"？与此同时往宏观看，身处全球化中的我们，该如何描绘今日的生存，如何重构我们未来存在的意义？如何恢复民族的自我叙述能力？这一系列迫切的追问，无论创作界还是评论界都需要面对。

如果要具体讨论 2018 年的国产剧气候，在整体市场表现平淡的局面下挑出一个突出现象，应该是一大批献礼改革开放的电视剧密集播出。献礼剧是受广电总局、地方政府政策扶持的规划项目，今年是改革开放四十年，又正值中国电视剧诞生六十周年的特殊节点，献礼剧作为特定时期的特别出场，同样是一个不容学术界回避的样本。加上不少献礼剧的制作方几乎都是国内传统电视剧成熟、一流的制作平台，由颇具经验的创作团体生产，不少作品技术制作上堪称精良。从学术研究的角度而言，正是有了这两种叠加，这类极具中国特色的电视剧文本才有了特别的观察价值。献礼剧因其面向大时代、面向历史、面向个体和社会相交融的题材承担，创作者应该怎样把握这种大架构？或者说由于交汇了官方、民间、市场方方面面的价值诉求，各个方面的角力和干扰渗透进文本创作之中，制播双方都在商业和政治之间寻找平衡的运作姿态，创作者如何生发自身的艺术想象力与矛盾掌控能力？种种错综复杂的交织都给观察者提供了极为丰富的剖析切口。

结合今年观剧的经历来粗放概括一下，不管什么类型、题材的作品，无论是献礼剧还是商业剧，真正优秀的故事都不能回避对社会关系的处理，更不能以想当然的心态对社会关系进行盲目简化。中国电视剧发展到今天，正能量、史诗性质的叙事已然成为国产优秀长篇剧集经年积累起来的基本特征和优良传统，它有远大的叙事理想，对话的对象是整个时代和社会背景，不仅是为了某个特定的观众群体。因此，越是视野格局宏大的创作，越需要在历史视角下真诚地刻画现代人切身的生存境况，思考社会结构和人性复杂的活动状况，这样才能配得上称为大时代缩影的作品。与此同时，写活、写好大时代中的各色人物始终是叙事艺术的重心。创作和评论都要从人生经验和生命体验出发，而不是循环利用一些陈词滥调。总之，现代故事讲述者需要更深入地挖掘生活，找出新的见解，新的价值和意义，然后创造出一个独特的故事载体，向越来越复杂化的世界表达我们的理解，这绝非易事。我也始终相信，长篇故事最有意义的创作依然在于各种矛盾关系彼此交织的公众生活领域。只有积极引入易被遮盖或被忽略的真实生活体验，尽力恢复具有丰富层面与全息质感的现实，而非置换而入的虚假、矫情造作的生活模式和趣味，这个过程才是创新文化形态的唯一可能前景。

附今年两则国产剧简评于后，权作观察选样。

附一

"吃瓜"流行，我们如何塑造英雄？

四十七集电视剧《橙红年代》是一部试图用英雄传奇书写正向价值观的作品。用平民主人公不凡的经历鼓励人们有勇气和胆量面对曲折、残酷、真假难辨的世界，勇于探寻、接受并克服命运挑战；用跨国缉毒背景下公安干警的奉献牺牲召唤正直勇敢，热血勇毅，不折不屈追求社会正义的理想。

当太多商业剧在道德和伦理上越来越玩世不恭，社会上相对主义和主观主义盛行，丧文化风靡，人们在感受经济腾飞的同时，却似乎迅速失去一些基本的安全感。故事旗帜鲜明地说出"不怕做对的事，无论如何要做一个好人"，"坏人的猖狂是因为好人的沉默"，这些贯穿台词和主题定位使得该剧在精神内核上具有了强烈的现实意义。讲述普通人甚至是落难的人不被利欲或仇恨吞没，而有勇气坚持善良和正义，这种薪火不灭的信念在"吃瓜群众"甚是流行的今天愈加显出情怀的分量。

整部剧在故事方面的亮点是搭建了一个深陷困境的悬念框架。男主人公刘子光与毒贩有杀父仇，却跟未来的大毒枭成为结拜兄弟；遭囚禁四年，历尽生死逃出生天，却又重返毒穴做了线人，严峻的是，这个秘密身份，很快失去了上线，而自己又在执行任务中受伤失忆；随着记忆逐渐恢复，他又将面临毒枭嫁祸以及涉嫌杀死未婚妻亲生父亲的严重危局。于是，我们看到这样一个主人公，前史无法说清，因失忆而遭受重重误解，危机四伏，却依然坚持除恶扶弱、除暴安良。

故事的头两集，警匪剧的氛围浓郁，情节紧张，缉毒任务在第二集就惨遭重创，上线牺牲，主人公失忆——大的戏剧前提的建立尽管略显仓促，但残酷、困境的故事基调已然确立，并为后续情节的转折埋下伏笔。

然而悬疑线在中间部分发生了松动和断裂。编剧忙于人为编造男女主的感情进展，按部就班地让两人在互怼、好感、表白、爽约、误会之间兜兜转转，使得主角的身份之谜，以及他与侯四海、梅姐、丽萨等毒枭的斗争……反而变成恋爱路上的"干扰项"登场，而不是从缉毒线的推进中生长而来，导致两个特殊人物的感情被配置成了言情剧惯见的普通青年恋爱进度表，大英雄前期的最大障碍竟然是要不要表白，给没给机会、有没有勇气表白。于是，周末游乐场的不辞而别，被梅姐强迫开房监控……这些现实中不会发生的事轮番上演，不顾及现实合理性，为情感的发展横生波澜。一旦情节线跟感情线这两条线索没有形成真正有效的缠绕，感情戏的发展就无法附着于情节推进之中。换句话说，感情上的沟沟坎坎不是在面对矛盾、解决危机中助推人物成长，惯常男女的小情爱又不足以支撑危局中主人公压抑而又喷薄的情感，这样会极大消解人物可信度与共情力。这也是剧中的爱情戏远不如写父女情、战友情、师徒义的段落大气、深厚的原因。对比早期警匪剧《永不瞑目》人物感情发展跟案件发展紧密长在一起，共历苦厄而相互影响，情节跑起来的同时人物情感陷入困局，纠缠的情绪情感非常真实动人。

看得出来，用"青春热血＋武侠动作＋悬疑＋传奇"来演绎故事，是制作方回应今日娱乐消费市场的流行趣味而采取的策略，然而流行或元素混搭终究不是共情的保障。

主人公经历磨难，被囚四年练成身手，成为线人，受伤失忆，闯过一道道关口，与爱人共历生死的传奇之路，需要过程细节和生活质感来落地，否则就会成为超级特工、超级侦探之类的娱乐片。该剧特别设计了主人公身上的正直勇敢源自父亲见义勇为的品行，隐含着对普通民众心中最质朴的道德感的敬意与召唤，这是值得充分肯定和认可的。然而随着情节发展，故事的传奇性并没有获得硬核悬疑剧的情节密度与环环相扣的危机支撑技术，也没有着力刻画类似《上海滩》中风云诡谲的人物情感和命运感，反倒被离线而夹生的恋爱戏份拖沓了节奏。加上反面人物太弱，添乱配角的使用套路痕迹较重，丽萨、托尼等国际大毒枭的前传设定显得煞有介事，但似乎只是渲染氛围的调味品。这些问题反映出创作者在对故事关键情节的编织与推动上还存在力不从心、方向游移。

总之，想要用硬核悬疑撑起传奇故事，需要足够分量的正反派之间的对手戏，还要有足够丰富的人性群像；满腔正义的英雄，需要配合复杂而有逻辑的叙事结构去触碰尽量丰富的人性层面，用现实可信的善恶交杂的世界搭建舞台，才是让剧中英雄得以成活于套路漫天的荧屏的根本。

当前市场环境处于变动期，平台迁徙，主体消费观众偏年轻，习惯性接受快感、趣味、升级打怪等网络惊奇的时期暂时还没过。但如何让观众接受特殊战线的残酷、极端与勇气担当，获得精神洗礼，传奇的讲述方式或许并不是最好的选择。如果采用，需要在过程推进中附加足够真实的情感内涵和生活质感。毕竟，现实中的普通个体走向英雄的每一步更多需要的是脚踏实地而不是传奇经历。

附二

浮沉在《大江大河》里的情感涛声

接近年末开始热播的电视剧《大江大河》给荧屏带来了久违的优秀长篇故事应该有的品相。整体来看,该剧有严肃文学的原著底子,回归创作规律、真诚做剧的态度,有优秀成熟的制作团队以及整体出色的演员表演。在制作上几无短板,用稳稳当当的叙事、鲜活而典型的人物、真挚感人的情感、准确而有内涵的镜头语言来讲述"时代与人"的大命题,堪称名副其实的精品制造。

"时代与人"的视野格局和内在品质如何形成,是宏大叙事作品的创作难点和看点。这类作品对话的对象是整个时代和社会背景。文艺工作者如何刻画"人是社会关系的总和",如何穿透个人的小悲欢看出人间大世界,需要站在历史反思的高度,俯瞰改革开放走过的路,把个体命运变迁上升到对时代变迁的书写。

这里首先需要的是建立观众对时代描述的信任感。除了制作各环节细节做到位(场景、道具、服装……),更重要的是人物气质以及剧情内容的尽量还原。该剧将中国社会 1978 年至 1988 年改革开放头十年的社会大事、潮流话题、政策环境、基层反应等有机纳入故事情节,让剧情跟史料融会呼应,揉在人物遭际里面。在此基础上,不回避每一步改革触及、引发的现实矛盾,并且表现出了出色的掌控力。不论是小雷家村还是国营化工厂,改革过程中各色人等的利益冲突、权力斗争、人心反复……事态发展背后各种宏观、微观层面的动力关系都尽量捡拾,及保持社会信息的丰富又使各种关系彼此牵连、交织紧密,尽可能恢复或者揭示改革现场更复杂、更深邃的内涵。

其次,跟当前商业策划流行人设配方不同,该剧几乎所有人物都是从历史深处走来,有着清晰的生长轨迹。三个主体人物塑造颇具特色:以雷东宝为代表的农村改革的先行者,行为粗砺、大胆,敢作为有担当,随着剧情发展人物有成长变化,人物刻画鲜活可信,颇具性格魅力。宋运辉是家庭成分有阴影的恢复高考后第一批大学生,从执拗倔强的少年,到国有工厂里的技术骨干,毕业后卷入国有企业改革政治漩涡的中心,人物内心层次较原著改编较大,后半部分张力略不及雷东宝,期待后续的成长空间。杨巡在第一部戏少,倒爷、个体户身份及其打拼内容也不高大上,但到了烧毁电器街伪劣品开始见人物确立,最后一场电器商场的内心宣言掷地有声,这个完全靠个人打拼的小人物,其后续发展值得期待。

与之相匹配的是,该剧还塑造了一批活灵活现、不可或缺的配角,比如小雷家光棍团、老书记、闵厂长、程厂长、虞山卿、寻建祥、宋家父母、雷东宝母亲、老猢狲、雷忠富等等。这些性格光谱作为社会关系、历史痕迹、人心状态的折射,丰富、补充着三个主体角色的视角空间,从结构和内涵上拓展了作品的全景式容量。

在保证了时代氛围和人物质感的基础上,优秀长篇故事不能仅仅满足于戏剧性或写实,更需要对精神、情感内涵有所塑造和揭示。因为故事质量的高下更多地取决于其内在智力、情感及精神成分的贡献。《大江大河》一剧独树一帜地通过一组组人物关系表达了复杂而浓烈的情感。

例如雷东宝对宋运萍满怀一往情深却带怆痛的感情,这段深情在宋运萍死后对雷东宝发生了重要影响。后面雷东宝非要死磕电线厂,不惜拿出个人积蓄支持杨巡的戏剧转折里面埋下了个人情绪的内在矛盾,作品用细腻的笔触刻画出一个深陷创伤、会意气用事却又不失担当的硬汉形象,增强了人物未来命运的悲剧感。雷东宝在第一部的终场是哭坟。那边在庆功,这边却借夫妻倾诉,汇合了他拼死收购电线厂后的怅然若失,功成名就背后的不甘和怆痛,陡然翻新了人们对改革英雄内心世界的认知……

对于剧情涉及的几乎每一组人物关系,创作者都没有简单化处理。雷东宝与宋运辉之间彼此既关心又抵触,放心不下又怄气不断,痛失亲人的两个执拗男人经常是怼头怼脑,正话反说,令人气短。雷东宝和徐书记在离别前的那次深夜长谈既抒发了两位改革英雄战友般惺惺相惜、抱负难展的复杂情感,更令雷东宝勾起往事沉痛,这段夜谈的情绪一直延续到雷东宝回到小雷家村,仿佛看见妻子宋运萍在村口小河边打水,铮铮硬汉顿时竟百感交集,泣下泪流……为小雷家村扛过多少风雨的老书记最终倒在了金钱诱惑之下,命运的波谲云诡以及村民态度的反复同时捶打着老书记和雷东宝之间的恩义情怨,其间况味纷杂令人唏嘘……

总的来说,该剧在人物关系的发展里面揉进了复杂的社会信息与历史内容,将世情、人情、性情紧密地缝着写,既有外在惊雷,也有内心狂澜,信息量密集,情感层级叠加丰厚。这就使得剧中人物的情感不同于日常生活的情感,而是变成了集合各种现实关系的更复杂、更浓烈、更深邃的情感。正是有了这样的艺术加工,才使得角色成为典型环境下的典型人物,使得个人际遇得以进入更广阔的时代界面,成为大格局视野下的命运书写。

按照制片方的规划,《大江大河》还会有续篇。长篇故事艺术的魅力集中体现在人物跨越时空的命运感上。期待在第一部基础上,主创团队能够继续写稳写好后续人物命运的发展,让群像式的集体命运共同构成大规模的、社会变迁的文学存照,把人间故事背后包裹的"历史思考"及其"诗性魂魄"最大可能地揭示出来,努力写出具有中国气象的当代长篇叙事史诗。

历史与未来：对中国话剧创作现状的反思

胡　薇

中国话剧自诞生一百多年来，为观众呈献了诸多优秀的本土原创作品、艺术家和演出团体。但是，当下的中国剧坛却再也无法回避其面临的严峻现实：本土原创剧作的孱弱，舞台呈现彰显出的表导演认知局限，从业人员专业素质的缺失；制作方急功近利，为满足一些与艺术无关的诉求而生产出来的大量质量不高的演出；更有一些由于某种原因不加筛选地跟风或是无视艺术规律的创作，在浪费了大量的人力物力之后，最终只演出两三场就功成封箱……这些早已成为与中国戏剧繁荣表象所伴生的痼疾，正迫切地需要中国戏剧界认真审视和自我反省。

回想话剧初入中国之时，启发民智、承载理想，之后的几十年更是对社会现实产生过巨大的影响。然而，近年来伴随着全球化、娱乐化和市场经济的大潮，当下中国艺术作品所应蕴含的文化力量严重缺失。进入二十一世纪以来，中国戏剧界更是经历了前所未有的震荡和变化，中国戏剧如何坚守自身的艺术价值，重启自我更新的能力？而当下中国话剧所面临的困境，也正是由于自贵其心、不依他力的独立创作精神的丧失，原创力的萎缩甚至枯竭，以及创作力匮乏、缺少进取心等原因，共同导致了中国艺术创作上的低层次重复以及中国戏剧舞台上所主要呈现出的两极阵营：国有院团邀请各路名家参与完成领导部门布置的相关"作业"，以不计成本的高额投入来延续国家的持续拨款；民营团体则是完全依赖国内并不成熟的戏剧市场，甚至不惜以迎合观众的媚俗来赢取票房。总之，优秀的本土原创作品的严重缺失，极大地阻碍着中国戏剧艺术在新世纪的发展和繁荣。

戏剧，常常就像是社会的缩影，折射着当代中国的世态人情。社会的浮躁和急功近利，不仅反映在戏剧界，在教育界更是后患无穷。近年来艺术教育的浮躁，已经迅速导致中国的艺考生、艺术专业愈来愈多，艺术家却愈发稀少。不仅许多明显缺乏艺术教学能力的学校开设了艺术专业，甚至一些艺术类高等院校也受制于社会上的热门需要，倒推设置教学内容、建设学科。艺术教育出现的问题，无疑造成了中国艺术源头上的失控和恶性循环。艺术教育，理应更注重对于灵魂的唤醒与个体素质的提升，需要坚守艺术规则和自身的特色、坚持教学的专业化和正规化。而随着政府对中小学戏剧教育的重视与大力推进，在青少年的艺术素质教育方面有所收效的同时，却也不免令人忧虑其是否将会逐步演变成一种新型的"考级"。

幸运的是，近年来政府大力发展文化艺术，有关部门对于戏剧所制定和实施的诸多扶植政策，已令中国戏剧开始呈现出了多元发展的良好势头，国内戏剧演出也日渐活跃。从中国当下的戏剧生态和戏剧现状来看，全新的、高质量的平台搭建得越来越多，戏剧活动与各种形式的活动结合度也越来越高，开拓出了一种合作共赢的新局面。加之各种文化惠民演出、优秀剧目进校园等活动，不仅推动了戏剧市场的发展、提高了戏剧的影响力，对原创剧目的鼓励，更是极大地激发了各地院团和民营团体的创作热情，为寻求政策和资金上的扶持，不同于完成上级"作业"或是纯粹追求商业利益的创作陡然增多，形貌多样的演出剧目更是有如雨后春笋。

毋庸置疑，政府的扶持对中国当代本土戏剧的发展助力很大，毕竟，不论是各地院团还是民营团体，排演原创话剧都极为不易，而由于近年各种鼓励原创的政策和措施所重新激发的戏剧从业者的创作热情，对演出市场的盘活而言原是好事，但亦需正视的问题是，其双刃剑的弊端也开始逐渐显露出来：各地院团和民营机构为争取各种基金和奖励，争相加入到舞台剧演出的运作中来，不免就会有人浑水摸鱼或是涸泽而渔；迅速暴露了不同团队良莠不齐的创作基础，既有一些作品虽然明知文本基础差、有硬伤却由于种种原因仓促上马，也有盲目投资、拔苗助长等问题的纷纷涌现；还有相当数量的作品，审美和思想滞后，虽然文本故事和外在的呈现形式较为新奇，但戏剧作品自身的思想和美学的层面却缺少独到的见解和新颖的解读……综观全国上演的剧目，数量虽多，却依然很难看到本质上具有时代特征、民族特色的作品，能够引人思索的佳作更是难寻。

在当下的戏剧舞台上，舞台技术、表导演呈现大幅提升，无论是大剧场或者小剧场的作品，舞台呈现和舞台语汇都越来越丰富和多样，只有作品整体的质量以及内容、内涵却未进反退。一些原创剧目舍本逐末，侧重外在形式包装却忽视创作的内涵和本质，罔顾人物心理和逻辑的清晰、人物形象及内在心理的变化乃至人物间的互相影响和纠缠，处理人物简单化、概念化、平面化，创作上的硬伤以及诸多问题，导致了演出的节奏拖沓以及戏剧性场面的缺失。缺乏生活、思想意识陈腐、假大空等创作弊病,在近年的戏剧舞台上更是沉渣泛起。精美的舞台呈现配上严重缺失舞台剧特质的电视剧化、空洞平庸的剧本,俨然已成为当下话剧舞台的常态。

其实,当下舞台上所呈现出的这些问题,与国人的精神生活状态保持着高度的一致。随着物质生活的提高,在经济持续发展、戏剧市场繁荣而且创作较之以往也获得了更多的自主及自由的当下,很多艺术作品的精神品质却反而下滑。可以说,正是艺术创造者自身的思想内涵和艺术品位的降低,导致了许多失去灵魂的戏剧作品被批量制造了出来。而反观中国话剧史上的几次高峰,则无一例外,都曾得益于创作者们思想与情感的深邃和丰沛。

作为戏剧来说,如果缺少了精神世界,丧失了思想的光芒,任何所谓的新技术、新方法甚至新形式,都难逃被迅速遗忘和淘汰的命运。在欢庆百余年华诞的时刻,却也正是中国戏剧返璞归真,必须开始反思、学习,寻找人类最本真的精神,重新回到戏剧本质、回到戏剧艺术本身的时候了。只有在戏剧本体的基础上进行创新,中国话剧才可能唤醒自身的生命力。因此,当下中国剧坛急需本土优秀的、高级的原创作品,绝不应再浪费人力物力制造同质化的、重复性的、低质的作品了。只有兼具强烈的时代特征、鲜明的民族特色以及广泛的民众基础,才能令中国话剧重新焕发出无穷的魅力,融会于时代的主流。

不过,令人遗憾的是,虽然在各种戏剧作品的研讨会上,戏剧人探讨最多的,常常就是作品艺术价值的优劣、创作者的技巧硬伤和创作上的一些技术问题,但近年来的原创演出并未在遵从创作规律、提升编剧技巧上有所起色。一旦有各种外在因素干扰创作,首先被牺牲和被忽略的恰恰就是戏剧的艺术价值。在当下的话剧舞台上,能看到最多的是"复现"，却缺少了"表现"；能看到各种抖机灵，却恰恰缺少了大智慧。原创剧目的"皮儿"厚、进戏慢等问题早已让观者见怪不怪，而专业层面的创作基本功问题，甚至结构和语言上的不过关却在日益凸显，即使有表导演等部门的竭力拯救，却终归水月镜花、事倍功半。只有剧作者先明确、清楚想要表达的主旨和适宜的表达方式，开门见山、一针见血地揭示戏剧的精彩部分，能够单刀直入地刺向戏剧的核心，筑成结实的戏剧发力点，其与表导演的碰撞才能够形成合力，对作品有所推动。于是，在原创剧目中所形成的一些固定的新套路，暴露了当下中国戏剧创作中创作思维僵化和模式化的问题；还有一些演出，表导演在舞台处理的"加"或"减"上，分寸拿捏不够准确，显示出从业人员戏剧素养和创作能力所欠缺的火候；一些戏剧演出的门槛，随着市场多层次需求的扩张却反而一再降低，一些戏剧演出所呈现出的表导演的专业程度正呈现下滑趋势……

如果，戏剧演出连基本的演出质量和专业水准都难以达到的话，又何谈"高度"和"力度"？又何来对社会对现实的批判、对民族文化和历史的反思？何谈戏剧对人类精神的探索、对人性拷问以及对时代的思索？又如何奢谈创作出精品，更好地满足中国观众的精神需求呢？为了中国戏剧未来的健康发展，必须在正视中国戏剧现实的问题与困境的时候，决不降低艺术标准。无论是专业院团还是民营组织、商演还是职业演出，对于舞台的规范、演出的水准、精神的追求等都应该是一致的，必须统一戏剧的审美标准、专业素质和专业精神，不能罔顾戏剧规律和艺术法则。

显然，国内的演出团体还需要在自身的艺术水平和专业技巧上加以提高，在保持必要的业务训练强度的前提下，还应加强自身对基本的舞台技术和戏剧规范的学习，掌握舞台时空的叙述方式，让内容和形式完美合一才能够呈现出更好的舞台效果。尤其是在国外剧团的优秀剧目频频登陆中国戏剧舞台的当下,国外经典名作或是得奖剧本,也越来越多地被引进和翻译后由国内戏剧人演出。然而,由于忽视原作与本土精神实质的契合以及自身理解力、表现力的不足,其中一些剧目最终的舞台呈现却未能达到预期——主创们或是被原作自身的光芒所淹没,或是因无法真正把控内涵、只是简单化处理原作中表象的情节而未达到原作的精神高度。

艺在于技,更在于心,如果创作者没有发自内心的创作冲动,那么戏剧人物的心灵痛苦与选择必然会显得虚假。创作态度从一定程度上决定着作品艺术水平的高低,敬业和操守无疑是一切成长和发展的前提和保证。当下的中国戏剧主创们应把更多的时间和精力放在创作本身,反复打磨自己的作品。尤其是,在舞台技术性等大幅提升的情况下,加强剧作和演出的精神内涵就愈发显得迫切。然而,目前国内的一些创作者仍处于就事论事或者堆积材料的阶段,作品在整体上较为缺少创意和思想的火花,更多的是在以一种戏剧的形式来讲述一段生活和故事,侧重展示现象而忽略对于本质的抓取,并未深入到塑造独特的角色、探索人物的心灵轨迹以及体现独特情感色彩的戏剧创作的轨道上来。创作技巧的提升不是一日之功,而只有先端正创作态度,不投机取巧,精益求精,才有可能破除创作上的僵化、同质化和模式化,焕发出戏剧创作内在的精神力量,让戏剧作品透过剧情表面的外在,深入到人物的内心、穿透戏剧的本质,找到直抵人类心灵之路,真正展现出戏剧自身摧毁庸常、震撼心灵的力量。因此,只有戏剧的创作者们能够自觉地抵抗外部环境的各种诱惑,不断挑战自我、超越自我,才是破局的关键。

当下,随着政府主导的各种惠民措施和扶持项目,戏剧再一次走进了普通大众的生活，而随着戏剧在中国民众中的普及，对戏剧艺术的文学性、戏剧性、剧场性等问题的认识，也亟待正本清源、重新厘清，以避免一些创作者简单地将文学性与剧场性加以对立，减少在激烈的争论表象下互不交锋的自说自话。正如戏剧的文学性并不等同于骈俪和华美的辞藻，诗意不能简单等同于人物的吟风弄月，而是剧作思想光芒的承载者和具体呈现，是作品思想和文化的深层外现，是借助人物行动展现于舞台之上，让观众体味到在戏剧进程中的台词的内涵与韵味，而绝非脱离戏剧性的单纯朗诵。而近年在创作中被广泛倡导和实践的民族化和本土化的创作，也绝不应只是把一些民族元素、传统戏曲的外在形式勾兑进演出，而应是从剧作本身到演出呈现整体上都蕴含着民族文化、民族性格的内涵和气质，而非简单地将民族风格的多种表现形式加以堆砌和拼贴。

　　回想当年，焦菊隐先生的民族化舞台探索之所以获得了成功，正是因其将民族优秀的传统融会于内，自身及所率的团队不仅拥有着良好的民族文化基础和功底，还能把强烈充实的内在体验和强大的外在表达形式调和得相得益彰。其民族化舞台探索的方法不是出自案头，而是在对艺术不倦的追求、不断的实践中逐渐清晰和完善的。而反观现在的一些创作，戏曲向话剧的无条件靠拢，几乎是以丧失自身舞蹈性、抒情性的特质为代价，而话剧则只是简单地点缀些许戏曲的元素，没有融合的两层皮自然很难存活。因此，与其说中国戏剧缺乏体系，不如说当下的剧坛更缺失的是老一代中国戏剧人对于舞台的敬畏、专注和执着。强化民族化、本土化的舞台实践，理应是民族精神的重新张扬和复归，而不仅仅是一些舞台手段或元素的频繁使用和点缀。就像所谓的各种体系，都不是"说"出来的，而是靠日积月累的摸索和训练，需要持之以恒的苦心求索方能达到目标。

经过岁月的淘洗，能常驻舞台的唯有精品。优秀的剧作会引发思索，而与之契合的舞台呈现则让这种精神力量的传递更为有效。一个行业若只有少数优势群体的存在，必然不能保证其质量和持久性。只有当更多的主创关注作品内在精神的提炼以及作品的内涵和价值的时候，中国话剧本身的潜力和活力才能够真正迸发。实际上，与其更多地借鉴外国戏剧的表现形式和手段，当下的中国剧坛更应该学习的是国外戏剧人对舞台的重视和敬业。就像俄罗斯导演多金在2017年3月率俄罗斯圣彼得堡小剧院来华演出的其八十年代的力作《兄弟姐妹》，演出并没有什么新奇的艺术手段或是炫目的外在包装，却依靠中规中矩却又极为精准和娴熟的舞台技法，全身心投入的精彩表演，打动了三十多年后的异国观众。

中国戏剧的发展固然不易，对于戏剧观众乃至整个戏剧生态的培养和引导，更可谓任重道远。只有排除干扰，积极面对市场而不随波逐流，坚守戏剧作品最具魅力的部分——艺术性，时刻把艺术水准和精神价值放在首位，注重对于观演双方的艺术水准和审美品位的培养，善用民间的活力、消费力以及推动力，以优秀的作品于多种娱乐方式共存的当下吸引更多的观众走进剧场，注重戏剧分众的同时兼顾普及性、注重戏剧作品的精神内涵以及艺术创造力的提升，让越来越多、不同层次的观众走进剧场，才有助于中国戏剧良好戏剧生态的形成，才能真正地促进中国戏剧健康、蓬勃和可持续的发展，中国戏剧才能真正地自信起来。

观念革命与历史实践

——中国话剧改革开放四十年

高 音

1978 年十一届三中全会,是新时期文艺重新出发的起跑线。改革开放成为社会主义中国的时代主题。今年,正值改革开放四十年,对中国话剧四十年历程的回顾构成对中国话剧的一次历史叙述。改革开放四十年的中国话剧是一个寻求戏剧真理的实践的过程,更是一个历史的过程。在历史中产生的,只有放在历史中才能解释。

对于"文革"后恢复建制的话剧院团而言,的确是迎来了一个短暂的舞台与现实互动的黄金时代。国家政治的拨乱反正、思想解放、真理标准、农村改革,这些既是历史节点又是戏剧的时代命题。社会所面临的种种现实问题,在舞台演出中得到迅速的反映。这一时期的中国话剧以其艺术公共性特质,成为时代政治和潮流民心的汇集地。从《报春花》《权与法》到《血,总是热的》,剧场响彻着现实的召唤,人们在此寻求共同理想。然而,盛华中包藏着危机。文艺与时代的关系,不只体现对时代精神的纪实。口号的响应只能满足一时之需,高度提炼的艺术形象,动人魂魄的戏剧表达才有传布的价值和意义。

进入新时期,中国话剧写什么和怎么写都有过瓶颈。创作自由与僵化批评之间矛盾突起,在《小井胡同》《车站》等一批有争议剧本的搁浅事件背后,是对文艺如何反映和反映什么样的现实在思想意识上的原则分歧,根源在于人的解放、人道主义和自由的许诺背后掩盖的权力关系。①

林兆华是改革开放四十年中国话剧最重要的当事人之一。这个使老院长曹禺兴奋、迷惑的年轻人,二十世纪八十年代在他的记忆中就是"寻找、发现、变革、突破、否定、超越"。1981年担任《谁是强者》的导演,1984年排出《红白喜事》,1986年完成了《狗儿爷涅槃》这部思想深度与形式探索集大成之作。而早在1982年,他就与高行健用《绝对信号》开启了冲破话剧"第四堵墙"的小剧场实验。

始于1981年持续到1986年的戏剧观论争,打破中国话剧认定一种戏剧观的局面。《外国戏剧》季刊,成为中国话剧拓宽视野,取得借鉴、沟通中西观念的重要平台。对战后西方戏剧产生巨大影响的布莱希特理论成为中国话剧人新的方法论和世界观。一些戏剧工作者开始质疑五十年代从苏联引进的斯坦尼体系的权威,他们渴望推倒"第四堵墙",破除舞台幻觉,获得一种戏剧体裁上的解放。

"一个时代取代另一个时代,是一批名词驱逐另一批名词,一些概念覆盖另一些概念。"②八十年代末,戏剧界还在讨论文化市场到底存在不存在。到九十年代,市场经济已经扑面而来。虽说九十年

---

① 韩毓海:《什么是现代性》,《知识的战术研究　当代社会关键词》,北京:中央编译出版社,2002年,第176页。

② 旷新年:《断岩深处的历史》,《中国现代文学研究丛刊》2002年第1期。

代的戏剧创作机制与八十年代有深刻的承袭关系,但习惯在计划经济下运行的话剧院团还难以应付九十年代市场经济体制下的生存处境。徘徊在"主旋律"的指引与市场经济的呼唤之间。市场日渐成为组织生产的一种看不见的力量。戏剧界开始讨论大众的含义、口味、需要。大众文化的概念逐渐建立起来。满足世俗生活的都市小剧场成为消费时代的一种新的戏剧形态。

世纪之交,现实潮动引发的题材变化依然构成主流话剧创作的坐标。中宣部 1991 年设立"五个一工程",这一时期的军旅戏剧以无须考虑市场的特殊机制,成为在国家舞台上弘扬主旋律的排头兵。中央和地方国有院团革命历史题材占据创作主流,具有社会主义奉献精神的新人和英雄模范成为舞台上的主人公。这一时期涌现的定向戏是国有院团在计划经济向市场经济转型的大潮驱动下萌生出的一种走向市场的生存方式。九十年代的人艺以其舞台写实、民族化以及浓郁的北京乡土气息为其保证了观众的上座率。

林兆华戏剧工作室、孟京辉穿帮剧社、牟森戏剧车间身处边缘,以离经叛道的姿态抗衡表导演因循守旧的僵化传统。《思凡》《罗慕路斯大帝》《零档案》《我爱 XXX》《与艾滋有关》,这些手法前卫、表达真切的演出激活了日渐沉闷的本土创作。对《三姐妹·等待戈多》《一个无政府主义者的意外死亡》《切·格瓦拉》《鲁迅先生》的演出,因其涉及的社会话题、表达方式和思想冲突成为知识精英关注的文化事件。实验戏剧一度从边缘走向中心。

进入新世纪,民间与体制的沟壑在这个变动的时期逐渐形成了新的合作和共谋关系。九十年代体制外游走的孟京辉、田沁鑫和牟森先后进入体制。田沁鑫 1999 年创作演出的《生死场》,以话剧民族化的追求,重振主流戏剧的风骨。两人又都是 2001 年合并组建的国家话剧院的新生力量。

院团改革一直是个悬而未决的问题。与院团体制改革应对的是社会需求与创作动机,艺术生产与市场营销几组矛盾关系的处理;2002 年发起的当代戏剧之命运的讨论,与八十年代戏剧观争论有学理上的延续。只是在这个多种文化并置的戏剧生产的新世纪,如何应对这个问题,实践者与研究者有不同的路径。再者,新世纪的文艺批评已经失去了过去时代赋予的指导实践的无上权力。

全球化背景下的中国话剧,视野和眼界成为必须。拒绝用一种经验涵盖所有的可能性。有《浮生》《知己》就有《两只狗的生活意见》,有《我们走在大路上》《窝头会馆》就有《活着》《这是最后的斗争》,有《北京法源寺》《驴得水》就有《美好的一天》《酗酒者莫非》。始于 2008 年的北京国际青年戏剧节也催生出一批体制外新文艺工作者的小剧场创作。2011 年中央戏剧学院戏剧研究所着手编选"戏剧学新经典译丛",到今年共推出了《邂逅康铎》《为布莱希特辩护》《多金与圣彼得堡小剧院:打造演出》等七本译著,编者希望这套介绍他国戏剧为那里的社会和人生做了什么,以及以何种方式做成的译丛,"有助于我国做戏人拿来以自己的方式融会贯通"。

作为舶来品的中国话剧历来有把目光投向西方的传统,改革开放四十年的中国话剧在剧场实践中呈现出形态各异的创作背后,无疑是东西方戏剧观念与当下现实的对话与对驳。四十年的中国话剧有足以言说的关键词。它在自说自话与学他人说话之间寻求社会身份和意义的实现。学者旷新年呼吁"把文学还给文学史"。对照中国话剧四十年的流变,在此借用他的提法——"把话剧还给话剧史"。因为跟文学一样,中国话剧也是在历史实践中不断被完善,被定义。

从影响的焦虑到贝克特的目光

——外国戏剧在中国四十年扫描

颜 榴

一 布莱希特非幻觉主义的开启

二十世纪八十年代，中国戏剧出现了外国戏剧的排演高潮。
1979 年，由黄佐临、陈颙执导的布莱希特名作《伽利略传》在中国青
年艺术剧院上演。之后，像意大利喜剧《一仆二主》（1980），莎士比
亚代表作《威尼斯商人》（1980）、《麦克白》（1980）、《温莎的风流娘
儿们》（1986），法国戏剧《油漆未干》（1983）、樱桃时节（1983），德国
戏剧《高加索灰阑记》（1985），瑞士戏剧《天使来到巴比伦》（1987），
苏联戏剧《命运的拨弄》（1987）等，这些古典主义与现实主义的剧目
纷纷呈现在中国观众面前。今天看来当属《伽利略传》影响深远，因
为它开启了布莱希特非幻觉主义的舞台美学。

在外国戏剧的排演上，北京的三大国有院团都开始请西方导演直接参与创作，北京人民艺术剧院首获成功。1983年，美国剧作家阿瑟·米勒来到北京人艺，为他的剧作《推销员之死》亲自担任导演。同年，德国曼海姆民族剧院协助人艺排演了《屠夫》（彼得·普列瑟斯、乌尔利希·贝西尔）。1987年，苏联导演马尔克·扎哈罗夫在中国青年艺术剧院执导了政论剧《红茵蓝马》，美国导演贝汀娜·安特尔与洛伊斯·威勒·斯诺则在中央实验话剧院执导了生活气息浓厚的《小镇风情》（桑顿·怀尔德）。1988年，美国的查尔顿·赫斯顿导演在北京人艺执导了《哗变》（赫尔曼·沃克）。以上这些戏中，《屠夫》与《哗变》至今仍然是北京人艺经常上演的保留剧目。

但是，中国观众还未能充分地享受外国戏剧的某种新鲜感，一些戏剧人在二十世纪八十年代"美学热"的激发下，开始拥抱西方现代派戏剧。

二　贝克特及现代与后现代戏剧的渗透

1987年，牟森的"蛙"实验剧团演出了法国剧作家尤奈斯库的《犀牛》，首次让中国观众看到了"荒诞派戏剧"。两年后，学院派导演林荫宇排演了尤奈斯库的《椅子》（1989）。此后，曾在《犀牛》中扮演过角色的孟京辉导演热衷于荒诞派戏剧，先后推出了品特的《送菜升降机》（1990）、贝克特的《等待戈多》（1991）、尤奈斯库的《秃头歌女》（1991）、热奈的《阳台》（1993）。新老导演排演现代派戏剧的热潮持续了十多年。林荫宇导演在中国青年艺术剧院任职后继续推出了品特的《情人》(1991)、热奈的《女仆》(2000)。北京人艺的林兆华导演排演了迪伦马特的《罗慕路斯大帝》(1992)、契诃夫 + 贝克特的《三姐妹·等待戈多》(1998),后者虽然遭遇票房惨淡,却一度引起文学界的热议。以上这些作品中,笔者只看过两部的现场,比较起来,印象最深的荒诞派戏剧不在其中,而是另一位意大利剧作家皮兰德娄的作品。那是 1994 年,由中央戏剧学院导演干部进修班所演出的毕业大戏《六个寻找作者的剧中人》。它证明在中国戏剧的最高学府里,西方现代派戏剧已经获得了相当的理解与重要的位置。

　　进入二十一世纪,中国戏剧导演留学欧美的经历给现代派戏剧带来了新的成色。2006 年,旅法学者宁春艳在国家话剧院导演了尤奈斯库的《犀牛》。从 2007 年开始,香港导演陈恒辉在他的爱丽丝剧场实验室接连推出贝克特的十九部剧目。2009 年,有美国戏剧硕士学位的王翀导演推出了奥地利彼得·汉德克的《自我控诉》。2016 年,有英国电影硕士学位的邹爽在国家话剧院导演了贝克特的《美好的日子》。

　　从贝克特到彼得·汉德克,其间还有海纳·穆勒、萨拉·凯恩等人的作品相继登台,二十世纪六十年代以后的欧美剧作家成为八零后戏剧人想啃的硬骨头。这些被称为后现代主义戏剧的作品,其难度超出了荒诞派早期,它们是西方进入消费社会之后意识形态产物的结果之一,语义的含混与多重链接带来释读与排演的困难。这些戏难以引起一般观众的兴趣,因为处于前消费时代的中国人正集体走在脱贫致富的路上,轮不到考虑荒诞与虚无的问题。从现代派到后现代派戏剧,这是一个中国戏剧人体验创作的艰难过程,虽然观众对于这些作品还未能获得强烈的认同感,却也慢慢建立了对戏剧本身的尊重。

三　中国导演的外国戏佳作

尽管有二十世纪八十年代西方现代派戏剧的热潮,我们也不能忽视了同时期几位重要导演的外国戏佳作为当年的观众带来的营养。比如上海人民艺术剧院黄佐临导演的《萨勒姆的女巫》(1981,阿瑟·密勒),北京人艺蓝天野导演的《老妇还乡》(1982,迪伦马特),夏淳导演的《洋麻将》(1984,柯培恩),中戏教授徐晓钟导演的《培尔·金特》(1983,易卜生)与《浮士德》(2009,歌德)。尤其值得提及的是中国青年艺术剧院的陈颙导演,她在二十年里,先后执导了《蒙塞拉》(1980,罗布莱斯)、《樱桃时节》(1983,茹尔·瓦莱斯)、《高加索灰阑记》(1985,布莱希特)、《天使来到巴比伦》(1987,迪伦马特)、《老顽固》(1993,哥尔多尼)、《三毛钱歌剧》(1998,布莱希特)、《钦差大臣》(2000,果戈理),涉猎法国、德国、瑞士、意大利、俄国等多国戏剧,贡献颇丰。遗憾的是,从国家剧院的传承上来说,陈导在外国戏排演上的成绩未能得到仔细的研究,以供后辈借鉴。

从观众角度来看,二十世纪九十年代以来,有两位旗帜性导演获得了颇高的知名度。一位是北京人艺的林兆华导演,被尊称为"大导"。他的舞台在新奇怪异上从未让人失望过。比如:《哈姆雷特》(1990,莎士比亚),《罗慕路斯大帝》(1992,迪伦马特),《浮士德》(1994,歌德),《三姐妹·等待戈多》(1998,契诃夫+贝克特),《理查三世》(2001,莎士比亚),《樱桃园》(2004,契诃夫),《建筑大师》(2006,易卜生),《大将军寇流兰》(2008,莎士比亚)。

　　另一位是从中央实验话剧院到国家话剧院的孟京辉导演,他的改编与拼贴手法总是充满了有趣的想象力,被称为"孟氏戏剧"。比如《思凡》(1992)(中国明代《思凡·双下山》"思凡成真"和意大利薄伽丘《十日谈》"偷情成功"),《放下你的鞭子·沃依采克》(1995)(中国三十年代的街头剧《放下你的鞭子》和德国毕希纳的《沃伊采克》),《爱情蚂蚁》(1997,以色列列文《雅各比与雷弹头》),《一个无政府主义者的意外死亡》(1998,意大利达里奥·福),《爱比死更冷》(2009,德国法斯宾德),《堂吉诃德》(2009,西班牙塞万提斯)。

　　自然,当我们回顾近四十年外国戏剧和小说在中国舞台的变身时,还是不能忘了众多戏剧人为此所作的努力。暂以北京现有的两大国有院团来看,北京人艺的任鸣导演曾执导了《情痴》(1995,萨姆·谢泼德),《在茫茫大海上》(1996,斯拉沃米尔·穆罗热克),《等待戈多》(1998,贝克特),《足球俱乐部》(2002,大卫·威廉森),《油漆未干》(2004,勒内·福舒瓦),《哗变》(2006,赫尔曼·沃克),《榆树下的欲望》(2007,奥尼尔)。青年导演徐昂推出了《动物园的故事》(2012,阿尔比),《喜剧的忧伤》(2013,三谷幸喜);班赞导演的《伊库斯》(2018,彼得·谢弗)。

　　在国家话剧院,吴晓江导演执导过易卜生的《人民公敌》(1996)、《玩偶之家》(1998),迪伦马特的《老妇还乡》(2002)、《夜色迷人》(2006,《抛锚》改编)。留苏的导演学博士查明哲执导了《死无葬身之地》(1997,萨特),《纪念碑》(2000,考琳·魏格纳),《这里的黎明静悄悄》(2002,鲍里斯·瓦西里耶夫小说改编),《青春禁忌游戏》(2003,《亲爱的叶莲娜·谢尔盖叶夫娜》改编)、《…Sorry》(2006,亚历山大·加林)。王晓鹰导演排演了《死亡与少女》(2001,阿瑞尔·道夫曼),《萨勒姆的女巫》(2002),《哥本哈根》(2003,迈克·弗莱恩),《普拉东诺夫》(2004,契诃夫),《失明的城市》(2007,萨拉马戈《失明症漫记》改编),《简·爱》(2009,夏洛蒂·勃朗特小说改编),《深度灼伤》(2011,《烈日灼人》电影改编),《红色》(2012,约翰·洛根),《离去》(2014,奈戈·杰克逊)。汪遵熹导演应邀执导了《九三年》(2004,雨果小说改编),《怀疑》(2005,约翰·尚利)。老导演张奇虹执导了《奇异的插曲》(2007,奥尼尔),青年导演王剑男执导了《物理学家》(2008,迪伦马特)。

　　除了国家剧院的集体动作,西方戏剧修养丰厚的英国戏剧学博士沈林教授的个人行动别树一帜。二十世纪九十年代初,沈林翻译了热奈的《阳台》,在中央实验话剧院上演。1999 年他将歌德的《浮士德》改编为《盗版浮士德》,由孟京辉导演搬上舞台。2010 年,他又将布莱希特的《四川好人》改编为《北京好人》,并糅合了北京曲剧上演。沈林对于外国戏剧经典的改编总是着力于怎样使过去的作品在今天读起来更有意义,表面上看起来大刀阔斧,实则非常尊重原著的精神,这种改编既需要技巧,更依赖于作者的学识,难度相当大。沈林独具的学术水准和对戏剧艺术品格的坚守很大程度上决定了舞台作品的含金量。惜乎他的影响力尚不及某些艺术上粗疏却善于操作的戏剧圈中人,这对于中国当代戏剧是一个不小的损失。

　　以上剧目显然不全,但基本可以看出中国戏剧人对外国戏剧选择的喜好:早年间主要排演戏剧经典,后来不满足于此,开始改编名著,诺贝尔奖小说改编一度热门,美国普利策戏剧奖、奥斯卡电影奖、百老汇托尼最佳戏剧奖的作品更是备受青睐,有些剧在演出时间上几乎与外国演出同步。这种追踪似乎给人一种全球化时代中国戏剧并未落后的感觉,然而,真的是这样吗? 如果只是觉得后现代时髦,便倾心向往之,或者只是为欧美戏剧节定做而去迎合西方观众的口味,这些戏对中国又有何益呢?

四　当代世界知名导演对中国戏剧的启示

早在 1996 年,日本的铃木忠志导演在中央戏剧学院上演了古希腊悲剧《厄勒克特拉》,让圈中人见识了这位亚洲戏剧大师的水准。2004 年,以色列卡麦尔剧院的《安魂曲》在京演出,以其出色的戏剧诗的高度征服了首都戏剧界。2012 年,大名鼎鼎的英国导演彼得·布鲁克携《情人的衣服》应"林兆华戏剧邀请展"第一次来华演出,此后又带来了《惊奇的山谷》《战场》,使他早已闻名中国戏剧界的"空的空间"得以佐证。

2014 年冬,北京迎来了第六届戏剧奥林匹克的盛宴。除了铃木忠志面向更多观众的展示之外,欧美多位戏剧家给首都的剧场带来一次次震撼,年长者如美国的罗伯特·威尔逊演绎的贝克特戏剧甚至引发观众的粗口,年轻者如立陶宛 OKT 剧院的奥斯卡·科尔苏诺夫导演奇妙的想象力叫人惊叹,德国的塔尔海默和奥斯特玛雅各具张力的舞台手法令人难忘。这其间的一个意外与惊喜,是美国背景、华裔舞蹈家兼艺术家沈伟,他带来的《声希之夜》是一种大舞台艺术。沈伟的作品几乎回答了我的疑问:"戏剧的现代与后现代美学,我们抵达了吗?"他最契合当下,完全是当代的,后现代的,充满了对多极世界文化的观照,又没有失去中国人对世界的理解;色调像西方,灵魂却是东方的,尽显中国美学,堪称东西方美学的集大成者。

2014 年,波兰导演克里斯蒂安·陆帕首次来华,首届天津曹禺国际戏剧节上演了他的《假面·玛丽莲》。此后他的《伐木》(2015)、《英雄广场》(2016)相继来北京演出。2017年,他与中国演员首度合作,将史铁生的剧作改编为《酗酒者莫非》,在天津大剧院演出。陆帕导演早年对于尼采的著作、穆齐尔的哲理小说与托马斯·伯恩哈德戏剧的研究,形成了处理心理剧的独特手法,他在舞台上调动梦境与现实的能力非同一般,尤其是他的"演员不可见"的导演功力使中国演员王学兵在《酗酒者莫非》中的表演大放光彩,对于当前的中国导演有着特殊的借鉴意义。

从2016年开始,一位立陶宛导演里马斯·图米纳斯再次让中国戏剧人震惊,他的五部作品(《三姐妹》《马达加斯加》《思维丽亚的故事》《假面舞会》《叶甫盖尼·奥涅金》)相继来华演出,其中2017年在浙江乌镇上演的《叶甫盖尼·奥涅金》尤其精彩。作为俄国瓦赫坦戈夫剧院的现任艺术总监,他在戏剧舞台上谱写宏大交响诗的能力令人叹为观止,所带来的俄国"幻想现实主义"的戏剧美学观也颇值得中国戏剧人细细领会。

结　语

改革开放四十年来,外国戏剧对中国话剧有巨大的影响。外国戏剧文学对中国戏剧的滋养不言而喻。戏剧观念上突出表现为布莱希特非幻觉主义的开启,与贝克特及现代与后现代戏剧的渗透。中国导演在排演外国经典戏剧的过程中获得长足的进步,出现了一些旗帜性的导演。几十年间,从古典戏剧到现代戏剧,再到后现代戏剧,各种不同类型、不同范式,在中国出现了杂糅。回顾起来,我们在获取外国戏剧的信息和资料上并不差,创作力量也不弱。问题是:西方的热点是否是我们所需要的热点? 异国他乡的风土人情与人性表达怎么样才能形成对中国观众的意义? 物理形态的模仿是否触及了戏剧的本质? 近几年,当代世界知名导演的作品频繁来华,他们对戏剧诗意、心理和审美的开掘给中国戏剧带来更多参照和启示。今天中国戏剧人选择排演或改编外国戏剧,并呈现出它在中国的当代性,仍然是难点与突破点。

与时代同行的北京杂技

郭云鹏

改革开放四十年，中国发生了翻天覆地的变化，取得了令人瞩目的成就。这四十年的飞速发展，变化之快、变化之多令人惊诧，甚至是无法想象。杂技艺术随着时代的发展，取得了巨大的进步。可以说，杂技艺术近几十年的变化，要大于以往几百年甚至上千年的变化。

北京，是新中国杂技的发祥地，是中国杂技发展的风向标，影响着全国乃至世界杂技的发展进程。梳理这四十年北京杂技的发展脉络，与时代同行的北京杂技见证了中国从强起来到富起来的过程，同时也得益于改革开放这一伟大的变革，让古老的中国杂技释放出前所未有的能量，迎来了发展的黄金期。

一 艺术创作成果丰富

北京主要有三个杂技院团,一是成立于1950年的中国第一个国有杂技院团——中国杂技团。二是源于老北京天桥的北京杂技团。三是中国铁路文工团杂技团。随着改革开放的不断深入,北京的杂技院团大胆吸收借鉴国内外先进的创作思潮和文化理念,适应时代的变化和人民群众的文化需求,艺术创作的形式和内容、精品杂技的数量和质量都达到历史的新高度。

中国杂技团的《俏花旦—空竹》《圣斗—地圈》《协奏·黑白狂想—男女技巧》《揽梦擎天·摇摆高拐》《九级浪—杆技》,北京杂技团的《玩空竹的小妞妞》《妙舞—炫竹》,中国铁路文工团曲艺杂技团的《命运的摇摆—双人晃管》等一批思想性、艺术性和观赏性有机统一的精品杂技节目在蒙特卡洛国际马戏节、法国明日世界杂技节等国内外重大杂技赛场获得金奖。

在改革开放四十年发展过程中,杂技创作的形式也发生了很大的变化,由从前以杂技节目为多见,到后来出现杂技主题晚会和杂技剧等创作样式。中国杂技团先后创编了《再见,飞碟》《熊猫当家》《第61块金牌》,北京杂技团创编了《魔幻音乐盒》等杂技剧。可以说,北京的杂技院团在艺术创作上走在了全国的前列。近些年,国际杂技界又出现了"新杂技"的创作理念,中国杂技团创作了中国第一部新杂技作品《TOUCH—奇幻之旅》,可谓引领了全国杂技创新的风潮。

这里要特别加重笔墨说一下中国杂技团,它身处北京,带着国字号的头衔,对中国杂技界一直都是起着标杆和示范的作用。尤其是2006年转企改制后,中国杂技团迎来新的发展期。十几年来,他们的艺术创作、管理理念、道具创新、知识产权保护、企业文化建设等方面都取得了不俗的成绩,成为中国杂技界学习的榜样。很多情况下,中国杂技界都在看中国杂技团,中国杂技团有了什么新的举动就会带动整个中国杂技界发生相应的变化。

二 文化交流成就斐然

中国杂技凭借深厚的中华优秀文化的底蕴,用高超的肢体技艺展示艺术之美而无语言障碍这些天然的优势,在对外文化交流中展现出独特的魅力。改革开放之后,北京杂技的对外文化交流开展得更加深入,更加广阔,被誉为对外文化交流的排头兵。

每年我国举办的众多重大国际性会议、节庆等活动,以及跟随党和国家领导人出国访演,如在世界各地举办的中国文化年、欢乐春节、四海同春,尤其是北京市的品牌活动是北京文化周,都活跃着北京杂技院团杂技艺术家的身影。此外,杂技的商业演出成绩骄人,北京的杂技院团足迹已经遍及世界一百八十多个国家。据文化部的官方统计,中国杂技演出占各艺术门类出访商演的份额达80%以上。而且如今的商业演出已由原来比较低端的"原材料"输出逐渐转变为原创作品输出,整台杂技晚会的商演也越来越多、越来越普遍。尤其是中国杂技团那些在国际大赛上获金奖的节目特别受到国外演出商的青睐,他们的演出费因此大幅增长,可以达到普通演出收益的三到五倍,极大地提高了中国杂技在国际演出市场的竞争力。

在国际重大赛场,北京杂技也有优异表现。北京杂技界获得了国际上所有重大杂技赛场的奖项,尤其是中国杂技团,在杂技界有"国际杂技奥林匹克"之称的蒙特卡洛国际马戏节,中国杂技团已经多次获得其最高奖"金小丑奖"。与此同时,越来越多的中国杂技的专家在国际赛场担任评委,中国杂技团的孙力力多次在重大国际赛场担任评委,而且为了表彰她为杂技艺术发展做出的突出贡献,蒙特卡洛国际马戏节为她颁发"杂技艺术特殊贡献奖",这是中国杂技界和北京杂技界莫大的荣誉。

随着从"送文化"到"种文化"的转变,培养杂技留学生成为中国对外文化交流的新方式,传播中国优秀文化的新渠道。俄罗斯萨哈共和国雅库特马戏院于1997年10月派出第一批二十名学员来到北京市杂技学校,至今,培养成才和正在参训的学员已达八十余人。学员们学成后均可直接登台表演,有的学员已在国际赛场崭露头角,取得不错的成绩。目前,雅库特马戏院与北京市杂技学校建立了长期的人才培养合作模式,定期选派学员来中国学习杂技。随着国家"一带一路"文化建设的需要,配合中华文化"走出去"战略的不断实施,培养杂技留学生在促进各国文化艺术的融合与发展中将发挥越来越重要的作用。

三　社会影响与日俱增

围绕党和国家工作大局,北京杂技界不断创新文艺活动的载体和形式,开展了众多主题鲜明、影响广泛、成效显著的主题文艺实践活动,在北京申奥、世博会、APEC 和 G20 峰会等重大活动的文艺演出中都有杂技艺术家的精彩亮相。让人民群众检阅杂技创作的丰硕成果同时,也扩大了北京杂技的社会影响力。杂技工作者彰显了时代责任,受到广大群众的热烈欢迎和广泛赞誉。

北京杂技秉承中国传统杂技精髓,颇具民族符号和人文特色,是北京文化的代表之一,是外国游客了解北京的重要窗口。北京天地剧场、东图剧场、朝阳剧场、红剧场等以杂技演出为主要经营的场所,常年都有大量来北京旅游观看杂技表演的外国观众。"来北京、看杂技"成为国外旅游者的一项重要的文化活动,更有部分外国游客专门为了看杂技而选择来京旅游。通过北京杂技,体验这一国粹背后北京厚重的人文历史和老北京独有的一份风韵,为旅程增添了浓墨重彩的一笔。

北京的广大杂技工作者尤其是很多老艺术家和新文艺组织,积极参与到各种文化惠民演出活动中来。他们深入到乡镇、社区、厂矿、军营、校园等基层单位,以及奔赴边疆地区、国家重点工程建设工地等,把在国内外重大杂技赛场获奖的精品杂技送到基层,让人民群众共享杂技创作成果。在文艺演出中,杂技往往是台下掌声最多、最受观众欢迎的表演之一。

2018年,中国杂技团举办了"四十载改革开放,四十城文艺为民——中国杂技团'匠心技艺'万里行"活动,该活动历时八十八天,途经十八个省区四十四个城市,行程共计两万八千公里,是中国杂技团建团以来规模最大、跨时最长、覆盖省份人口最多的国内巡演之一。此次大型国内巡演将代表首都文化的精神风貌与城市底蕴的杂技作品在全国范围内广泛传播,为广大人民送去北京杂技在改革开放中的发展成果,为建设全国文化中心做出积极贡献。这是对改革开放四十周年最好的纪念,也书写了中国杂技史上新的篇章。

四　魔术成为靓丽名片

北京是中国魔术的北方重镇,长期走在全国的前列。改革开放给北京魔术带来巨大的发展契机,魔术已经成为北京城市一张亮丽的名片。

当今北京市举办有多项重大节庆魔术赛事,如中国北京国际魔术大会、世界大学生魔术交流大会、北京亚洲大学生魔术交流大会等。这些魔术赛会通常包含有魔术论坛、近景魔术和舞台魔术比赛、世界魔术冠军作品展演、魔术大师讲座、魔术道具展等精彩纷呈的活动,为世界各国的魔术师、魔术爱好者搭建了良好的展示和学习的平台,在业内的影响力越来越大。尤其是北京市提出依托中国北京国际魔术大会,将昌平区打造成为"世界魔都"的宏大设想后,魔术成为昌平区文化创意产业的核心内容之一,也是北京市文化创意产业的重要组成部分,魔术大会正逐渐成为北京市对外文化交流的重要窗口。

北京涌现出一大批优秀的青年魔术人才和魔术作品,在全国产生广泛影响。如由傅琰东、沈娟、汪燕飞表演的《青花神韵》,尹浩表演的《音乐梦》,胡金玲表演的《敦煌莲想》,王璐表演的《牌花新露》,徐阳、于泊然表演的《新古彩》,傅氏云机(北京)文化有限公司王亚亮、刘家名表演的《橱窗之恋》、梁毅虎表演的《流光掠影》,中国铁路文工团曲艺杂技团于点儿表演的《飞花点翠》等,在国内外重大魔术赛事中均取得不错的成绩。中国杂技团创编的《李宁魔法传奇—魔幻之旅》魔术专场晚会,北京奇幻森林魔术文化产业集团创编的小剧场魔术剧《旅程》系列、《终于失去了你》,大型魔术秀《惊天魔盗团》;北京金玲魔法世界传媒集团制作的非遗专场《城南旧事忆天桥》,"一城三带"魔术剧《玻璃星球》等,都极力探索新时期魔术艺术创新之路。

此外,2007年在北京成立了中国高校魔术联盟,并以此推动全国各地高校魔术联盟的建立和各成员院校数量的迅猛增长。魔术联盟的成立让越来越多的大学生魔术师登上各类比赛的舞台,展露峥嵘,成为魔术艺术发展的生力军,并有力带动了魔术产业更高更强的发展。北京"傅氏幻术"于2014年成功申报第四批国家级非物质文化遗产项目,为有百年传承的魔术发展注入了新的生机和活力。

结　语

回顾改革开放四十年,我们可以看到,北京杂技全方位、多层次、各领域都取得了巨大的进步。中国杂技有着三千多年的历史,它在发展的过程中从来没有间断,中国杂技乃至北京杂技的发展就是因为能够紧跟时代潮流,与时俱进,兼收并蓄,才有了如此强大的生命力。最后,用中国杂技团一句响亮的口号"让世界看到最好的中国杂技"结束今天的演讲。衷心希望新时代,北京杂技能够蓄势再出发,创造新辉煌!

当下首都舞蹈艺术创作的现状与发展

金 浩

　　舞蹈本身有其独特的艺术魅力,当前舞蹈创作上的发展不断丰富着北京的城市文化。在贯彻党的"十九大"树立以人民为中心的文艺创作导向,首都的舞蹈艺术创作群体更是积极应对在"跑步中调整队形",尤其是进入新时代以来,在北京地区的舞蹈行业里,呈现了舞蹈艺术创作精品迭出,舞蹈类型日益多样,院团改革持续深入,演出市场欣欣向荣的良好局面。

一 "优于抒情巧于叙事"的新舞蹈观, 更加贴近新时代的生活风貌

　　当下,涌现出了几十部舞剧(舞蹈诗)新作;各类评奖、展演、会演平台集聚呈现着舞蹈创作的整体面貌。2017 年举办的"北京舞蹈大

赛",此项赛事已有三十年的历史跨度,推出了众多展现时代风貌的经典作品,培养了一批批优秀的舞蹈编导和表演人才,也是每隔几年即对首都舞坛新秀的一次集中展示与巡礼。它在群众中广泛地普及了舞蹈艺术,具有口碑极好的影响力,为北京城市文化增添了亮丽的一笔,全面推动了首都舞蹈事业的不断进步。

特别值得一提的是,舞蹈作品《12345678》的表演者是一群具备了职业素质的非职业舞者,他们虽然失聪失语,但都具有充沛的情感,突破了手语排练者和舞者一同表演的形式,从而实现了作品的完整表达。红黑色调的服装在舞台上的冲击力、穿透力非常强,再加上舞者的动作设计见棱见角,异口同声地努力喊出"12345678",整个舞蹈就会让你忽略了台上所谓的人物角色,而都演化为聋哑人心声形象化的表演者。生命的价值在于承受苦痛,而舞蹈的魅力在于将生命之痛变为美感而凸显舞蹈之美。作品贵在没有宏大的说教主题,而是借助抽象化的群体,表现聋哑人学说话的决心和能量。该作品突破了以往同一题材不知道怎么编、跳什么的窠臼,让我们欣喜地看到了这样巧妙或者说很符合舞蹈编排、编导要求的构思,让弱势群体传递出舞蹈那鼓舞人心的正能量。此时,优秀的舞蹈作品不需要我们用语言来描述,也不必做文字脚注,表演者和观众所产生的艺术共鸣,是建之于舞蹈形式之上的人类情感共识。

少儿舞蹈《纸飞机》给人印象深刻。据编导介绍,当时选题为"纸飞机",就是因为这是孩子最简单的玩具,它的放飞需要自由的空间,在战争当中自由空间是不存在的,受挤压的,创作这样一个舞蹈,就是想用纸飞机的轻盈衬托战争的沉重。编导通过这个作品让孩子们能体恤战争中孩子的感受,要让祖国的花朵珍惜今天来之不易的和平,铭记历史,开创未来。我们在编导老师身上看到了一位长期从事儿童舞蹈教育工作者的职业操守,艺术作为社会化人才培养过程中不可或缺的手段,深刻地昭示出舞蹈的背后是教育。用这些体现教育职能的优秀少儿作品,来丰富孩子们的生活,助力成长,为未来二十年的北京乃至中国培养有人性、有理性、有家国情怀,懂得博爱与担当,心存崇高理想,同时还具有历史使命感和社会责任感的身心健康的建设者,功莫大焉!

而中老年人表演的女子群舞《太液晴波》则让人刮目相看。该作品取自"燕京八景"之一,体现了鲜明的区域特色,且立意新颖、选题准确。围绕着"爱国、创新、包容、厚德"的北京精神,编导对于作品的理解彰显了包容厚德的城市精神,也是北京城市文化的突出体现,尤其是表演者们身上的隐忍、付出、温婉、大气的品格与这种精神特别契合,这里可能有她们内心深处最强烈、最直接、最单纯的脉动,厚德载物,上善若水。该作品采用了水的形象和律动作为舞蹈意象,动作语汇通过步伐、队形、调度及空间编排的变化,衬托出"以静制动""似断实连"的优美意境。这个节目好就好在它有一种代入感极强的观赏性,在"静"中忽而流露出巧妙的闪动,也是舞者内心节奏的外化展现。许多专家看后认为,编导所有的智慧和聪明才智就体现在舞蹈的结构上,《太液晴波》的"晴波"就是结构,波浪的起伏,什么时候该推进,什么时候该渲染,编排得恰到好处。结尾处再次展现那"太液"的波澜壮阔,观众会为作品的精彩而鼓掌。

近年来,群众性舞蹈异军突起,已经成为城乡居民日常生活的重要组成部分,也极大地丰富了首都人民群众的精神文化生活。像"国标舞""街舞""广场舞""养生舞"等活动都有持续开展。

二 "有赛场没市场"的生态改变,学院派 创作更加注重艺术实践

据悉,北京舞蹈学院、中国戏曲学院等市属艺术院校相继成立了教学实践中心,更加注重艺术实践环节。各高校本着培养基础宽、专业精、能力强、具有创新精神的高素质艺术人才,而积极搭建校内外实践平台,开展师生艺术实践和社会实践、校内实践和校外实践项目。坐拥首都地缘独特地理位置的艺术院校、表演团体众多,尽显鲜明的院团特色与艺术风范,呈现出了不同的舞风色彩与审美意蕴。例如:北京舞蹈学院的舞种齐全、技法纯正;中央民族大学舞蹈学院浓郁的少数民族舞蹈生活气息;中国戏曲学院、中央戏剧学院、北京戏曲艺术职业学院的戏舞共融与共创;北京师范大学、首都师范大学、北京体育大学、首都体育学院的人文选材与手法新奇;中央芭蕾舞团、中国歌剧舞剧院、东方歌舞团、北京歌剧舞剧院等演员的台风稳健与专业素养的凸显等等。

当下,最为引人瞩目的是人才辈出的"舞艺争艳",新时代让优秀的青年舞者个人才华得以充分施展。诸如:行业扶持青年演员、编导人才项目"国家艺术基金——培青计划""中国舞蹈十二天——青年舞蹈家展演计划""北京舞蹈双周""北京新舞蹈艺术节"等等,为舞蹈艺术创作打开一扇自由之窗,在带来公允立场与公平机会的同时,也为创作主体意志的开放与自由提供了一片纯净的天空。

诚然,年轻一代舞蹈创作者衍生出来的"梦想"有时并不被舞蹈

界主流所看好,而他们却依然自持激情的态度,勇于提出和践行自己的艺术主张,用舞蹈这种人类情感的纯粹手段来反映现代人当下生存与生活状态的体悟。例如:2018 青年舞蹈人才培育计划成果展演《俑2/撞》,的确带给了观众不少的惊喜,呈现在啖尽百味、眼界挑剔的专业观众面前更显得难能可贵。《俑2》以汉代舞俑为原始形态,在历史意识下对"过去的"和"已逝的"进行艺术化、想象性复原。舞者低眉垂手的含而不露;偏头屈肘的三道弯弧;小范儿、小关节及小节奏统统在多媒体光影衬托下被激活,既有与"跨界"介质的结合与突破,又携带了对传统文化的深沉敬意。编导田湉的才思为故物点乩了意象而富有灵韵,但窃以为"俑"与"偶"的表现尺度仍需把握和斟酌。《撞》编导池咚咚当晚真是把国家大剧院小剧场撞得咚咚响。当朝鲜族舞蹈元素"撞上"现代肢体语汇,这是传统与现代的相撞,也是不同民族文化的相撞,用"撞"出来的肢体语言解读多元文化赐予我们的生活智慧。乐和舞、黑和白、动和静、守护与创新、速度与激情、暗涌与未知,一切都鼓舞从之、心潮澎湃! 我感到这各半台的《俑2/撞》彼此独立成章又相得益彰,学院派的青年艺术家们玩出了创意又不失纯粹。

三　"严肃艺术纯正努力"院团创作更加深耕细作进入良性生产轨道

我们不禁感慨,中国舞剧的产量在世界排行榜上也是名列前茅的,虽然说像中国歌剧舞剧院、东方歌舞团、中央芭蕾舞团、北京歌剧舞剧院等一些有影响力的国家级、省市级院团,每年都推出一两部甚至更多的舞剧作品,推向国内外市场,但这"群鸥戏海"般的繁荣并不等于市场的真正繁荣。

我以为,舞剧创作上不可跟风、速成。不要把心思全放在舞剧包装上,舞剧本体所展现的美感是其他堆砌出来的虚拟奇观无法取代的。一个时期以来,我们在原创舞剧舞台上见识了越来越多的奇观,但得到的感动却越来越少。不管存在什么思虑,编导一味沉迷于外在形式,在炫技中挤干作品的思想内涵,再神乎其技,也不值得推崇。诚然,应该更多从作品结构、动作编排及舞蹈本体方面下功夫,探索舞剧创作的真谛。

2018年10月在广州举办的第十一届中国舞蹈"荷花奖"当代舞、现代舞评奖活动中,中国首部原创交响乐街舞作品《黄河》成功入围,它标志着这类草根艺术首次进入中国舞蹈界最具权威性的专业赛事评选,并取得前三甲的优异成绩,进而引发了热议。交响乐街舞作品《黄河》彻底解放了动作,以饱满的律动、十足的张力,展示了中国的"母亲河"在新时代迸发出的新鲜活力,它凝聚当代青年人奋发向上的精神,昭示着中华民族自强不息的民族气节。该作品努力发挥街舞接地气的形式所长,避开街舞艺术手段所短,尝试将西方流行文化与中国传统音乐和文化结合,将音乐的情境加以集中,造成紧张的情势,形成迫切的自觉意志和贯穿性的舞蹈视觉空间。从而在经过择取和填充的一个个有机联系的细节和场景中,形象而直观地将该作品的题旨与特色诉诸观众。

我以为,多元化的舞蹈样式和故事题材才能反映一个具有丰富色彩的新时代艺术面貌,况且情感表达有时又不是单一的,单一的东西或者以相同的形式呈现,就舞蹈本身而言都是无趣的。我们要给予院团编导们更好的创作土壤与空间以促进艺术生产的良性循环并不断地提升创作者的整体素质。舞蹈创作一定不能使它与变化着的社会审美心理和习惯产生距离，而发现生活的能力、艺术想象的能力与作品的表述能力，这三者的合一才是艺术创作者为之努力追求的新时代文化底蕴。

结　语

放眼未来首都舞蹈艺术创作领域的发展，应更加注重选取积极向上的主旋律题材，大力弘扬现实主义精神，挖掘现实生活中的美感；要促进舞蹈美感的独立表达，推动舞蹈创作的多样化、个性化发展；要拓宽舞蹈美学、艺术评论视野，拓展理论研究方法，促进理论与实践的良性互动；要发挥舞蹈美学在美育鉴赏方面的作用，注重舞蹈艺术在群众中的普及，进一步放大舞蹈艺术的社会效应。

艺术创作要树立风向标，编导对舞蹈素材的组织与编织方式，往往会反映出艺术创作者对于时代、社会环境的某种潮流回应。无论是当代还是传统题材的作品，作为成熟的舞蹈编导，只要其有能力让观众有效接收到对这个时代充满艺术个性的表达与阐释，就会具有一种以艺术创作手法记录当代社会生活的价值作用。可以说，舞蹈创作是表达一个时代的精神特质、留存一个时代精神风貌的最理想的媒介之一——一切真正优秀的舞蹈艺术表达，以它们卓越的创造性和独特性，抵抗着时间的流逝，把一个时代的印痕留给了历史。我们热情呼唤舞蹈界的有识之士能以更加积极的姿态介入当下首都舞蹈艺术创作之中。我以为,具体有以下几点措施可供参考:第一,要整合资源,加大宣传力度,扩大首都艺术创作的影响力,把新媒体和传统媒介有机结合起来,所有的舞蹈要让市民能看得到,而不是只在专业小圈子里热闹,要转变宣传角度,加强扶持力度;第二,鼓励具有原创意义的作品,一定要接地气,有生活气息;第三,应该举办一些优秀舞蹈作品的惠民演出季,要让市民第一时间能够欣赏到这些精品力作,体现从群众中来再到群众中去——"为人民而舞"的服务宗旨。

新时代网络音乐评论与研究的价值论域

丁旭东

在当前新时代,网络音乐已经成为房间里的大象,成为文艺评论不可回避的艺术对象。

究其原因,主要有二。一是用户体量巨大。据统计,至 2018 年 6 月,我国网民的数量已经达到 7.72 亿人,其中网络音乐用户在各类网络文艺用户排在第一位,约 5.4 亿人,占网民数量的七成以上,比网络游戏用户多一亿人,比网络文学用户多两亿人。体量巨大意味着其显在或潜在市场规模与社会影响巨大,一篇优秀的评论可能牵动亿万量级的产业市场,可能牵动亿万人的心,人心所向,势不可挡,因此,不得不重视。二是发展处于"快道弯区"。从"快道发展"的角度来看,近三年来,我国数字音乐市场规模约为 498 亿(2015)、529 亿(2016)、567 亿(2017),其增长率分别为 6.2%(2016)、7.2%(2017),均高于国民经济生产总值的增长率,且有逐渐拉大距离的趋势。相较而言,"弯区变局"的现象更加凸显,具体体现在"正版化""融艺化"两方面。截止目前,"腾阿百网"(腾讯音乐、阿里音乐、网易云音乐、百度音乐）为代表的网络音乐产业巨头已牵动行业实现了"音乐正版化"。"融艺化"问题笔者在拙文《融媒时代优质音乐 IP 的构成要素》中已经指出：网络音乐正在基于"互联网、移动通信网等各种有线和无线方式传播的音乐产品（狭义上的网络音乐）向集听、视等'多觉'复合审美感受及互动娱乐性、逼真现实性、沉浸游戏性、休闲消遣性等于一体的融合音乐文艺形态（广义上的网络音乐）拓展衍生与多样化发展"。让人最有"生活可感"的现象就是音乐短视频"抖音"的全国风靡。当前网络音乐"快道弯区"的发展情势带来的大量的新问题，更进一步说，带来了学术研究之核心问题的替代与重心转移。

综合而论，我们认为，文艺评论要面对必须面对的网络音乐，目前的核心工作是研判大势、预判趋势，抓住关键问题，而这一意旨的实现前提是厘清评论和研究问题所处的意义论域。下面，笔者就结合在北京文艺评论家协会主办的"2018 北京文艺评论热点现象研究之一：新时代的网络音乐专题研讨会"的发言，以及和与会专家及业界人士的讨论，分为四个方面，简单谈谈这个问题。

一 当下网络音乐评论的生态格局

研判大势，在笔者看来，虽然网络音乐评论的学术研究方兴未艾，但要从学术研究的立场上抓住关键问题和意义论域，就需要对以下三方面的问题有实质性的认识与关键性的把握。

（一）"网络音乐"与"网络上的音乐"

2006 年 12 月，文化部正式出台了《关于网络音乐发展和管理的若干意见》（以下称《意见》）。《意见》中首次明确了网络音乐的内涵，即"通过互联网、移动通信网等各种有线和无线方式传播的音乐产品"。这一概念很严谨，其所指实质为广义的"网络音乐"，即"网络上的音乐"。但如果我们将网络上的音乐作为整体评论探讨对象，会出现一个问题，那就是对"艺术音乐"和"中国民间传统音乐"而言，虽然网上的数字化音乐或视频能够展现音乐的概貌，但无法完整体现其音乐表演的场域氛围，就会造成信息缩略与流失，如此进行贸然评论，对这类音乐是不公允的，另外，既然有体现完整信息的音乐现场，完全应该鼓励和发展在场的评论，因此，对网上的这类数字化的音乐评论就不再有充分的必要性和权威性。因此，我们提出一个狭义的"网络音乐"概念。

狭义的网络音乐指的是在线数字音乐，包括下载音乐和流媒体音乐两部分。在线与网络上近乎一个同义词，因为不在线（包括无线和有线），连广义上的网络音乐也不是，所以，在线是一个基础必要性的规定。在线音乐中其实都是数字化的音乐，但数字化不等同于数字，数字音乐（Digital Music）指的是以数字形式进行制作、存储、复制、传输的非物质形态音乐。

在这个定义中，关键词是数字形式制作，因为有些音乐，如流行音乐，也可能是乐队音乐，最佳的评论依然是在场评论；而运用数字技术制作的音乐则不同，其线上音乐基本能够完整体现信息的完整性，不存在线上线下的明显欣赏差异。

在线数字音乐根据不同的技术服务特点,又可分为下载音乐与流媒体音乐。下载音乐(Download Music):一种数字音乐传播服务,即以复制的手段获取源文件并存储于终端,无须借助云服务技术便可随时多次聆听的音乐传播服务,近年来,下载音乐的市场份额不断下降,其重要性逐渐被流媒体音乐代替并超越。流媒体音乐(Streaming Music),一种数字音乐传播服务,即在网络传输数字音乐的同时,无须终端用户获取全部文件便可持续接收并聆听的音乐服务,通常分为支持广告的免费聆听模式和免广告的付费订阅模式。

综上讨论,网络上的音乐是广义的网络音乐,包括流行音乐、传统音乐、古典音乐等各种。狭义的网络音乐是在线数字音乐,主流是网络流媒体形态的音乐,品类主要是网络流行音乐,这种音乐体现了数字与互联网技术的运用,具有很强的与图文视频的融合性,具有便捷获取、可视听、可交互以及数字化编辑与传播的特点。这类音乐数量众多,如QQ音乐各种巅峰排行榜上的音乐、音乐视频平台"抖音"乐库里的音乐以及虚拟偶像"洛天依"所"演唱"的音乐均属此类。

(二) 网络音乐评论与网络上的音乐评论

网络音乐评论,即以网络音乐为对象进行评论,其对象可以是广义的网络音乐也可以是狭义的网络音乐,即包括网络上传播的一切音乐形式。实际上,当前所有的音乐形式,都可以数字化之后上传到网络上进行传播,因此,泛泛的网络音乐评论不具有评论的特殊性,换言之,具有音乐评论方法、原则、标准等各方面的普遍适用性,故不作为本文所探讨的重点。

我们更应该探讨的是网络上的音乐评论。在笔者看来,按照评论主体身份的不同进行划分,大致可分为三类。

第一类是"草根的网络音乐评论"(下简称"草根评论")。这里的"草根"并非是指社会身份上的草根,而是指音乐素养层面的,即不具备相关较为系统的音乐专业知识、音乐天赋和音乐实践的人,他们是目前网络上音乐评论的大多数,也是网络音乐用户中的多数,因此,他们不仅成为网络音乐评论文本的创作者,也是网络音乐产业的支撑者。他们听网络音乐,通常不是从专业学习、分析和鉴赏的角度来听,而是从精神需求的满足或听觉享受的角度来听,或者说是纯粹感性聆听。

"草根评论"基于聆听的快感与美感的感性体验,体现出创作的即兴性、感悟式、碎片化、交互性、叠加性特征,具有灵感式、感悟式、点评式和借题发挥式多种形式。"草根评论"体现的是民间立场的在线评说,言语表达具有网感特质,即有随意、有趣、反讽、戏谑、白话、网络流行语运用等特点;在内容呈现上,缺少学理性、逻辑性,多为心声吐露、嬉笑怒骂之言,闲言碎语、心情纾解之文。

"草根评论"虽然言语随意,但因不怀揣功利目的,所以,其中有真意,体现了底层民众的心音,如"饥者歌其食,劳者歌其事"的《诗》之风,所以,其最大价值在于真实,一是情感的真实,二是心理的真实。如果称其风格,可归为二十字:共鸣第一,娱乐至上,趣味优先,情绪认同,个性张扬。

"草根"对网络音乐的评论是有力量的,力量来源于两者。一是点赞数量较多时。因为"草根"是评论者,更大的可能是网络音乐的购买者或消费者。因此,他们的评论犹如用户反馈意见,那些好评且和者众多的评论,会直接提升网路音乐产品的销售规模与经济效益。

所以，他们的评论对于出品方和平台而言，是不能不重视的。二是真实。真实的力量就像安徒生童话里说出"皇帝无衣"的小孩一样，一句话就能改变几乎其他所有成年人的众口一词。因为真实与大多数人的心理真实形成了共鸣，所以，言者即使不多，和者却可能依然众多。

第二类是"专业人的网络音乐评论"（以下简称"专业评论"）。这里的专业人并不仅仅包括专业的音乐评论家、音乐学研究者，也包括音乐的从业者，因此大致有可分为"学院派评论"与"业内人评论"两种。

"学院派评论"的主体是体制内的高校教师、研究院的研究人员和音乐学专业的研究生们。他们坚守的是经典音乐评论的路数：注重音乐的本体分析、注重历史的比较、注重论证的逻辑、论理的充分、注重美学与史学层面上的观点表达以及作品意义的阐发。相较而下，"学院派"的评论是最有思想的厚度与文化传承性的，但其评论文本语言学术、书面，文章篇幅少则四五千言，且轻视网络发表，往往是在传统纸媒的学术刊报中发表后转载至网络，所以，"学院派音乐评论"在网络世界倒显得另类，不接地气，传播不广，阅读量不大，其评论文本只是数字化了传统音乐评论文本，属于广义的网络上的音乐评论，不具有太多的网络属性。

"业内人评论"的主体是从事网络音乐创作、营销、宣传、管理等相关工作的人员。他们有很强的网络音乐市场判断力和丰富的网络音乐鉴赏经验，因此，评论往往能够一语中的、直击要害，且没有"学院派"的理论架子，语言表达"接地气"。他们通常是网络音乐评论界的大V、KOL，拥有很多的粉丝，具有网络上的评论话语权与影响力。实际上，这种评论人不多，甚至太少，能够举出来的人物有原百度音乐总经理王磊、词曲创作兼策划评论于一身的科尔沁夫等。

　　第三类是"媒体人的网络音乐评论"（以下简称"媒体评论"）。评论文本的生产者是媒体从业人员，如记者、媒体评论员等。他们的网络音乐评论具有很强的意识形态的价值导向性、热点或舆情的针对性、政策贯彻性、主流文化阐发性。其在网络音乐评论中所突出是事实性信息描述，音乐的内容分析和社会意义阐发，不太注重音乐形式层面的本体分析与评价。

（三）当下网络音乐评论的文化生态

　　要洞悉网络音乐评论的文化生态现状，需要我们对网络音乐的媒介环境及其与网络音乐和评论之间的文化互动关系有更深入的理解。

　　先说网络。

　　当下，互联网作为新媒介不仅仅是一个网络音乐评论的发表平台，同时是一个文本生产的文化空间。在这个空间中生成产出的评论文本应具有三种特色。一是具有超文本链接的全信息文本。音乐的音视频嵌入评论的文字文本是最基本的要求。网络的实质内涵是到处有接口、处处可链接，因此，其评论文本还可以将其他精彩评论、背景知识、乐谱、艺人报道、画册等等所有有价值的网络信息资源与评论文字文本链接起来，构成一个立体性或全息性信息文本建制，这是传统媒介所不具有且为网络传媒多独有的优势与特质。二是适应读屏时代"碎片化"阅读习惯。屏主要是手机、电脑屏幕，是用户阅读终端。碎片化，即断断续续、不完整、闲余零碎时间内的阅读，也称"浅阅读"。阅读时间往往以分、秒为计量单位，在这么短时间内，评论文本必须给用户提供其足够感兴趣或吸引注意力的内容,否则就成为无效文本或低效文本。因此,这种评论文章不能长,千字以上就属于长篇大论了,如此小的篇幅就要观点先行,然后,三言两语把问题说明白。另外,还要把握热点,许多用户获得文本的方式可能就是通过搜索而来的,上不了热搜,文章不会有海量阅读的效果。三是有网感的文本。网感是什么? 在笔者看来,就是符合网民阅读习惯的文本风格,如网络流行语汇、表情包、动图、图文化、超本文链接、调侃、八卦、追风、标题党、宣泄性、游戏性,等等,可能都是构成当下评论文本网感的要素。这里面有负面的成分,如语言粗鄙、口水恣肆、信息不实、逻辑漏洞;也有积极的成分,能让人轻松阅读。

再说"互动关系"。

最基本的关系主要有三点。

第一点,无论网络音乐还是网络音乐评论都不能脱离赖以存在的互联网环境,换言之,离开互联网环境,网络音乐及其评论就不复存在。

第二点,网络音乐评论与网络音乐经济价值的体现有直接相关性。具体而言,正向积极评价的评论及大数量的点赞附和是网络音乐最具效力的口碑营销;反之,负面评论或评论缺失则可以作为网络音乐市场失败的标志。

第三点,网络音乐和其评论之间是一种话语博弈关系。前面我们已经阐述,网络音乐主要表现为流行音乐,其中占主导的是流行歌曲。因为是歌曲,所以歌词可以直陈语义,网络音乐评论其中就体现为对其语义内容的反对与赞同。这实际上也体现为一种观念的交锋。

另外,要补充说明的是,网络音乐和网络音乐评论之间的话语交锋存在"从众效应",也就是说,多数人的意见形成后,话语博弈的游戏就结束了。最典型的体现是网络音乐市场营销中的"犹太法则"。据腾讯音乐娱乐集团政府事务总监韩旭介绍:"每年周杰伦都会从'腾讯音乐'拿走上亿的音乐版税收入,而实际上乐曲库里的绝大多数音乐是无人问津的。向'四大'购买正版音乐版权,议价的重点是那些'头部'音乐,其他的音乐相当于'买一赠一千万'"。

有了此番理解,我们可以看到"二大一小"的当下网络音乐评论文化生态格局。

"第一大"是"草根评论"。"大"表现在两个方面。一是评论主体数量规模大,实际上每个网络音乐用户都可能是潜在的评论者,这个数量是近六亿;当然,实际评论者要少得多,因为网络音乐消费者和狂热的粉丝才能可能成为评论者队伍中的一员,但再少预计也是千万量级。二是评论文本数量大。网络音乐网络平台上留言区的"三言二语"就可算作一条评论,所有平台评论加起来每天的评论条数不会低于数百万。且评论呈现潮汐状,一个网络音乐的热点爆出,就可能瞬间聚集上千万的评论,带去上千万的音乐销售。

"第二大"是"媒体评论"。媒体尤其是中央主流媒体把握着网络音乐的舆情引导与意识形态传播职责,所以,当一首网络音乐成为"娱乐热点"之时,主流媒体通常会迅速做出反应,发布特约专家或评论员的评论文章,很快被全国主流官媒所转载,形成强大的舆论力量。

"一小"即"专业评论"。首先,"学院派"的评论是缺乏网感的,因此,传播范围很小,基本所有的评论文章的阅读量都低于网络音乐用户数量的万分之一。由此,可以得出判断,在网络音乐评论视野中,"学院派"目前基本是失语的。其次,是"业内人"的评论。虽然

"业内人"评论融合了草根评论与学院派评论的长处,网络影响大,但也有两个不足。一是由于站在业内,是局中人,故评论无法中立客观,难免观点偏颇。二是数量规模太小了,全国能数出来的知名乐评人用十位数基本可以容括。

细致分析,其实"二大一小"只是一种表面现象,其实质是"一大"。首先,"媒体评论"特别是中央权威主流媒体的社会影响虽然大,但在网络文艺群体中,网络音乐对社会精神文明所造成的影响远远小于网络文学、网络游戏、网络电影、网络剧集,甚至网络综艺,所以,很难成为主流媒体作为舆情持续关注的焦点,突出的表象是,在主流媒体上关于网络音乐评论的文章少之又少。其次,"专业评论"要么规模太小,要么脱离网络语境,其评论的声音在网络上弱小到几乎难闻。因此,目前的网络音乐评论的生态格局中是"草根评论"一家独大。这是一种不健康的评论生态,形成的局面就是"众声喧哗",学术的丧失,艺术的离场,文化品格的下移。由于缺少有力的评论监督或理性之声的在场,我国的网络音乐发展呈现为缺少自律或自我净化机制的野蛮生长状态。最后,发展到极致,突破社会文明所允许的底线,只能动用政府行政的力量进行干预。2011,文化部公布了"第三批未经内容审查或备案的网络音乐产品名单";2015 年,文化部集中下架一百二十首网络音乐违规产品;2016 年文化部进一步规范网络表演直播,全面实施"双随机一公开";2017 年文化部整治网络"三俗",关停"悟空 TV"等十二家手机表演平台……实际上,政府的网络禁歌行动只是亦步亦趋,对已经形成的负面影响不会立刻消除,且这些行动举措也只是治标不治本,因为网络原创歌曲的上传数量上千上万倍地多于被禁的歌曲。一旦被禁,说明已经流传开来,负面影响已经形成。真正有意义的解决方案,就是加强"媒体评论"和

"专业评论"的力量,让网络音乐评论生态平衡、健康,让网络自我净化功能正常运行。非此,可能政府的禁歌行动还要不断持续进行下去。另外,更难以消除的问题是,网络歌曲作为音乐,可以发挥其"言有尽,而意无穷"的特点,让大量的体现萎靡颓废或存在于"三俗"模糊地带的歌曲大量生产出来,这些歌曲虽然抛弃了直白粗俗的字眼,但依然可能具有负面精神的朝向,只有网络上出现更多的理性、专业的评论之声,把那些不健康的思想剥离出来,结合行业自律,才能逐步实现网络世界的"气正风清"。

从学者的立场来说,面对如是生态,该如何作为呢?

在笔者看来有两路可为。

一路"网评入场"。虽然音乐学学者具备较为系统的知识结构和音乐审美判断力,但对于其多数而言,网络音乐不是他们熟悉的研究对象,网络音乐评论也不是他们熟悉的话语体系,这都需要学习;另外,入场网络音乐评论还要抛弃那种狭隘的"为评职称而写作"的观念,而持有更多的学术责任、社会担当与文化使命感。

二路"研究转向"。网络音乐评论对于目前我国音乐学研究而言,还是一个十分前沿的学术论域,有太多的价值学术空间可以深耕。进行这方面的研究,既可以与现有体制内的价值回报体系相符,又可以发现"真理",作用于政府决策或行业引导,从而间接助力我国网络音乐评论生态的健康建设。

就当下网络音乐评论的生态格局来看,笔者认为,其研究的潜力价值空间主要存在与两大交叉区域(见下图1,丁旭东绘制)。

具体而言,其中主要体现为三方文化视野中的若干价值论域。

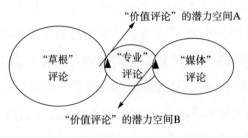

图1　当下网络音乐评论的生态格局

二　本体视野中的价值论域

从学术的立场出发,投身网络音乐评论,我们认为首要的是将目光投向本体。在本体视野中存在两大价值论域。

(一)"评论入场"中的实践论域

归根结底,"网络音乐评论"是一种文化实践,对于学者而言是一种学术实践,即按照一定的评论标准,对作为艺术对象的网络音乐进行针对性的分析、评判与意义阐发。其根本目的是提高原创网络音乐的创作质量,选析推介时代网络音乐精品,净化网络文化环境,同时提高大众的审美鉴赏水平或审美判断力。

学者的"评论入场"要有两种态度坚守。

一种是坚守"真言"评论。在"红黑黄"三线之上,网络音乐评论享有广阔的自由言论空间,学者评论应避免资本的裹挟与偏执的宣传,保持独立的人格、自由的思想和客观的判断。如是,为网络音乐评论生态注入一股"求真"的清流,从而制衡并保持网络音乐文化的健康生态。

一种是坚守"规范"评论。目前,客观地说,我国网络音乐的学术评论尚未上路,所以谈不上评论规范的问题,但学者所应遵循的学术规范是有的,比如可靠的论据、严谨的论证、客观的论断、辩证的评价,等等。

同时,学者的"评论入场"应保持两种姿态。

一是作为 KOL 的行为姿态。KOL 不是自封的,是通过与各种观念交锋中逐渐成长起来的,是通过"真理的言论"传播出来的,是随着粉丝的数量增长而逐渐确立起来的。学者入场,要成为 KOL 需要不断加强自身修养,如将注意力投放到网络音乐文化之中,立足文化发展的前沿,不断积累鉴赏经验,提高鉴赏能力;关注文化热点,第一时间评论发声;坚持按时发文,不断更新,等等。

二是"融合评论"的姿态。前文已经论证在"专家评论"与"草根评论""媒体评论"的交叉叠合之处,是最具价值的评论区间。所以这种"融合"不是"无我"的融入,而是"有我"的融合,具体而言,融合"草根评论"是取彼之长,形成具有传播力的评论之文。其主要体现在文风方面,如采用"神韵点评"式评论,形成自陈要义、知性言语、短小犀利、寓庄于谐的评论文风,忌长篇大论、学术话语、严谨凝重的论文文风。融合"媒体评论"主要体现在价值立场方面,如国家立场、民族观念、中央精神、社会主义价值观是要在评论中维护并予以弘扬的。中国古代典籍《孝经》云:"移风易俗,莫善于乐。"如何以乐来美善风俗,提高社会文明呢?《礼记·乐记》载:"今夫古乐,进旅退旅,和正以广……君子于是语,于是道古,修身及家,平均天下。"可见,古人把乐作为治国之方,其中"语""道古"即我们今天所言的"评论"是其行动路径中必有的一个环节。本来,这是"媒体评论"的职责,学者的"融合"的意义,主要体现在其作为形成社会理性与良知的信念堡垒,应做到立场坚定、批判有力、说理透彻、阐发得当几个方面。但在实际上,"媒体评论"在阐扬社会主义主流价值观念的同时也越来越需要能够辅以对专业问题一语中的、条分缕析的专业评论入场。

(二)"评论"研究的理论论域

本体研究属于基础研究范畴,是推动艺术健康发展的最重要的理论基石。对于网络音乐评论而言,其本体体现在"网络音乐"和"网络音乐评论"两方面。

在"网络音乐"的本体研究中"两大本体",即"艺本体"和"社本体"是为主要。

在拙文《"融媒"时代优质音乐 IP 的三大构成要素》中曾论及这一问题,不过,对于网络音乐而言,其本体则有着更为丰富的内涵。

从"艺本体"层面来说,网络音乐的创作美学、创作方法、艺术形式、音乐风格等都是需要探讨清楚的。从"社本体"层面来说,网络音乐与姊妹文艺的融合关系、网络音乐与时尚文化的关系,网络音乐与民意舆情关系,音乐产品的市场价值规律等均应作为其理论探讨的重要议题。

在"网络音乐评论"的本体研究中,同样存在"艺本体"和"社本体"。

从某种程度上来说,网络音乐评论是一种针对网络音乐而创造出来的以文本形式呈现的"泛文艺"。其语言风格、表达形式等均具有独有的特点,譬如"网感""碎片化""超文本"等均属于其"艺本体"的形式特征。

"网络音乐评论"相对于"网络音乐",其"社本体"的内容更加丰富,尤其是网络音乐评论之功能的问题,因为,通过评论者之间及其与音乐创作者的话语博弈(评论)呈现了一个"言论场"。"言论场"所呈现出来的不仅有人们的艺术审美和个人情感,也有其自然流露的"大众心声"。由此而产生的网络音乐评论的文本集合,自然也承载着大众的精神寄托、文化态度与价值立场。古人曾"立乐府,采诗夜诵"(《汉书·礼乐志》)以察民情,内在之理就是重视这种原生态的真实情感与思想的表达,现在,我们通过高达近六亿的网络音乐用户及其评论,通过评论言语信息的采集和大数据分析,是不是更能直察到当下民众的精神画像? 民族精神的塑造,社会文明的建设要立足于民族当下,这个民族不应是空泛的说词,而是由现实中活生生的中国人集合组成,所以,研究清楚"网络音乐评论"如何体现民族精神文明的现实,两者之间存在何种内在相关规律,等等,作为网络音乐评论的"社本体"探讨的内容是值得并需要深究的。此外,"网络音乐评论"作为网络音乐用户的一种特殊形式的意见反馈和音乐文化消费的另一"衍生品",对推动网络音乐产业发展、产品设计、市场决策和网络音乐文化生态建设来说,同样具有不言而明的价值。其也理应作为"社本体"研究的重要方面。

除了"艺本体"与"社本体"研究之外,在网络音乐评论中仍有许多需要面对的"本体"性问题,如评论的模式与标准问题等。这样的问题之所以没有列为主要,是因为本体研究的价值区域其实就像多米诺骨牌的连锁反应一样,只有前面的骨牌倒下来,后面的骨牌才会倾倒,也就是说,问题是随着问题的解决而浮现出来的,在缺少深入和较为系统的"专业评论"实践之时,论及评论模式的问题显然不切实际。不过,我们这番讨论也有意义,因为由此说明"本体"视野中的研究价值论域并非一成不变,而是一个不断延展的学术空间。

三　文化产业生态视野下的价值论域

从文化产业生态的视野探讨网络音乐评论问题是一个具有重大应用价值的研究论域。

应用价值主要体现在产业价值方面。据 2017 中国音乐产业发展报告,2016 年中国音乐产业总规模约为 3 253.22 亿元;其中中国数字音乐的产业规模达到 529.26 亿,占全国音乐总产值的 16.28%。这个比值高不高呢?我们可以用国际唱片业协会(IFPI)在英国伦敦发布《2018 全球音乐产业报告》数据做个对比:该"报告"数据显示,2017 年数字音乐收入首次占到了全球音乐总收入的一半以上,达54%。其中二者的比差达到 37.72%,即使排除中国数字音乐的年度增长可能性区间,即比以往增率占比再多出 5%,那么我们可以估计,中国数字音乐的产业规模依然会比全球的平均占比值少了 30% 以上,换算成资金,即少了 975 亿元人民币。这就是中国未来网络音乐可能性的产业潜力发展空间,或称之为潜力价值空间。

既然产业潜力价值巨大,为什么当下网络音乐评论生态格局中却没有网络音乐产业评论或商业评论的存在身影呢?

这就是为什么中国网络音乐产业不能健康发展的主要肇因

之一。

实际上，狭义的网络音乐既属于流行音乐，更应属于商业音乐的范畴。任何商业的有序发展都离不开理性思考的在场。如在美国有《哈佛商业评论》杂志，在中国有《商业评论》《北大商业评论》等系列专门期刊，再从姊妹文艺来看，商业化发展最好的是网络文学，1997年华语文学门户网站"榕树下"创立，意味着网络文学有了自己的发表平台，这是一个标志性事件。2003年网络文学开始VIP收费模式，千字三分钱。同年，网络文学研究的开拓者欧阳有权出版专著《网络文学论纲》（人民文学出版社），之后，更多的学者进入网络文学研究的队伍。现在，已有年版税收入过亿的网络文学作家——唐家三少，已有网络文学的大型品牌学术交流活动"网络文学论坛""网络文学＋大会"，已有头奖过百万的网络文学评比活动——"爱奇艺文学奖"，以及权威认定的网络文学奖——"茅盾文学新人奖：网络文学新人奖"，已有"江苏省网络文学院""中国作协网络文学研究院"，已有专门的评论刊物《中国网络文学评论》……中国网络文学已被称为除了好莱坞大片、韩国电视剧、日本"二次元"之外的当代人类第四大文化奇观。由此可见，产业对网络文艺具有强大的驱动力量，学术力量是促成网络文艺生态实现质变的重要因素，健康的网络文艺生态离不开学术评论的在场。

他山之石，可以攻玉。因此，网络音乐健康生态形成离不开产业评论。

目前，网络音乐产业评论基本属于"学术空白"，也因此具有十分广阔的价值论域或学术空间，枚举两则如下：

1. 网络音乐的产品价值

以往，我们对音乐作品的产品价值评价往往关注的是作品本身。

而网络音乐则不同,艺术价值和产品市场价值并不存在对称关系。如研讨会上谢嘉幸教授指出,"现在是网民经济,最早的《老鼠爱大米》,一个月里面就收回一个多亿,超过我们艺术专业院校一年的行政开支。"准确地说,网络音乐是"粉丝经济"。明星推出的网络歌曲的市场价值主要看其"粉丝"数量,故,明星的"粉丝数"被视为社交资产。因此,一些流量明星推出的网络歌曲可能不会广泛流传,但市场变现能力却很是强大,如不久前李宇春在 QQ 音乐推出个人专辑,仅网络销售额就高达千万以上。据腾讯音乐的韩旭介绍,"薛之谦的点击量跟周杰伦是一样的,我们每年付给他一个多亿(版税),他们的点击量就这么多,我们只能付给他这么多钱。"

如是,我们是否可以把粉丝数量直接作为网络音乐作品的市场估价依据呢?

微博音乐运营总监杨薇认为,这在不同的"平台"上,市场价值体现是不一样的,"如去年有很多(网络)综艺节目很火,选手参加综艺节目之后人气很高。人气通过什么来衡量? 不会说他有多少'抖音'粉丝,有多少微信公众号粉丝,(而是)说在微博上有几百万的粉丝"。"相对来说,'抖音'更偏重于传播内容,抖音神曲,不管这个歌谁唱的,没有人特别注意。""对我们来说,我们更专注于做的一件事情。我们能沉淀成音乐人的社交资产,通过他的社交资产发布和传递他的内容。"从杨薇的发言可见,其论断还是很谨慎的,她用"社交资产"在定义微博粉丝数量,而没有用文化资产或市场资产,那究竟"社交资产"和其网络音乐作品的市场价值之间有什么样的相关关系呢? 杨薇只是说明了微博粉丝和"抖音"粉丝之间的内涵不同,但并没有回答这一问题,可见这一问题仍然是一个答案模糊的待解决的议题,需要进一步深入讨论。

2. 网络音乐的知识产权

网络音乐产业的核心用一句话来概括,版权持有者的音乐营销活动。所以,知识产权问题是网络音乐产业的核心问题。

不细思虑,这不是个问题。谁都知道我们必须尊重他人的知识产权,不能盗版、抄袭和非法共享他人的音乐,更严重一点说,盗版是一种违法行为,是不能触及的法律底线。可是呢? 音乐是非物质产品,是靠广为流传来取得社会价值和产业价值的。一首歌曲再好,无人知晓,也没有产业价值。而流传是什么? 用现在的网络语汇来说就是分享,最具传播力的手段当然是免费分享,也就是盗版了。所以,"盗版"又成为成就一首歌曲品牌价值的重要手段。

这就是网络音乐产业中"盗版"的悖论。

2015 年是中国网络音乐版权问题的关键年。这一年,国家版权局实施了净网行动,发布了《关于责令网络音乐服务上停止未经授权传播音乐作品的通知》。随之,十六家互联网运营商下线了二百二十万首未经授权的作品,一个免费下载听歌的时代过去了。

之后,中国网络音乐平台进入了版权争夺大战。"大战"的结果是,无财力购买版权的中小型网络音乐平台纷纷退场,其中包括被称为"音乐第一股"的多米音乐。目前,只余下"TBAW"(腾讯音乐、百度音乐、阿里音乐、网易云音乐)以及少数苟延残喘、朝不保夕的"点缀型平台"。于是,大家会感受到 2015 年以来,那种家喻户晓的流行歌曲不见了。可见,反"盗版"在一定程度上违背了音乐传播规律。

再说"TBAW"2015 年之后开始了"独家版权"购买大战,这可能是最后的决战,战事正酣,即将产生"独家垄断"产业格局的时候,即2017 年,国家版权局约谈境内外音乐公司及国内几大网络音乐服务商,要求对网络音乐作品全面授权,叫停了音乐独家版权,就形成了当今"四大巨头"互授版权,在线音乐平台四分天下的局面,暂时终止了中国网络音乐生态继续恶化,到最后听音乐仅有一家的可笑局面。不过,互授版权也是设限的,即仅仅互授99%的音乐版权,所以,谁能占有1%,也就是一万多首独家优质头部歌曲的版权,谁就是市场的最后赢家。

图2　2018年4月1日因版权到期,"网易云音乐"
平台上周杰伦音乐销售额停留在四千余万

回到讨论的主题,网络音乐平台"四大巨头"推行正版化之后,音乐排行榜上留下的都是流量明星、"小鲜肉",像雪村、庞龙那样草根出身的网络歌手已失去"横空出世"的环境,虽然"四大"都推出了"音乐人计划"发展原创音乐,实际上犹太法则证明:不可能。如何走出"盗版悖论"的困境,重新释放大众的音乐创造力,还是一个需要继续探讨的问题。

以上所举,仅是网络音乐产业论域中极少的一部分问题,其他如网络音乐绿色平台建设、网络音乐营销模式、网络音乐新形态创作模式、网络音乐情景运用模式、网络音乐产品标准化等等,都是十分值得评论探讨的问题。

四　社会文化视野中的价值论域

这里论域的问题实际上是对前文所说的网络音乐"社本体"做出较为透彻的研究之后,所必然面对,且具有重要现实意义的,并需要运用"社本体"理论进行分析评论的问题。这一论域中有价值的问题颇多,下面我们就择取"研讨会"上专家们提出的两个较有代表性的问题予以说明。

(一)民族传统音乐文化传承的危机

习近平主席在2014年文艺工作者座谈会上指出,"中华优秀传统文化是中华民族的精神命脉,是涵养社会主义核心价值观的重要源泉,也是我们在世界文化激荡中站稳脚跟的坚实根基。"在中华优秀传统文化中显然包括中国传统音乐文化。其传承在当前互联网时代已面临严峻的危机。

正如谢嘉幸教授在"研讨会"上所言:"中国传统音乐在网络音

乐世界处于边缘，甚至面临淘汰，可是，中国传统音乐是我们中华民族的音乐文化血脉，如果我们还想保留中国自己的文化历史和文化记忆，保留自己的民族文化身份认同，在音乐文化领域只有传统音乐是唯一能够体现的，可是在当前的互联网时代，原来我们传统音乐口传心授的传承已经被压缩到极小的范围里，现在别说网络音乐，就一个手机彩铃，我们一天都可能听上一百多次，其结果是我们民族的传统音乐被网络音乐所置换。如果对其严峻性不能有所认识并做出应对，那么中华民族音乐文化将产生断层，中华民族音乐文化的延续将成为空谈。"

这一问题是本文图 1 中"价值评论"的潜力空间 B 中的问题，是一个严峻的社会问题，因为前文我们已经探讨了，虽然广义上的"网络音乐"包括民族传统音乐，但主流是网络流媒体形态的音乐，品类主要是网络流行音乐。所以，民族传统音乐这种根植在民间田野、古代宫廷和文人雅士生活中的音乐在网络上是没有存在感的，事实上，在"读屏"与碎片化聆听音乐的时代，除非特殊需要，"网生代"的人们是极少会打开网络音乐客户端搜索民族传统音乐的。不仅民族传统音乐，古典音乐、乐队音乐也在网络中处于同样的境遇，因为它们是过去的音乐，而只有狭义的"网络音乐"才是时代的音乐，具有"网感"的音乐。

在笔者看来，这一问题要在"网络音乐"中找答案是难的，不过也有两种具有参考意义的应对之方。

一是将民族传统音乐元素注入当代网络流行音乐的文化机体中，通过创造性弘扬的方式予以传承，如当下网络流行的"古风"音乐便属于此类。

二是积极建构网络上的民族传统音乐文化社区，开展相关活动，建设数字资源库,推出相关客户端,让人们更便捷获取此类音乐资源。如2016年中国唱片公司推出了戏曲APP听戏,内容收录代表性的京剧、越剧、川剧等四十二个剧种;同年由中共云南省委宣传部主办,中国移动云南公司和咪咕音乐有限公司联合承办的移动4G+"听见最云南 发现好声音——云南民族音乐DNA寻找之旅"活动,通过"最云南"新媒体平台打造的云南民族音乐数字基因库。

但这些都不能算作真正的传承,因为真正的传承是要做到原汁原味。显然,在当前的网络音乐评论生态格局中要找到答案是困难的,唯一的可能是本文所提出的观点——"学院派专家评论入场",因为他们所接触和熟悉的音乐就包括民族传统音乐。通过网络上的音乐评论方式,发挥他们的学术专长,用具有"网感"的言语,推介民族传统音乐,引发人们的重视,从而引导人们去关注、接受、听赏和传承身边的民族传统音乐。

当然,这些只是笔者肤浅的一己之见,真正具有建设性的对策还需要进行深入的学术分析与探讨。

(二) 如何建构完善中国特色社会主义网络音乐政策与管理体系

这是一个十分宏大的问题,是一个需要长期持续进行探讨深入的问题,这样的问题不是一两篇学术文章能探讨清楚的。

但在笔者前文中讨论中有所涉及,主要的问题是,笔者认为目前政策存在后置和难以周延。

后置,即问题已经发生,推出"亡羊补牢"式的政策,如2015年文化部发布的《关于进一步加强和改进网络音乐内容管理工作的通知》之时,网络音乐"三俗"问题已经十分严重,且已造成了对社会精神文明的污染。

难以周延，如同年国家版权局发布《关于责令网络音乐服务上停止未经授权传播音乐作品的通知》（下称"通知"），实现网络音乐正版化的同时，也让大量的有经营特色的中小网络音乐平台被迫退场。最后只剩下"四大巨头"平分天下的格局继续进行版权争夺战。所幸，后来叫停了音乐独家版权，才将"四大"格局基本保留下来。试想，如果这一补充政策与前一政策同时发布，是不是会有更多有经营特色的中小音乐平台幸存？他们不具备版权优势，是不是会努力提高自己的经营服务水平？众多的网络音乐平台存在，是不是会呈现更加有活力的网络音乐产业生态？显然，是有可能的。

公允地讲，政府颁发的这些政策对解决现实问题都起到了立竿见影的实际收效，但从政策与管理体系完善的角度来说，未来最好多发布"前置"性、激励性的政策。

前置，即未雨绸缪，在问题没有发生或在问题产生苗头时颁布，这样就会避免问题所带来的负面效应。

具体来说，2015年被禁的一百二十首歌中，新街口组合演唱的《我TM不愿意》发行于2009年，流传时间为六年；洛天依演唱的《腐×无限大》，2011年就已经传开了，流行时间为四年，等等。试想如果"通知"发布在2011年，是不是会很大程度上消除这些低俗网络歌曲的社会影响？显然是。

可为什么不能在四年前发布呢？

笔者在拙文《文艺评论要以人民为中心》中曾提出，"如果互联网文艺生态系统中的研究者和评论者无法对生产者和消费者发挥足够的制约力和引导力，也会形成互联网文艺生态阙坏"。"未来文艺生态健康发展，需要一大批具有一定影响力、公信力，能肩负时代使命,担当文化职责,在评论中掷地有声、褒优贬劣、激浊扬清的评论家。"

这种评论家从何而来?从目前的网络音乐生态格局来看,体制内的"学院派"的专家是最大可能来源,所以笔者提出建设健康网络生态,离不开"专家评论"的在场。

当然,"学院派"的专家们有他们的不足,前面我们已经分析,不赘述。不过,他们对于"禁歌"中也包括那些未被禁,但内容上存在"三俗"的网络音乐的问题是不可能分辨不出的。

因此,笔者提出,政府在完善政策方面还要注重激励性政策的发布,在网络音乐评论生态建设方面,尤其要注重释放体制内的智力资源与参与活力。

目前"学院派"专家们智力劳动价值的体现基本是在体制内,所以他们注重的是发表核心期刊、申报课题,且不愿投身于与他们生活有隔的网络音乐评论。相反,如果教育部和文化部等政府管理部门制定相关的激励政策,认可他们在网络音乐评论中的智力劳动,就有可能让体制内的智力能量释放出来,成为一种净化网络音乐文化的积极力量。

不仅于此,还可以鼓励他们参与到绿色网络音乐平台的建设中。目前,几乎所有的网络音乐平台中的排行榜实质上都是"流量榜",流行的是明星、"鲜肉",体现的是市场自由选择的结果,却丧失了艺术的、审美的、文化的价值评价。如果"学院派"专家们将他们十分熟悉的艺术评价思维带入到"平台"建设中,相信会有更多有艺术性、审美价值和文化内涵的网络音乐按照不同的情景应用、不同的风格类型、不同音乐类别的"精品之作"浮出,登上各类排行榜,从而促进我国的网络音乐文化发展更加健康向上。

以上所论,是笔者认为在社会文化视野中网络音乐评论介入的两个相对更为宏大和紧急的价值议题,实际上,值得关注的领域有很多,比如如何通过批评,激浊扬清,抵制庸俗、低俗、恶俗网络音乐,建构绿色网络音乐文化生态的问题,如何通过评论监督与规范网络音乐教育的问题,等等。

结论与思考

通过以上讨论,我们认为网络音乐与网络上的音乐,网络音乐评论与网络上的音乐评论是不同的概念范畴,每一对子构成一组包含与被包含的关系,构成"狭义"与"广义"的内涵不尽相同的概念。站在学术研究或学者评论的立场,对"狭义"对象的专注,更多意义在于实现认知与知识系统建构的专深;对"广义"对象的俯察,更大价值在于遴选出与当下时代有密切关联的重大、关键的"现象级问题",并及时给予学术回应。

对当下网络音乐评论生态进行考察,我们认为是"草根评论""媒体评论"与"专业评论"三者并蓄的格局。虽然,其中"专业评论"的话语力量虽然最为单薄,甚至在网络上存在经常性的"失语"或"滞言",但仍不能否认其具有重要意义和广阔的潜力发掘空间,尤其是其中的"学院派"评论。本文甚至认为,释放"学院派"的智力能量是当前构建健康网络音乐批评甚至整个网络音乐文化生态的最为可行与关键的举措。

基于此,本文讨论了"学院派专业评论入场"(包括研究)的价值论域。笔者认为,"本体视野""文化产业生态视野""社会文化视野"可称为当前最为重要的三大"学术视野"。

在每个视野中的价值论域侧重不同。

"本体视野"中价值论域更多凝聚在狭义的网络音乐及其评论方面,研究主要侧重"艺本体"与"社本体"。

"文化产业生态视野"中的价值论域主要体现在广义的网络音乐及其评论方面,具体而言,核心是网络音乐产业评论,其具有重要的现实意义与社会价值,但目前尚属于学术的"空白地带",是亟待开垦的价值学术空间。

"社会文化视野"中的价值论域也主要体现在广义的网络音乐及其评论方面,但这个"广义"是在"狭义"的"社本体"的基础研究之后才能更好论及的,因此,实质上其"对象"具有二者复合型特质。在互联网的世界里,对于我国7.72亿网民,更对于其中70%以上的网络音乐用户而言,"移风易俗,莫善于乐"绝不是一个空洞的口号,而是一个真真切切的文化事实。因此,网络音乐评价标准、网络音乐文化的政策以及网络音乐文化功能等方面的议题研究与通过网络音乐之"俗文化"的评论实现正向价值引导都理所当然地成为社会主义文化工作的重要内容。

当然,通过分析我们认为,广义上的网络上的音乐研究与评论已经大大溢出音乐艺术之本体所能涵盖的内容范围,所以,"专业评论"要更好地发挥出对网络音乐文化生态的建设作用,不仅要有音乐学领域的学者在场,更需要的是具有复合性知识结构的学者在场,其知识结构中,文化经济学、社会伦理学、文化传播学等学科知识可能会在某些论题的研究或评论中占据和音乐学知识一样重要的地位。因此,学者的"评论入场"也不是一件容易的事,他们面临着新时代各种新音乐文化问题的接踵到来与需要提升复合学术素养以应对的双重挑战。

蔡元培的美育蓝图及其对国立美术学校创办的推动

曹庆晖

    1917 年 1 月 4 日,时年五十一岁的蔡元培(1868—1940)正式出任北京大学校长。履职三个月后的 4 月 8 日,蔡元培即应邀在神州学会发表演讲,进一步阐述了他的教育新思维和新主张"美育代宗教"。之所以说是进一步,是因为蔡校长 1912 年任南京临时政府教育总长期间就曾经发表《对于教育方针之意见》,提出了刷新清季学部教育宗旨的军国民主义、实利主义、德育主义、世界观与美育主义教育,并特别阐述了"为彼所不道,而鄙人尤所注重"的"超轶政治的教育"——"世界观"与"美育主义"教育的逻辑与规划。深受康德哲学影响的蔡元培在阐释这一逻辑和规划时,也将世界区分为互为表里的现象世界与实体世界,视美感为介乎现象世界和实体世界之间的津梁,认为"教育家欲由现象世界而引以到达于实体世界之观念,不可不用美感之教育",因为它是世界观教育的所由之道。显然,蔡元培对美育之议来源有自且考虑有年。实际上,包括"美育"一词本身,也是蔡元培 1912 年从德文翻译而来。在此后的风云际会中,蔡元培始终不忘初心,咬定美育不放松,倡导之,力行之,矢志不渝,践行出有思想口号,有行动实践,旨在新民救国的美育之路。

作为一种方案,蔡元培对其美育思想的系统性专论——也可以说是他对自己美育观的阐释——比较系统地反映在《以美育代宗教说》(1917 年 4 月 8 日在北京神州学会演说词)、《文化运动不要忘了美育》(1919 年发表于新潮社)、《美育实施的方法》(刊 1922 年 6 月《教育杂志》第 14 卷第 6 期)等若干篇演讲与文章中。1973 年台湾东方文化书局专门辑出十九篇为《美育代宗教说》(娄子匡编)发行,1987 年湖南教育出版社特别辑出八十三篇为《蔡元培美育论集》(高平叔编)出版,这是我们今日检索蔡元培美育专题著述时所见较早的美育类编成果。在这些论集收录的演讲与文章中,专门言说美育代宗教主题的一系列文字,即是蔡元培对其思想主旨在不同时间持续不断的阐释宣讲和延伸补充。蔡元培之所以在 1917 年倡论以美育代宗教,既是他对当时社会上尊孔拜教喧嚷的回应,也是他对过去虽然动议美育但实施乏力的加劲,当然最主要的是他希望在沧桑巨变、内外交困的时代,在新文化运动科学救国的浪潮中,不忘通过对美育这一教育革命的强调和发动,实现对人我之见和利害关系的消沮而新民救国。

具体到对美育代宗教的思想阐释,蔡元培 1917 年在神州学会的演说中认为:人生是意志的活动,但意志是盲目的,需要知识和情感的制约。知识指导人获得实利和生存条件,而超实利的情感则使人摆脱对利害关系的偏执。如此,知识和情感的作用使意志平衡。在古代,意志、知识、情感依附于宗教,近代科学的发展使意志和知识逐步摆脱了宗教的控制和解释,但宗教依然关系着情感作用即美感,其所寄托者乃宗教美术。不过在蔡元培看来,"美术之进化史,实亦有脱离宗教之趋势",“及‘文艺复兴’以后,各种美术,渐离宗教而尚人文",“于是以美育论,已有与宗教分合之两派。以此两派相较,美育之附丽于宗教者,常受宗教之累,失其陶养之作用,而转以刺激感情"。由此,蔡元培说“鉴刺激感情之弊,而专尚陶养感情之术,则莫如舍宗教而易以纯粹之美育"。提出以纯粹之美育取代宗教的主张,并且给出之所以能取而代之的内在逻辑为:“纯粹之美育,所以陶养吾人之感情,使有高尚纯洁之习惯,而使人我之见,利己损人之思念,以渐消沮者也。盖以美为普遍性,决无人我差别之见能参入其中……遂亦不能有利害之关系。"即他认为美育可以代宗教,是由美所具有的普适性和普遍性原理决定的。到 1930 年 12 月,蔡元培在上海中华基督教青年会发表演讲时,又就宗教与美育的矛盾关系进一步补充说,美育是自由的而宗教是强制的,美育是进步的而宗教是保守的,美育是普及的而宗教是有界的,所以不能以宗教充美育,而只能以美育代宗教。

蔡元培以美育代宗教说随着新文化运动的发展产生了极大影响,但对其学理逻辑上存在的问题和局限——以 1920 年许崇清《美之普遍性与静观性——主张美育代宗教说者之二大谬误》、1922 年杨鸿烈《驳“以美育代宗教说"》为先发——长期以来一直就不乏反对者的批判和研究者的质疑。不过尽管如此,蔡元培针对新文化运动的不足和人生福祉的获得,对美育在实施上的具体呼吁和方法呈供,使他倡导的美育与建构极富有新民救国的现实关切意义和文化蓝图色彩却是毋庸置疑的。“文化进步的国民,既然实施科学教育,尤要普及美术教育。"——这正是蔡元培高出科学主义者和科学救国论者之处。蔡元培与王国维、梁启超等人一样,都认为作为整全的人,应该是知、意、情全面发展的人,因此强国就需要新民,新民就需要改造国民性,除了知识、道德教育之外,美感教育是其中不可缺少的一个组成部分。在如何实施和普及美感教育方面,蔡元培立足于人的发展与幸福,以西方发达国家物质生活与精神生活的基本展开模式为参照,提出了全面实施美育的方法,具体而言就是他从一个人的胎教到入土,从作为一个新民所应受到的美育关怀、能力培养与福祉所得,从普通到专门美育,从家庭、学校到社会美育,从机构、制度到生活,对美育实施做了全景式的蓝图勾勒。显然,蔡元培的美育是全社会、全国民的美育,是关涉整全人格发展的人在美感和道德修养上的素质教育,其实施方法也绝不仅仅止于"美术"和"专门学校"等专业专工方面。对此,蔡元培曾在1930年上海中华基督教青年会发表的那次演讲中专门解释说,不能将他主张的以美育代宗教误为以美术代宗教,因为"欧洲人所设之美术学校,往往止有建筑、雕刻、图画等科,并音乐、文学,亦未列入。而所谓美育,则自上列五种外,美术馆的设置,剧场与影戏院的管理,园林的点缀,公墓的经营,市乡的布置,个人的谈话与容止,社会的组织与演进,凡有美化的程度者,均在所包。而自然之美,尤供利用,都不是美术二字所能包举的"。不过,如果聚焦到蔡元培个人对美育实践的具体推动来说,他倾注于美术实施的热情和精力还是要多一些。比如在美术研究和批评上,蔡元培曾以《美术的起源》(1920年)、《美术的进化》(1921年)、《美术与科学的关系》(1921年)、《美术批评的相对性》(1929年)为题发表过演说或文章;在专门美术人才的识得和栽培方面,蔡元培更是民国至关重要的一位伯乐。像徐悲鸿受聘为北京大学画法研究会导师以及最终能够在1919年赴法留学,离不开蔡元培的聘任和斡旋;刘海粟经营私立上海美专以及能在1928年以大学院特约撰述人名义被派往欧洲考察艺术,离不开蔡元培的扶植和支持;未及而立之年的林风眠 1928 年能在杭州西湖坐稳国立艺术院院长，离不开蔡元培的决策和坐镇。特别是蔡元培先后出任南京临时政府教育总长和南京国民政府大学院院长，为全国教育与学术开展的职责与权力所系，对事关美育普及宏旨的国家美术学府的创办负有倡议和督办之责，为此，这里主要谈谈他在这项工作的实施上曾经发表的看法和做出的贡献。

1918 年 4 月 15 日中国第一国立美术学校在北京西城前京畿道开学。此时距离蔡元培出任北京大学校长一年有余。若从表面上看，这个学校的筹办是在蔡元培离开教育部后，范源濂、傅增湘接踵出任教育总长，由留日回国的留学生郑锦具体实施的。但从最初的顶层设计来说，还是要回溯到蔡元培起初任教育总长时对大学建设和美育普及的关切。蔡元培曾言及自己在教育部任总长时以为当务之急是整顿大学，把大学办好，所以在高等教育方面他更有多参加意见的兴趣。后来成为蔡元培乘龙快婿的国立艺术院教务长兼美术史教授林文铮多年后也曾透露，蔡元培当年曾建议政府创办一所国立美术学校。回头看 1918 年 4 月 18 日第 114 号《北京大学日刊》发表的《中国第一国立美术学校之开学式》的报道，开篇第一句即开门见山地说："民国纪元以来，教育部极注意于美育问题，因有设立美术学校之计划。"其中所概括的其实正是蔡元培的主张和想法。虽然蔡元培没有具体领导北京美术学校的创建，但作为美育倡导者和原教育总长，北京大学校长蔡元培被邀为嘉宾出席了开幕式并作了较之其他部员甚为专门的演说，他讲道：

　　美术本包有文学、音乐、建筑、雕塑、图画等科，惟文学一科，通例属文科大学。音乐则各国多立专科。故美术学校,恒以关系视觉之美术为范围。关系视觉之美术,虽尚有建筑、雕塑等科,然建筑之起,本资实用;雕塑之始,用供祈祷;其起于纯粹之美感者,厥为图画。以美学不甚发达之中国,建筑、雕塑均不进化,而图画独能发展,即以此故。图画之中,图案先起,而绘画继之。图案之中,又先有几何形体,次有动物,次有植物,其后逐发展而为绘画。合于文明史,由符号而模型、而习惯、而个性、而我性之五阶段。惟绘画发展以后,图案仍与之平行之发展。故兹校因经费不敷之故,而先设二科,所设者为绘画及图案甚合也。惟中国图画与书法之缘,故善画者,常善书,而画家尤注意于笔力风韵之属。西洋画与雕刻为缘,故善画者,亦或善刻,而画家尤注意于体积光影之别,甚望兹校于经费扩张时,增设书法专科,以助中国图画之发展,并增设雕刻专科,以助西洋画之发展。

蔡元培在演说中依循西方学术与教育制度的通行习惯,对"美术"和"美术学校"的范围作了区分界定,同时肯定该校在经费不足的情况下能够抓住主要矛盾有的放矢,认为以"起于纯粹美感"的图与画为脉,设立图案科与绘画科的学科建制,是符合人类文明发展史的基本选择,进而他指出中国图画与书法、西洋画与雕塑的内在逻辑关联与更为符合中西各自体系规律的设科构想问题,在貌似拓宽专业门类的希冀背后,实际上反映出他中西并举、兼容并包的教育思想对美术及其学校建制的覆盖和诉求。不过,不在其位,不谋其政,北京大学校长蔡元培当然不会干预北京美术学校的实际创办和教学开展,只是作为嘉宾谈谈自己对学科建设的看法而已。但是对于在自己任内兴办的大学业余美育性质的北京大学画法研究会,蔡校长则督导尤多。在参加北京美术学校开学式当日,蔡元培曾拟就《北大画法研究会旨趣书》,开篇即特别强调科学和美育同为新教育之要纲,要求有志于美术研究的青年,能在专门导师督率下,以研究科学之精神贯注于画法。以此为前提和先导,蔡元培日后中西并举、兼容并包的思想,在经由北大画法研究会,通过美术实施美育方面,就主旨化为采西洋之所长,以科学方法入美术。具体来说就是他要求借鉴西方自然科学文明所筑基的实物描写方法,"甚望中国画者,亦须采西洋画布景实写之佳,描写石膏物像及田野风景……当用研究科学之方法贯注之。除去名士派毫不经心之习,革除工匠派拘守成见之讥。用科学方法以入美术"。也正因为此,道不同不相与谋的陈师曾,同时也兼任北京美术学校中国画教授者,在1918年10月友好辞任北京大学画法研究会导师。然而,富有学术民主与言论自由色彩的是,此后陈师曾一系列与蔡元培美术认识大异其趣的主旨性文章如《对于教授普通图画科之意见》《文人画的价值》《中国画是进步的》,相继在1920年至1921年由北大画法研究会编《绘学杂志》刊发。

北京美术学校的创办尽管是近代中国国立专门美术教育的开山壮举,但同时也是筚路蓝缕的艰难启程。由于政局不稳、财政不济、教部官僚、人事多变、宗派关系等多种复杂因素绞缠,该校创办十年来,起起伏伏多于安安稳稳,学校校名、办学定位、学科设置也屡有更变,在1925年2月甚至还出现了教育部停办北京美术专门学校,但于9月又以复校重建为由教育部官员任校长的国立艺术专门学校的情节。曾先后执掌学校并意欲能有所作为和建树的海归艺术家如郑锦、林风眠等,均不堪应付内外消耗之苦,最终郑锦在1924年北京美术专门学校校长任上,林风眠1927年在国立艺术专门学校校长任上,请辞而去。正因为有此前因,在国民革命军北伐之际,1927 年 6 月被委以南京国民政府大学院院长的蔡元培,决心改革专门美育之格局,为此招引他极为赏识的林风眠南来担任大学院艺术教育委员会主任委员,经数次会商,在 12 月始有全面反映蔡元培美育理念、另创国立艺术大学的提案出台。案云:

> 美育为近代教育之骨干。美育之实施,直以艺术为教育,培养美的创造及鉴赏的知识,而普及于社会。是故东西各国,莫不有国立美术专门学校、音乐院、国立剧场等之设立:以养成高深艺术人才,以谋美育之实施与普及;此各国政府提倡美育之大概情形也。中国鼎革以来,各种学校日渐推广;惟国立艺术学校,仅于民国七年在北京设立一校,然几经官僚之把持,军阀之摧残,已不成其为艺术学校矣;况经费困难,根本组织即不完善耶!我国民政府,为励行革命教育计,尤不可不注意富有革命性之艺术教育;急谋所以振兴之。除北伐成功,将北京学校收回扩大,以为发展华北艺术教育之大本营外;以中国地域之广,人口之众,教育当务之急,应在长江流域,设一国立艺术大学以资补救,而便提倡。

而对于新国立艺大之选址,蔡元培也基于美育之目的多有考量,他在提案中说:"美育之目的,在陶冶活泼敏锐之性灵,养成高尚纯洁之人格,故为达到美育实施之艺术教育,除适当之课程外,尤应注意学校的环境,以引起学者清醇之兴趣、高尚之精神。故校舍应择风景都丽之区,建筑应取东西各种作风之长,而以单纯雄壮为条件,期与天然美相调和,而切于实用。……环顾国内各省形势……窃以为最适宜者,实莫过于西湖。"

关于国立艺术大学的系科设置,蔡元培在提案中提出两种设想:一是"五院制",即设立国画院、西画院、图案院、雕塑院、建筑院;或是"四院制",即国画院和西画院并为绘画院,再加上雕塑院、建筑院和工艺美术院。无论是五院还是四院制,第一,体现了蔡元培一贯的中西兼容并包的教育思想;第二,反映了蔡元培对现代美术学校实践类学科建制在中国落地的雏形构想。

1928 年 4 月 9 日,"以培养专门艺术人才,倡导艺术运动,促进社会美育"为宗旨,由林风眠任院长,名为"国立艺术院"的艺术大学在杭州西湖罗苑举行开学式,蔡元培专程携夫人由南京赶到杭州主持开学式,并面向中国画、西洋画、雕塑、图案系教员及七十余名新生发表"学校是为研究学术而设"的演说,畅谈大学院之所以在西湖设立艺术院,纯粹为提倡无私的、美的创造精神,以唤醒人心去掉一切个人的现实的私欲,借以真正完成人的生活,所以他希望并告诫"艺术院不在学生多少,而在能创造。能创作,就是一个学生也可以。不能创作,一百、一千个学生也没有用"。同时为表示对二十八岁的林院长的充分信任和鼎力支持,蔡元培不住西湖新新旅馆,专门下榻葛岭山下林院长木屋陋室,尽可能以其威望为林风眠领导艺术院顺利实施美育工作壮行色。而艺术院所聘任的留法归国的"林风眠们"也不辱使命,高举蔡元培美育之大纛,提出贯彻和落实蔡元培美育精神的口号——"介绍西洋艺术,整理中国艺术,调和中西艺术,创造时代艺术",办刊、结社、作展等各项事关美育的活动随即在国立艺术院(1929 年 10 月 10 日更名国立杭州艺术专科学校)紧锣密鼓地开展起来,专门教学也在校歌"要把艺光遍地耀"的理想唱响中一天天实施起来,其中特别是在教务长林文铮拟定的《本校艺术教育大纲》(1934年刊印)中,实施了两项与蔡元培以科学方法入美术、采西洋之所长的美术认识相一致的教学规定和安排,即:第一,强调素描是造型艺术的基础,分配以极高的学时比例(两年或三年),以素描成绩之等级作为进入各专业系学习的基本条件。最优等得进绘画系或其他各系,优等得进雕塑系或图案系,中等只得进图案系。第二,合并中国画与西洋画为绘画系,理由是"我们假如要把颓废的国画适应社会意识的需要而另辟新途径,则研究国画者不宜忽视西画的贡献。同时,我们假如又要把油画脱离西洋的陈式而成为足以代表民族精神的新艺术,那么研究西画者亦不宜忽视千百年来国画的成绩"。对于1928年秋开始实施的中西合并办绘画系这件改革大事,林文铮曾回忆说这样做"目的是为了融合中西画双方之基础及其优点,进而培养出兼长中西画法而能创造新作风的艺人。蔡先生本其在北大'兼容并蓄'的办学精神,对于我们的大胆改革亦深表赞同"。此外林教务长在当年还谈到"现在合并国画、油画为绘画系的办法,或许还有人不赞同,但本校施行此种制度六年以来,并未发现不良的效果,事实已代我们辩白了"。不过,对于教改的实际状况,曾就读该校的毕业生吴冠中日后却有不同于教务长的回忆和说法,他说:"当时的课程是前三年素描,后三年油画(指绘画系),对西方现代艺术采取开放态度,但在教室里的基本功方面,要求还是十分严格的。……每天上午的业务课都是西洋画,每周只有两个下午学中国画。虽然潘天寿老师的艺术和人品深为同学们敬佩,但认真学的人还是少,认为西洋画重要,中国画次要。"显然,以科学方法入美术、中西合并为绘画系的美育理想很丰满,但教学实际却骨感,而这在杭州艺专由留学生构成的主体师资那里却"并未发现不良的效果"。吴冠中有言,"当时的杭州艺专近乎是法国美术院校的中国分校",这也正是蔡元培倡导美育、缔造艺大偏倚西方思想与文化资源的一个注脚。

1940 年 3 月 3 日,寓居香港的蔡元培失足仆地吐血,在送医急救的时间里,蔡元培数次吐出"科学救国""美育救国"的字句。3 月 5 日 9 时 45 分,蔡元培在香港养和医院逝世,享年七十四岁。作为近代中国力倡美育的革命思想家和实践行动派,蔡元培以其思想与实践构建的美育救国方案和道路,代表了二十世纪上半叶部分新文化先觉者胸怀的中国梦。迄今为止,这一梦想及其在实施中积累的历史经验和文化精神,既是我们今天回眸世纪时引以为傲的新文化基础,同时又是我们当下美术教育砥砺探索时用为激励与反思的现代化启导和前车之鉴,我们需要以历史和发展的眼光去看待它。具体就蔡元培美育蓝图及其对国立美校创办的推动来说,它是在近代中国遭受封建主义和帝国主义压迫,中国知识分子借西方科学与民主大纛与方法,以反帝反封建来救亡图存的危机年代提出和实施的,这就使蔡元培美育代宗教的思想以及在此思想指导下的国立美术之兴校办学,先天地带有垂青西医、治病救人的特色,以科学方法入美术和中西兼容的美术实施药方产生的积极的文化疗效,以及相应而来的中西失衡的文化副作用甚至后遗症,也都和这一特色和产生这一特色的时代要求本身密不可分。当然,美育的内涵也不是一成不变的,在不同的时代情境中,美育也不断发展和调整,与时俱进。抗战爆发后合并国立北平和杭州两所艺术专科学校组成的国立艺术专科学校校歌,对于救亡为时代主题的美育转型就有突出的反映。相对于战前文化启蒙年代杭州艺专师生对"没有新艺宫,情感何以靠"的美育实施诉求,抗战时迁徙西南的艺专师生吟唱的则是"皇皇者中华,五千年伟大的文明,亘古照耀齐日星。制作宏伟,河山信美,充实光辉在我辈。我们以热血润色河山,不使河山遭蹂躏。我们以热情讴歌民族,不使民族受欺凌。建筑坚强的城堡,保卫我疆土人民。雕琢庄严的造像,烈士万古垂今名。为创造人类的历史,贡献我们全生命"。

蔡元培提出美育代宗教以及在此思想主旨下推动国立美校的创办,距今已有百年。值此百年纪念之际,我们有必要加以回顾和检讨。如果说蔡元培等新文化运动先驱在百年前艰苦求索、倡议美育救国并为此筚路蓝缕,完成了那个时代赋予的教育使命,成为我们纪念研讨的价值对象,那么今天美术学院在为实现民族复兴的中国梦,怎样面对"人民日益增长的美好生活需要和不平衡不充分的发展之间的矛盾",怎样具体落实"双一流"建设以增强文化自信,怎样在新时代完成学院担负的美育使命,为世界提供美育兴国的中国方案,同样需要艰苦求索,也一定会有属于这个时代专门的美育实施方法和特色。

"长城"的开放意涵

邹　文

　　长城是文艺表现的重要元素，或者说形象和题材。仅以百度搜索，相关图像就会出现很多。作为美术、摄影、设计的经常表现对象，视觉艺术和长城的关系非常紧密。

　　一个是真实空间里的长城，一个是形象传达开去的长城。其文化身份、价值定位即代表性、象征性，基本上都由后一种存在反映、体现。物理实在的长城，两千多年来此消彼长地一直在那里，你说它是什么就是什么。这取决于介绍者的角度、兴趣、智识、情怀和价值观，当然也取决于表现力、传告力。

　　无须讳言，长城在当代中国已几乎没有了实用价值，物理空间存在的意义与古代相比，严重衰减；观念性存在的意义才是主要的——长城就是让人看、让人说的。

　　遗憾的是，我们表现、传告长城的这份使命，长期以来完成得不尽人意。几乎所有发力，都偏好设定在展现悠久、辉煌，而置长城的"反义开放"的形象与意涵固化于不顾。

当这项使命交给角度、兴趣、智识、情怀和价值观尤其表现力、传告力皆不足的艺术家去完成时，往往更会光鲜地缓释消极的副作用——为改革开放帮倒忙。

在国际上，"长城"和"改革开放"，是关于中国知名度最高的两个代名词。人民大会堂和驻外使领馆等重要空间里，长城形象占了很大的比重。对美术界来说，长城是非常好的资源话题。

关于长城的建造来由不展开说，可以得出一个正解，长城这个词关联到防御、保卫、阻隔、止战、民族、国家、军队、文化精神、伟业、坚固、悠久、崛起、雪耻等等关联词，长城现在还是北京为主的一些地方，包括山西、陕西等传统文化当代转化的重要福利。北京据八达岭和慕田峪等地旅游吸引，可以说是长城资源最殷实的享有者。长城的物理性价值或传统炫耀的传播意义，最大化无非至此。

我们应该跳出旧式思维，来重新看长城和说长城。因为，"一切历史，都是当代史"。更为有利当代中国去看长城、说长城，一定有最佳角度，最优情结，检视标准在于我们赋予长城之于人类关怀的积极或消极、开放或保守的意涵。

"长城"这个名称，历史上并不常用。古人更多的把它称为方城堑、长堑、城堑、墙堑、塞、塞垣、塞围、亭障、障塞、壕堑、界壕等等。长城在古代的表述里是一"城"或者"塞""堑""壕"，不多的时候才提到它是一堵墙。辞典里解释长城为军事防御工程，是以墙体为主体的工程，同时也提到长城实际上是城、障、亭、楼、标、路等等相组合的防御体系。比较准确的理解是大型建筑的综合体，有城墙、敌楼、关城、墩堡、营城、卫所、镇城、烽火台、公共场所等，某些地段还是古代的高架路。总之，长城本尊就是大型综合的建筑体。用其中一段建筑外表推论这一宏大建筑综合体的全貌，相当于盲人摸象的偏见。

外国人看长城,一开始就被翻译带偏。最早对"长城"不是直译,没有把它译为"the longest city"或"longest building",转化过去是另外一个词——"wall"。这很让我遗憾与警觉。

西方文化定见,"长城"更多被理解成一堵墙,这就带来长城可能会形成消极印象或者负面成见的问题。我在葡萄牙和西班牙边境上,拍到一段很像中国长城的山体建筑,几可乱真。十六世纪,葡萄牙和西班牙的人访问亚洲,带回了长城的信息,他们当时写亚洲报告时提到了长城,西班牙语首先翻译了中国的这种建筑形态,经引鉴中国书画、陶瓷纹样等图像,他们相信这种奇迹和非凡足以见证自己的旅行经历。

中国古代山水绘画中出现人工痕迹,西方观众不习惯散点透视去欣赏,而用焦点透视的眼睛看起伏山峦上的建筑,第一印象就是长长的,对象要跟着视点移动。这样,该建筑拉开延展的认识会比较合理。再加上少有人进入,建了却不可以在里面居住,放在那儿起围挡和隔离作用的东西,当然更接近"墙"的概念。没有把它理解成是一般建筑,这就导致了墙的形象越来越强化。一开始说起来也没什么恶意,甚至还美誉了中国在崇山峻岭建如此复杂、持久、心理功效大于实际功效的艰难工程的伟业。

1588年,有个西班牙的传教士把葡萄牙人的著作加了翻译,写了《大中华史鉴》,书里比较早地开始用了翻译过去的"长城"的概念,后来英语也转过去了,出现了"Great Wall"这个越来越令人难忘的词。

长城很伟大(Great),这没错。定位落在墙(Wall),对于大型综合建筑,则构成了窄化。

过了两百年到了伏尔泰的时候,哲学家又在英语信息下理解长城,发现长城某种意义上有相当长的时间处于功能休息,断定这个"墙"更多具有威慑性和象征性,他们感受到的长城,是一个民族特别能忍耐的品性,是一种虚妄的固执。

我忧虑在于,根据西方长城翻译过去的印象,把它更多的理解成"墙",又更多的联系到军事,更多想到只是古代防守,可能会导致跟改革开放新的国际形象脱节。长城虽然被冠以"Great",但坐实"Wall"。用Great形容一堵墙,貌似比较盛大,但它缀饰的毕竟只是一堵"墙"。其实是遭到了英语的"高级黑"。

这是一大遗憾。本来"长城"和"改革开放"这两个词都该是中国形象美誉度很高的,合起来对中国当代的国家形象和民族形象是非常有利的,只可惜长城容易导致另一方面的解释,难以相向而行地助益于"改革开放"的意涵合力与共振。"改革开放"与"长城",两者之间如果没有搭上,后者一味被理解成"墙",可能会形成开放的反义——如果只定位在防御军事工程的话,理解成常态的战备,被动的求和,最后会被理解成"和平的反义";如果只是局限理解成古代的文明,是传统的辉煌,可能会夸大今不如昔的判断,导致"当代的反义"。

当今的舆情下,任由"长城"囿于墙的认同和定位,是不利的;满足于长城建构起世人心里一堵"伟大的墙",更是不智。长城即便被夸赞启发了某位总统的灵感,我们最好也别引为光彩。被归为"墙",难免被作灰暗的同类项合并,让人联想到各种各样消极的墙:种族隔离制度,二战集中营的铁丝网,东西德国柏林墙,冷战时期"铁幕",巴以隔离墙,还有现在美国的南部边境墙。墙显然更多带来的是差评。

长城不仅仅是一堵墙。当时来讲,就算防御和阻隔是其主要功能,但修造长城的工程规模要求,十几万人征召开工,形成了同一个目标的汇聚,带来了周边的产业,反而刺激了修造长城附近的民族融合,促进了交通和沟通。换类似角度看,长城就并非只是防守、闭锁、隔离。再加上它已经成了世界文化遗产,天然具有了人类共享性、开放性的特质,本身就属于世界而不是仅供中国人自拥。它的开放意涵是天然和首席的。

对长城的正解,意味着不要让它导致消极的负面指引的关联。中国是全球化的受益者。前新西兰总理、WTO 时任总干事,被称为全球化之父的麦克摩尔,曾负责跟中国谈判,见证了中国最终加入关贸的全过程。后来我去拜访过他。他的书里很多观点都提到全世界要发展,人类文明要进步,最主要的工作就是拆"墙"。

正解长城的开放意涵,可以凸显它的众志成城的众筹精神。它以和为贵,宁守不侵,表达了世界和平的主张。长城证明,有一个民族,可以代表人类提供足够的建设力和攻坚克难的正能量。十九世纪美国修铁路时,一段落基山脉的险关差点让东西部高速连通的宏图夭折,幸有华工,才化险为夷。当时有人鄙视华工的能力。力主启用华工的意见相信,修过长城的人,怎么会修不了这铁路。华工的正能量曾经贡献了人类。修长城的实力,代表储藏着的人类文明发展的巨大动能。清朝或民国,已经停止了续建长城,现代中国,更无须重建长城,但长城延续的建设力,在中国改革开放中被千百倍发挥。甚至可以说,深圳就是两千多年来万里长城的最新纪年和当下形态。

墙在今天的文化理解,不应该制约和限制我们积极意涵的对接。我们要切断闭关锁国、故步自封的印象关联,强调文化的世界性;我们要跳出长城被动的单一符号的思维定式,突出长城跨时段和跨区域的开放性,连续两千年都在做这个工程,对于传统的继承就是一种强制的进取。

今天,没有哪种国际舆论不认为我们是改革开放成功的国家。大家很敬仰我们的长城,赞赏我们的改革开放。以我旅行世界六十多国家三百多城市的感受,所接触到的普通人,没有一个不欢迎中国的改革开放。中国因改革开放获得绝对的好感度。如果"长城"限于一堵墙的印象与改革开放的印象满拧,国家形象和民族形象,都会受到掣肘和折损。

长城关联"自闭"印象,有些时候转变为"自傲",这也是我的另一种警觉。有个中国的洗衣机广告,说中国的产品多么好,把黑人放进洗衣机里,洗出来就是白人;有非洲兄弟来华,被电影组找去做群众演员挣钱。片子里要出现人在案发现场烧成炭的镜头,剧组为了方便,不去化妆烧死的人,找了非洲兄弟不化妆直接扮演,网上还一片叫好,觉得导演特别会节约成本。我看到的,是自闭和自傲混凝的一堵可悲的"墙"。

关于长城今天的塑造,美术家要凭借国际的视角和进步的理念,现代的媒材、手段、形式以及更多影响力的艺术传播途径,优化、重塑长城符号与长城象征,使之脱开自闭、自傲等相关偏见。艺术家们要自觉将"长城"和"改革开放"这两个概念正向关联。长城不便于映照改革开放,不便于象征改革开放,就是长城的损失。

建议我们的文艺工作者,尤其是美术工作者和形象工作者,要正视长城被另类塑造的窘境,加强长城的正解。长城的形象意涵的固化,不要被赞"伟大"就甘愿自取其辱。要注意消除它的消极性。

构建人类命运共同体和建墙,是完全不同价值取向的工程。前者代表人类新的文明建设;后者属于保护主义的逆施。"长城"只有与"改革开放"的意涵一致,才能惠及当代世界。

中国当下摄影创作中的普遍性问题与应对策略

唐东平

一直以来,我们所认为的摄影,或者说,被我们理解为理所当然意思的摄影,早已经根深蒂固地存在于我们的认识世界之中,似乎谁也不会怀疑我们所认为的摄影意思的科学性、客观性与准确性,然而,当我们在谈论摄影的时候,究竟是在谈论些什么呢?

一 从何处来? 向何处去?

摄影是什么? 我们一般可以这么描述: 摄影是利用光线和感光材料(或光电传感器)来对被摄对象及其所处的时间与空间进行视觉化截取记录、设计与呈现的工具,是一门关于"看"(即视觉含义表达)的学问,是科学技术与艺术的结晶,是以视觉表达的方式来达到各类信息含义传递与人类普遍情感交流为目的的一种视觉化的语言或手段。说得感性一些,就是"境遇性的呈现",或称"时间的遗址"!正如高等数学中有一种不可定义数那样,并不是所有的数都能够用有限的文字描述出来的,摄影的完整定义同样也是难以用文字语言来进行描述的:一来摄影本身就是一种语言,以一种语言来解释另一种语言,在操作层面就行不通;二来摄影毕竟是一种具有开放性的概念,它自身尚处在不断的发展与完善之中,是无法以"追随"的思路下结论的。

按照发生学原理,我们可以对摄影进行其特征分析:

1. 从同源特征看,摄影属于平面静态的视觉呈现,具有明暗、形状、质感、色彩、透视等对事物具象的描绘性特征,从其画面呈现的效果上看,与绘画具有同源特征关系(非直系同源,应为旁系同源)。

2. 从同功特征看,摄影属于画面语言表达,具有语言功能特征,在某些方面或某种程度上,与图像语言、文字语言具有相同的功能。

与起源学说重视客观现象产生的历史时间概念不一样,发生学则强调其观念的形成与发展,前者是经验,而后者是逻辑的推演,是理论研究所应持有的方式。在摄影这一概念的命名上,自赫谢尔爵士将其取名为"摄影"起,它就独自形成了一个不容取代的概念,包括摄影操作过程之中的一系列概念名词,如:"曝光""显影""定影""聚焦""取景""正像""负像""底片""景深"和"焦距"等,而进入数字摄影时代之后,摄影语意的范畴里又增添了诸如"像素""DPI""PPI""CCD""CMOS""RAW""HDR""直方图""通道""图层""羽化"和"锐化"等新名词,以及出现了"VR""AR"和"MR"等与摄影紧密相关的应用领域里的新概念,我们发现在这一系列名词概念之中,则已经蕴含了摄影观念的形成与变革之过程。

发生学强调分类研究,它被广泛地应用在系统学各个层面的分类单元上面，以发生学的思维方法来研究摄影，同样也必须首先将摄影建立在分类研究的基础之上。不同类别的摄影，有着各自内在的逻辑要求和不同的发展规律。

二　问题与对策

（一）关于人的区分——专业的与业余的

专业与业余，其技术标准与服务目的均不相同，专业领域与业余范畴本就属于两个不同的区域，按照常理，是不该被混淆的。

如果拿文字语言的运用来进行比对的话，我们平时所见到的各类摄影比赛与所谓的摄影创作活动，基本上尚属于组词或造句之类，还算不得是独立意义上的写作，所以差不多定位在业余路线上，偶尔出现的貌似专业的作品，也只是在向专业致敬，而并非真正意义上的专业。值得一提的是，这里不存在任何歧视之意，因为业余也有业余的乐趣与意义。实际上，所谓的专业，理应是专业领域里的人在从事的职业性工作行为，而不是在其职业之外的行为，这里有两个方面的定位区分：一是职业定位所在，二是作品水准的定位与判断。如果单纯以作品水准来看，你一定会觉得最好的作品就是所谓专业级作品，这样在逻辑上就极容易出现概念的混淆，以为拍得好就是专业，业余经过努力就可以上升为专业，这简直是天大的误解！按常理，职业之外就是业余，只有以摄影为职业来谋生的人，才是真正意义上的专业人士。业余摄影拍得再好，那也是业余的，因为从根本上说，它无论如何也改变不了业余的性质。话理虽然如此,但许多话语权的拥有者却并不这么认为,他们自己本来就有非常正式而体面的职业,或政府官员,或企业家,却一直喜欢以专业摄影师自居。殊不知,业余其实并不一定代表实力不够强,境界不够高,而专业也未必就是最好的,但长期以来,人们已经逐步养成了对"业余"这一称谓的鄙夷,乃至忌讳。可见,这里有一个思维上的定势,至今尚无法进行可逆性的调整。

各就其位,方能各司其职,错位行令则百般不通,以局部经验去引导全体的创作,显然是错误的,尤其是以在业余摄影中所积累起来的经验去管理或评判专业摄影中的诸多事务,则必然行不通。而事实上,大摄影圈里就有许许多多的小圈子,而这些小圈子之间也很少能有实质性的来往。不管怎么说,以参赛与获奖为主要任务的摄影群体,其实是最大的业余摄影群体,从"老法师们"到"小法师们",莫不如是。如今,杰出的摄影艺术作品可以被当作与绘画相等同的当代艺术作品,而为各大艺术画廊,乃至知名博物馆所收藏。这种事情对于业余摄影人来说,他们根本无法理解,也不知该如何去操作——因为他们的认知水平一直停留在"所谓的成功,就是拿大奖"上,所谓地方奖不如国家奖,国家奖不如国际奖,这本来就是一个有问题的逻辑,而当代摄影作品另辟蹊径,进入了艺术品流通市场,显然超出了他们的预期。而各类大大小小影赛获奖的作品,除了被印在书上,出现在各种速成大展上,就是进入不了艺术画廊和博物馆。国内也开过几次国际影像专家见面会,意在推介在业界较有名望的摄影家们能被国际收藏机构认可,但效果并不理想,各地的"老法师们"尽兴而来,扫兴而归。究其原因,只是门类不同,游戏规则不同罢了。摄影圈内也有一些精明的艺术品商人,他们花去重金,利用收藏名家作品来获得业界的影响力，然后再设法去推广自己模仿名家的作品，但事实上仍旧是使着"老法师"的套路，明眼人一眼便能看出其中的伎俩，所以至今也不可能得逞。我十分赞同这么一个观点：你是诗人，然后才是诗人，而你本不是诗人，只是学着当诗人，是成不了真诗人的。杰出的摄影艺术作品来自艺术家们个体的独立创作，而不是靠自上而下的各类培训引导产生的，各类培训机构，包括学校，总是过高地估计了自己的实力。因为，真正意义上的艺术家从来都不是培养出来的。

（二）关于摄影的区分——严肃的摄影与娱乐的摄影

这又是一对需要澄清的定位区分，其实此二者根本无法在同一个平台上进行完全平等的对话，因为二者所关注的点完全不同。正如同电影《钢琴课》里黑人女管家对于音乐的见解，她觉得女主人公哑女埃达所弹奏的钢琴曲听起来让人心里特别难受，因为那是真正出乎女主人公内心的情感抒发，也即艺术性的表达发挥，她因为不理解，所以非常不喜欢，而东家的养女——一个并不真正懂得音乐的黑人小姑娘，所弹奏的简单而又欢快的练习小曲，倒挺合她的胃口。当然，在这个世界上知音难觅，真正好的艺术作品，往往是不为大众所热衷与追捧的艺术作品，在电影界"叫好不叫座"的现象十分普遍，上座率高的票房好的往往是很一般的影片，而真正的艺术电影或知识分子电影，则根本难以获得大众的一致赞许。可见，自古以来就有的"曲高和寡"现象，确实是普遍存在的事实，在艺术鉴赏力方面，我们不能太相信大众的品位。当然，大众的品位需要鉴赏家们的指点与引导，这正是历史与时代赋予我们评论家的使命。

众所周知,古希腊戏剧有悲剧与喜剧两种,其中悲剧适合所有的人,而喜剧只能让成年男人观看,因为统治者觉得悲剧可以让人产生恐惧,可以净化人的灵魂,而喜剧只是娱乐工具,却会给女人小孩带来身心不健康的影响。孔子也主张礼乐潜移默化的教育作用,并以毕生精力去"克己复礼",力求挽回"礼崩乐坏"的局面,用今天的话来说,孔子所从事的教育是事关天下的社会公共教育事业。小平同志曾对改革开放中出现的问题痛心地总结道:"我们的失误在教育",并指出"精神文明与物质文明两手都要抓"!由此可见,他老人家所指的教育不只是学校的教育,而是教育的全面,尤其是社会教育。现在我们已经更为深切地体会到了这一点。

波德莱尔曾经说过:"欢愉之美乃是美的装饰品中最为庸俗的一种!"一个将"娱乐至死"奉为经典的时代一定会葬送一代人的大好前程,并将从根上去腐蚀与玷污一个伟大民族的优秀文化。令人感叹的是,现代主义建构的使命尚未完成,后现代主义的解构并先行其道,先声夺人。

因此,就目前情形来看,我们还真得不遗余力地去补好现代主义的课,因为中国的大众还不怎么懂得喜欢与欣赏严肃的艺术,中国人自古就有对吉祥文化的追求,喜庆吉祥的艺术无疑是人人都喜爱的,但严肃庄重的艺术,欣赏者往往只能是小众。因为从娱乐功能来看,严肃艺术本就不具备什么娱乐特性,所以无法拿来做娱乐大众的事情。要知道,一个不懂得欣赏严肃艺术的民族是会逐步走向堕落的,最起码,严肃的艺术会让人严肃地对待,同样,严肃的摄影会给人以严肃地观看的启示,无论是明示,还是暗示,会给人带来有关时代、社会、人生与命运的诸多启示,而娱乐的摄影,诸如绝大多数"老法师们"与"小法师们"所痴迷的新旧"糖水片",除了带给人们感官的愉悦之外,不可能有更多深层内涵方面的启迪,从教育意义与认识价值来看,显然是十分欠缺的。很显然,我们的摄影圈,早就成了一个硕大无比的娱乐圈,与城市里比比皆是的广场舞一样,谁都可以"跨界"来玩一把,严肃的摄影家与严肃的摄影创作,已经变得十分稀有。我们不缺乏热闹与炒作,所缺少的是冷静与批判。

刘欢说:"我们这个时代太需要安静的声音了。"

(三)"影像作家时代"的来临

包豪斯学院的莫豪利·纳吉教授曾经说过这么一句十分给摄影提气的话,他说:"未来的文盲,将是那些不懂摄影的人!"

当然,他所指的未来,其实是二十世纪七十年代,早已成了过去。但从他对摄影发展趋势与信心上来判断,摄影在当时的表现确实是令人振奋的,而且这种振奋竟然一直持续到了今天。

的确,摄影从一开始的少数人能玩得转的神奇的笨拙机器,到如今人人都能轻易拍摄的便携手机相机,获取影像已经变得如此简单。一百八十年的摄影历史,记下了有关这个世界无数珍贵的记忆,但是作为一种成熟而普及的语言,摄影还没有像文字语言那样,得到全人类的现实响应,成为我们日常生活的主要语言工具,摄影还只是用于文字的辅助与注解,起码在大多应用领域,是文字语言的附属品,作为独立的语言运用,恐怕还只是出现在艺术展览馆与较为专业的画册上了。

究竟是摄影语言先进,还是文字语言更科学? 对于人类来说,我们的思维,我们大脑中留存的美好回忆,是以文字写就的,还是以一幅幅图像、一串串画面来自动呈现的呢? 阅读照片影像能取代对文字的阅读吗? 人类最为宝贵的情感、灵动的思绪、无尽的智慧和无边的欲望,该以怎样的语言去书写? 这个世界上有没有几种最为上乘的语言,可供我们人类去作明智的选择?

进入数字时代后,摄影的进步令操作摄影这一神奇利器的摄影者们,从爱好者、专业人员、图像收藏者、图片编辑,以及一切以摄影手段为生的人们,带来了福音。摄影的创作也从过去的以独幅表达为主,逐渐地被体量较大的系列组照和成规模体系的摄影项目所取代,真正演变成了创作者自觉的"写作",以影像语言来写作的人日见其多,而且我们欣喜地发现,以专业化、深入化、系统化进行影像写作队伍的规模也变得越来越大,所涉及的领域越来越广,所关注的问题越来越深,所采用的摄影表达语言也越来越精了,看来,"影像作家"时代真的来临了。

逃离了通行游戏规则的人,他们会忽然发现各种崭新的天地,原来"自古华山一条路"与"千军万马过独木桥",竟然是如此的可笑与可怕。不再为参赛获奖而烦恼,不再需要揣度他人心思,不再需要以谋略击败他人,而是以共存共荣共赏为要义,以内心真实的感动与需求为驱动,内外如一,坦坦荡荡,从从容容,不以技压群芳、惊艳四座为炫耀,不以多愁善感、自以为是的个人愿望为出发点,将更多的心思放在对社会反思、人生感悟、人性的探寻及其自我内心力量的投射之上,令作品真正具有更多的独创与原创价值,富有时代精神与超越时代精神的深刻内涵,以影像书写的方式来探寻人性能够到达的深度与广度,并在此基础之上,作更高的善的提升。

其实,在二十世纪初西方社会就出现了以影像来进行写作的早期探路者,只是当时还没有人明确地提出"影像作家"的概念。美国摄影家爱德华·柯蒂斯(Edward Sheriff Curtis,1868—1952),自 1898

年开始沿着密西西比河拍摄北美印第安人,考察并拍摄八十余个印第安人部落的政治结构、生产生活方式、宗教和文化等,最终以文图结合的方式编成了每册二千二百幅照片为一卷的二十卷《北美印第安人》(*The North American Indian*)巨作。他的事迹还极大地启发并鼓舞了民国时期金陵大学的孙明经教授和民间摄影人庄学本先生。德国摄影家奥古斯特·桑德(August Sander,1876—1964)花费了毕生的精力,以"照片就是你的镜子"的"新客观主义"思维方式拍摄了大量的一战以后至二战期间的德国人肖像,他的《时代的面孔》(1943年)和尚未出版的《二十世纪的人》等作品,被誉为"德国人性的见证者"。从二十世纪五六十年代起,出现了厄恩斯特·哈斯(Ernst Haas,1921—1986)、罗伯特·弗兰克(Robert Frank,1924—2019)、拉尔夫·吉卜生(Ralph Gibson,1939—)、辛蒂·雪曼(Cindy Sherman,1954—)等以影像来进行写作的"影像作家",这种发展趋势在八九十年代逐渐呈现出了全盛的苗头,如今则更成了世界摄影发展最为强劲的律动因子,可以肯定地说,"影像作家"代表了摄影发展的前景与方向。

　　古人将"立德""立功"与"立言",并称之为人生事业最高境界的"三不朽",而以摄影语言著书立说者,即是当下之"立言"。然而,从根本上来说,以群众性与娱乐性摄影为主体特征的中国摄影,在其整体格局上,尚缺乏真正的大使命观与大文化观,缺乏知识分子应有的独立的文化立场与文化担当,中国摄影界亟需建立起一个能够真正承载得起中国历史与文化命运的完善的摄影语言体系,中国的摄影家也亟需以知识分子的独立立场,以当下文化人的积极心态,在当今中国文化大发展的局面中,沉静下来,刻苦学习,乐于奉献,敢于担当,踏踏实实地以自身的影像语言来精耕细作,淡泊于名利的追求,甘心于做摄影文化人,深入、细致、精微而系统地以具有完善语言体系的摄影来书写我们这个时代的文化与历史,并力保在其精神理念上的超前意识,在艺术性与真理的探求上努力突破与超越我们这个时代,在中国摄影,乃至世界摄影的文化建设事业上建功立业,"立言"存册,努力做新时代的"影像作家",而不是满足于充当只会拍摄几张获奖照片,能办几个摄影展览的"摄影玩家"。

诚然,就目前的情形来看,"影像作家"与"影像玩家"之间的对话,注定是一次形同参商之间的无效沟通:一个是将摄影作为手段,为我本之所用,作摄影之外的表达;一个是将摄影作为目的,执着于影像本身,作摄影之内的探求。二者之间,"体"与"用"的关系,恰好相反。前者用尽心力追求摄影画面所能承载的各类意义,其内容往往具体而深刻,后者则费尽心思寻求影像所能呈现出的各种效果,其意义通常笼统且宽泛。按理说,二者之间理应不该有所谓高下之分,若是处于理想的平衡状态,则必定相安无事,只是后者的"产能过剩"得实在离谱,早已经超出"无可无不可"的田地,委实让人看不下去了,从社会伦理学的角度看,则明显地偏离了"人道立场"所普遍要求的"道德准则",说得严重一点,大量的摄影人,在社会尚未达到理想的公平正义状态的前提下,过分地追求后者,则是一场不合时宜的苟且的欢愉行为,而大肆地鼓动大众参与其中的拥有话语权且头脑清醒的引领者,仍然明知故犯地作示范引导,则纯粹是一种严重的不道德行为。

事实证明,由于我们尚缺乏一整套完善的摄影语言体系(包括摄影的分类归属与各自的评价体系),从"沙龙"到"纪实",再到"观念",没有思想与操守的"盲从",没有批评与反思的"跟风",摄影大军所到之处,必将全线崩溃。组词、造句的比赛,其实只是一种学习过程之中的大联欢，我们不能以此来推动或证明成熟摄影文化事业的进步和发展。摄影创作的呈现，从最早的单幅照片，到后来的系列组照，再到今天较为普遍的各类摄影项目，只有当我们以纯熟的摄影语言写成成篇的文章和成册的著作之后，我们才能对此作出较为全面的判断与中肯的评价。

因此，眼下我们的紧迫工作就是：以真正完善能够充分呈现摄影创作理念革新路径及其发展方向的摄影语言体系的全面建设为契机，逐步加深摄影的本体研究，在复杂的当代语境里，尽快完成中国摄影的现代主义建构，为应对严峻、复杂和多变的当代艺术思潮挑战，先做好自身精神与理论体系上的清点与梳理，以确保头脑的始终清晰。

当代文艺的创新与发展

2018 北京青年文艺评论人才读书研讨班

暨京沪青年文艺评论家座谈会

一部关于京杭大运河的《清明上河图》

——评徐则臣《北上》

丛治辰

有两种小说。一种小说追问意义，它要讲清楚某个道理，或搞明白某个问题。就好像在小说的结尾放置了一个结论作为奖赏，文字如千军万马朝着这个终点呼啸而去，所有人物和情节都承担了某种微言大义或质诘辩难的任务。小说结束，图穷匕见，令人醍醐灌顶。而另一种小说则呈现世界，它没有终点，而是一幅图卷——《清明上河图》的终点在哪里呢？它好看的地方不在深刻，而在笔法：每一个细节都充分绽开，精微细密地描摹对象；每一个场面都花团锦簇，让叙述热闹非凡；而小说的结构又能交织辉映，做到一丝不乱。比较而言，我更喜欢后一种小说，甚至有时我觉得前一种小说如果写得不好，根本就不能算是小说，而只是某种理论或立场的拙劣注脚。

2018 年底，大陆最出色的七零后小说家之一徐则臣出版了他的第三部长篇小说《北上》。《北上》写的是京杭大运河，2014 年申遗成功之后，运河已成大陆文艺的热门题材，被赋予了太多意义。但徐则臣并未陷入这些意义当中：此时此刻，无论从任何角度去为运河增加一种称扬其伟大的论调，都无非是陈词滥调。因此徐则臣扶摇而上，超越种种意义，俯瞰整条运河，决心将他所了解的运河种种知识、景致与故事，穷形尽相地写出来，于是就写成了我所说的第二种小说。在此意义上，《北上》堪称关于京杭大运河的《清明上河图》。

在一个精巧杂糅了历史感与个人性的短小楔子之后，小说有一个精彩的开头。小说的主要角色之一，来自意大利的旅行者小波罗坐在吊篮里，摇摇晃晃地悬挂在无锡城墙外的半空中。从他的眼睛看出去，大地一片苍茫，近处是无锡城的人间烟火，炊烟与狗吠；而远处是道路与河流纵横交错，在道路与河流交叉的地方还会有一座座大城，有更多的炊烟与狗吠，而江南诸多河流中最浩大的那一条，正是京杭大运河。此时小波罗的视角正是徐则臣书写大运河的视角，居高临下的小波罗产生了某种恍惚感，他想到了由此蔓延展开的整个世界，想到在多年之前的故乡，他和弟弟曾一起转动地球仪，似乎这片1901年的中国土地和无尽的远方、不同的世代交叠在了一起，让他的空间感和时间感都陷入混乱。几天之后他将溯流北上，重新梳理自己的方向，而正是跟随他的行程，一百多年前的京杭大运河在小说当中徐徐展开。但是和小说的叙述者一样，小波罗并不寻找意义，他来中国是寻找弟弟的。这反而让他怀有一种无差别心的强烈好奇，将运河沿途所见所闻所经验的一切全都呈现出来。徐则臣为他的《清明上河图》找到了一个最称职的线索人物，一双再适合不过的散点透视的眼睛。

小波罗的旅程并不一帆风顺，漕帮的威胁、义和团的余波、邵伯闸外的拥堵和船家的背约，乃至于运河岸边一片惊艳的油菜花地，都会让行船停滞不前。与之相应，小说的叙述也是断断续续。《北上》

当中有两条交错并行的叙事线索,一条是二十世纪初年小波罗与向导谢平遥、随从邵常来、保镖孙过程等人沿运河北上的航行,另外一条则是2014年运河申遗成功的前夜,各家后人以不同身份、出于不同目的对先祖记忆与运河历史的探寻与留存。当小波罗的航行遇到挫折,小说便笔锋一转,跳到百年之后来;反之亦然。这样的叙述结构固然和小波罗北上之行的顺遂与否密切相关,而更为本质的或许是,北上之行的安排与叙述结构的设置同样都是源自对京杭大运河本身的模拟。众所周知,这条有过千年繁华的运河早已失去联络南北交通的重要地位,近代以来它的诸多河段都已淤塞毁弃,不堪复用。而正如小说结构所暗示的,那条历史上的伟大运河,需要依靠今天对过往的反复打捞与疏通才可能完整呈现。小说的情节、结构与小说所表达的对象,在此实现了显然有心设计的统一。

这有心设计的两条线索有如两条支流,随着叙述的推进趋于合流。当年和小波罗同行的人们曾经同舟共济、峰回路转,也终于难免背叛散亡、生离死别。谢平遥的后人拍起了大运河的纪录片,孙过程的后人成了为运河留影的艺术家,当年的一介随从邵常来倒是阴差阳错地吃上了运河这口饭,成为世代在运河上往来运输的船民,直到新世纪来临终于没生意可做,不得不考虑上岸。而这些人们尽管永远不会知道先祖们的交情与恩怨,却必然在徐则臣的摆布下重逢于小说的结尾。如果这是一部追问意义的小说,他们的聚合必然会遭受质疑:在第一种小说中,不合乎意义的巧合是非法的。但在一部以呈现世界为务的小说中,处理巧合正是小说笔法的一部分。如何让无数的线头捻成一股,让众多的巧合汇集成书,正是小说好看的地方。读者显然在小说的三分之一处就会意识到,散落的历史将重新凝聚,告别的人们将又一次重逢。巧合因此反而成为一种叙事动力和阅读乐趣所在。没有人去追问在世情常理与意义的层面上巧合如何成为可能,而是乐观其成地看着不同的人们从四面八方,携带着有关于运河的不同信息与知识,集合到一起来,呈现到小说里去。

　　但是不追问意义的小说,真的就没有提供意义吗?《清明上河图》想要表达什么样的深刻内涵呢?画卷并不发言,它只是呈现。可是有多少人从中读出了种种意义:对清明盛世的阿谀,对政事衰颓的讽喻,乃至于边关的隐患,乃至于汴梁的税入,乃至于北宋的气候与民俗……当小波罗在油菜花田流连忘返,兴致勃勃地要为过往旅人拍照留念,那些畏缩不前的大清子民们对于摄影技术的恐惧不正涉及一个老生常谈的现代性命题?而当其中一对兄弟站上前来,决心在大概永不会相见的告别之前合影留念,那种决绝不正暗示了古典时代交通的隔绝?我们因此才能够理解运河之于传统中国意味着什么,也才能够理解在一个战乱与前现代的国度,空间感、宿命感与今天是何等不同。而小波罗对这对兄弟的郑重态度,当然同时也预示了情节,让我们知道他的中国之行显然别有隐情,大概与他那位弟弟有莫大关系。——所以呈现世界的小说并非不提供意义,只是它提供的意义太过丰富。而一百年后,又该如何理解运河的意义呢?邵常来最小的儿子决心离开运河,因为这条大河再也不足以养活家人。他的父亲当然是痛苦的,并且用实际行动表示自己将永远生活在船上,决不住到岸上现代化的社区里去。但是就连他也不能不赞同儿子的选择,因为那是真实的:运河在这一层面上的确已经失去意义了。但是拍摄纪录片的谢望和又为运河提供了一个情感层面的意义,孙宴临则提供了一个美学层面的意义,周海阔甚至运用辩证法提供了一个新的经济层面的意义。——徐则臣真的没有讨论运河的意义吗?他只是讨论得比较复杂,并且决不明确地支持任何一个。

作为第二种小说家,徐则臣非常清楚小说家不真的是上帝。小说家的任务是表现世界,并不是判断生死善恶。他让不同的意义全部呈现出来,彼此对话,相互生成。因此他提供了更多的意义,更混杂的意义,从而也才可能是更准确的意义。

当我们在谈论丁西林的时候在谈论什么

戴　晨

2016年，北京人艺上演的小剧场话剧《丁西林民国喜剧三则》成为话剧圈的一个亮点，它选取了《一只马蜂》《酒后》《瞎了一只眼》三部独幕剧，均以民国时代家庭婚恋为题材。上演三年，《丁西林民国喜剧三则》获得了诸多观众的好评。从北京人艺走出，这个戏的足迹遍布不少城市：昆明，天津，扬州，上海，南京，杭州，重庆，乌镇，还于2018年四月赴台北进行文化交流演出。于是乎，"丁西林""民国""喜剧"这三个本身就自带话题的词汇进入我们的视角，激起我们的好奇和怀旧心理，想要走进剧场去细细品味几幅数十年前的生活图景。《丁西林民国喜剧三则》不仅是一个出色的小剧场话剧，它的意义还在于给社会投掷了一个关于丁西林、关于民国、关于喜剧的文化现象，让人们对于曾经的那个充满情怀的黄金年代及人文又增进了认识与了解，提升了对喜剧的审美意趣。

一　有趣的斜杠青年

打开丁西林的介绍,用现在流行的一个词来形容他最为贴切:跨界的斜杠青年。丁西林(1893—1974),中国剧作家、物理学家、乐器工艺家、社会活动家。原名丁燮林,字巽甫。1893 年 9 月 29 日生于江苏省泰兴县黄桥镇。他家境殷实,其父丁仲培受"新学"思潮影响,对子女的教育十分重视。1910 年丁西林中学毕业后考入上海交通部工业专门学校(上海交通大学前身),1913 年毕业。丁西林的家乡黄桥镇是一座千年古镇,大户人家崇儒重教,清末留学风气渐起,去英国、日本留学成为不少人家的选择。1914 年,二十一岁的丁西林前往英国伯明翰大学攻读物理学和数学,1917 年,他获得理科学士学位后便赴德国、法国学习语言,随后又到伦敦大学做物理研究工作,两年获伯明翰大学理科硕士学位。在伯明翰求学期间,在英国皇家学会会员 O. W. 理查逊(Richardson)教授指导下,他以热电子发射实验直接验证麦克斯韦速度分布律,证明了这个分布律也完全适用于热发射电子。他还设计出一种新的测量重力加速度 g 值的可逆摆,既可排除测量转动惯量的困难,又不必测定摆的重心位置,因而大大降低了测量 g 值的实验误差。丁西林于 1919 年回国,受蔡元培校长邀请,聘入北京大学任物理学教授兼理预科主任,后又多次被选为物理系主任。他任物理系主任期间,仿效蔡元培校长,极力延聘优秀人才到系执教,使物理系一时人才济济,称为一时之盛。丁西林大力提倡实验工作,建设物理实验室,亲自编写六十多个实验讲义以为倡导,并亲自审阅学生的实验报告,以树立理论与实验结合的优良学风。他讲授物理课,首倡采用中文而不用英文编写讲义,并从事整理和订正物理学名词术语的中文译法,以利于国人吸收西方科学。他在北京大学任教近十年间,成绩卓著,深受学生尊敬,培养了不少学有专长的人才。

丁西林的儿子丁大宇讲:"我父亲是学科学的,是物理学家,但是物理学家呢又写戏剧,所以搞科学的人说他是文学家,搞文学的人说他是科学家,所以我父亲有时候就说:'呀,大概我两个都不是!'但是他早期的剧本还是创新的,当时中国话剧也没多少人写,写这个戏的时候我还没出生呢。"1923年,丁西林发表处女作《一只马蜂》一鸣惊人,随后陆续发表作品,被誉为"独幕剧圣手"。

1928年1月,物理研究所的雏形——中央研究院理化实业研究所物理组,经中央研究院筹备委员会决定筹设;1928年3月,物理组作为理化实业研究所的三个组之一,在上海霞飞路899号临时所址正式成立,丁西林被聘为物理组主任。1928年6月9日,国立中央研究院正式成立。随后,理化实业研究所分为物理、化学、工程三个研究所。国立中央研究院物理研究所即宣告成立,首任所长丁西林。当时研究院初创,研究所白手起家,经费很少,所需各种器材、设备和书刊均必须从国外购进。丁西林面对困难毫无惧色,精心规划,刻苦经营,迄至抗战前夕,物理研究所已建立了一批能开始进行科学研究的实验室和一个藏书丰富的图书馆,并在一些方面取得了科研成果。

在声学方面,他对中国传统乐器——笛进行了改进,开发出符合十二平均律的"11孔新笛"。从1946年起,丁西林从事"地图四色问题"研究,前后持续二十余年,花费了不少心血。

新中国成立后,丁西林先后任中华全国科学技术普及协会副主席、中国科学技术协会副主席。丁西林对于汉字改革饶有兴趣,1951年12月出任了中国文字改革委员会副主任委员。其间,他对汉字的难写、难认、字体混乱和查找不便等缺点深为关注,经常在业余时间从事改革的尝试。虽然简化汉字笔画和减少通行的汉字数量为汉字改革的主要课题,但改进汉字检字法也是一项刻不容缓的任务,为此他创造了"笔形查字法",依此可以"见字知号,按号找字",现已被吸收进《计算机中文信息笔形编码法》。为了纪念丁西林,软件研发者在五笔软件中把"木、丁、西"放在S键这一并不符合字根规则的键上。丁西林长期从事对外文化交流工作,曾先后率领各种文化代表团访问亚洲、非洲、欧洲许多国家,为增进我国人民与世界各国人民之间的友好合作做出了重要贡献。1960年后他历任文化部副部长、中国对外文化联络委员会副主任、中国人民对外友好协会副主任、北京图书馆(现国家图书馆前身)馆长、中国文字改革委员会副主任等。他在繁忙工作的间隙仍坚持不懈地探索戏剧的创作与发展,在形式和内容上进行多方面的尝试,创作出多部话剧、舞剧、歌舞剧及新篇戏曲等。

二 有情怀的时代成就高级的喜剧

五四新文学大多以宣扬"民主""自由""平等""浪漫主义""个性""解放婚姻""自由"为中心,在新文学的吹拂下,那个时代有了自由恋爱,西式餐点,洋房别墅,西装革履。丁西林自幼喜爱文艺,他的剧作记录了民国期间的人文风貌。这也是我们现在提起民国,最让人流连忘返的风貌。

丁西林的喜剧风格被冠以"高级""含蓄""机智""知识分子"等标签，这种幽默不仅源于他所属的时代，还和他的人格魅力相关。丁大宇回忆："我父亲是比较幽默的，他任何时候都喜欢用幽默的话来使整个气氛和谐。我举个很简单的例子，我们在家同坐在一起吃饭，我母亲就很照顾我父亲，给他夹这个菜夹那个菜，告诉他这个菜富有营养啊等等等等，然后我父亲就这样来回动（上下前后地转动肩膀），我母亲就问他怎么回事啊？他说，是不是我的衣服小啦？他的意思是想说明这个营养是不是马上起作用了（注：导致人立即变胖了）。我在旁边看了觉得确实很幽默。这样性质的事情可以讲很多很多。"

丁西林的处女作《一只马蜂》，有着他自己婚姻生活的影子。这部作品以反对封建包办婚姻、提倡自由恋爱为主题，在全国剧坛产生了轰动效应。丁大宇提到父亲的婚姻："我父亲受到封建的迫害，当时是被我奶奶和爷爷骗回去包办婚姻。所以我父亲是名义上头有个媳妇，但是没有任何的接触。他当时告诉我那个人不认识，无法接受。你想我父亲是英国留学生，他能接受这个东西吗？这就是他的所谓婚姻的一段经历。我母亲也是很传奇的，她属于韦昌辉的后代。我母亲在十六岁的时候就被家里包办了婚姻，嫁给一个岁数很大、很有权势的人。这个就是我母亲的早期婚姻——年纪很小，还生了几个孩子。""那么我父亲怎么会跟我母亲认识呢？现在说来也就是我母亲的前夫，有个女儿叫袁昌英，在英国留学时和我父亲认识了，回到中国以后他们就经常聚在一起。袁昌英觉得自己的继母比自己还年轻，就和我父亲说，你们两个人都受到了封建婚姻的迫害，你们认识认识吧。然后她就把我母亲介绍给我父亲。"

丁西林有着深厚的生活底蕴，因此他丰富的生活情趣和得天独厚的理性修为使他的喜剧注重理性感受，丁西林的喜剧展现了各种喜剧性矛盾关系和他们不同的喜剧性格,人物肌理细腻入微。他的语言体现了他所有喜剧的风格,不仅轻松俏皮,饶有兴趣,而且意味隽永,其喜剧性扎根于生活本身,给人以亲近感。他一般不采用通常意义上的夸张,更不求助于外加的笑料。在剧情展开上,也是波澜起伏,妙趣横生,有鲜明的层次和节奏。

《一只马蜂》中吉先生写的那封信就充满谐趣,他嘲讽老太太包办儿女婚事不成又来助侄儿做媒,说是"将来一杯美酒,或能稍慰老年人,愿天下有情人无情人都成眷属之美情也"。真是嘲笑尽天下昏庸糊涂的父母。他和余小姐的一连串的反语和谎言,也都闪耀着机智的光芒,"趣味"是含蓄的,让人在会心的微笑中领悟意蕴与哲理,这显然是受了英国幽默喜剧的影响。丁西林很重视喜剧的结尾艺术,所谓"意在戏先,戏尽意在",每每在全剧矛盾冲突已经结束之后,又出人意料地添上一笔,进一步强化喜剧效果。如《瞎了一只眼》中,丈夫在友人面前扯下绷带,暴露了太太向友人撒下的谎言,太太面临尴尬,正不知如何是好,不料丈夫又生出新的谎言为其解围,太太一时大喜,竟忘了遮掩,喜不自胜地投入丈夫的怀抱,让喜剧充满了意外的惊喜。

现代人工作生活节奏快、精神压力大,喜剧是不可或缺的解压方式。当我们看惯了"冯小刚""周星驰""小沈阳""开心麻花"等各式的幽默喜剧,看多了花样百出的综艺节目,丁西林的喜剧如同涓涓细流,令人发出"会心的微笑"。观众在剧场中的笑声和掌声让我们开始思考,为什么观众需要这样的作品。在剧场,让人哭很容易,用什么方式让观众笑,是话剧需要探索的。

《丁西林民国喜剧三则》的服装设计很有讲究,既符合人物和历史,又突出了"民国风"的美感。这是三个不同的独幕戏,三个演员分别饰演不同的三组人物，要利用服装造型把每个演员塑造的三个角色区分开，让观众清楚这不是一个戏，更不是一个人物。《一只马蜂》中的"余小姐"，她前去看望吉老太太时穿着白色小素花的圆摆小褂；在《酒后》中她饰演优雅知性气质的年轻太太，穿着银灰色旗袍；《瞎了一只眼》中她饰演中年妻子，穿深色旗袍。最出彩的是《一只马蜂》中"吉老太太"的翠绿色宽袖袄马面裙，因为这个人物是男演员反串女角，单看颜色觉得很怯，穿在舞台上非常有喜剧效果。还有一个设计是《瞎了一只眼》里特意从天津赶过来的"朋友"这个角色，是有点邋里邋遢的单身中年知识分子，服装上改变了大多数舞台上所呈现的长袍造型，故意把他的长袍做得很瘦小、很局促，那个人物的感觉一下子就出来了。

三　丁西林与北京人艺

北京人艺和丁西林早有渊源，1959 年 6 月，北京人艺党组会决定排一组丁西林喜剧《压迫》《三块钱国币》《一只马蜂》《瞎了一只眼》，后改为演出《压迫》《三块钱国币》《等太太回来的时候》，于同年 8 月 8 日首演。

此次演出《丁西林民国喜剧三则》，是北京人艺在五十多年后重新启封丁西林的作品，希望通过重排，让大家都知道中国曾经有过丁西林这样的作家，有过这么经典、这么有文化的喜剧。

《一只马蜂》是丁西林的处女作，创作于 1923 年，这部独幕剧讲述了干涉儿子婚姻自由的老太太，想把一位余小姐说与侄儿为妻。

岂料儿子与余小姐早已生出情愫,两人利用媒妁之约,顾左右而言他,两人反话连篇,瞒天过海,最终确立恋爱关系的故事,当他们相拥被老太太撞见时,余小姐喊一声马蜂,以被马蜂蜇痛加以掩饰。《酒后》表现的是一对夫妻在酒后对夫妻与第三者关系的边界所做的探试性游戏。剧里的妻子突发奇想去吻熟睡中的客人,丈夫同意后她却迈不动腿。《瞎了一只眼》则描绘了一个圆谎的故事。先生受了伤,太太一时慌乱而鬼使神差地给先生在外地的友人写了一封告急信。在友人匆忙赶到后,夫妇二人上演了一段圆谎的谐剧。

本剧的导演班赞对于丁西林的剧作有着自己独到的见解,他认为,丁西林的作品如工夫茶,它需要以繁复的手续进行精加工,之后才能品出其中深厚的余味。这对观众审美的层次也提出了一定的挑战。对从中央戏剧学院走出的班赞来说,丁西林的作品陪伴了他整个学习生涯,也是排练厅的"常客",所以他要求这个戏的空间环境呈现出一个"排练厅"的感觉。他以"文化的乡愁"对这部作品做出了概括,希望将这出戏剧的欣赏过程视作一次怀旧之旅,为此他在自己的导演工作上也做出了思考,通过象征、虚拟示意等手段作为现实主义路线的扩充,来丰富戏剧关系。

目前《丁西林民国喜剧三则》在全国很多地方演出过,制作人戴贵江希望带这个戏去大学校园里演出,大学生们需要如此文学的、智慧的、恬静的喜剧。北大、清华、人大等学校多次邀请过《丁西林民国喜剧三则》去演出,由于场地不合适都没能成行。他非常注重现场的效果,提出"一个剧目的风格和剧场的气场要吻合"的观点。有些剧场典雅华贵,但很大,不符合本剧小剧场话剧的感觉,观演效果不能保证。戴贵江表示,不追求多高的经济效益,不追求剧场设备前卫与否,但剧场的环境和意味更重要,一切都要为戏服务。因这个话剧结缘,戴贵江现在成了"丁西林传播大使",他发现这个戏演出以后,在社会上引起文化热议,特别是受到了青年人的关注,在没有经过丁西林家人允许的情况下,全国有一些学生群体纷纷效仿排练。"丁西林家人对现在的演出信息接触得少,我希望丁西林的作品能够受到保护和尊重,我们鼓励一些学校、社区内部排练,但也担心一些人恶搞喜剧、乱改剧本,用作商业盈利。我觉得我有这个义务帮助版权人去维护丁西林剧本的艺术品质。"现在丁西林的家人委托戴贵江作为丁西林文学剧本的版权代理人,负责把关处理版权的问题。2017 年开始,江苏省泰兴市黄桥镇政府正在紧锣密鼓地进行丁西林故居陈列馆的建设工作,戴贵江作为策展人之一,和丁西林的家人一起,也在为丁西林的戏剧作品提供更丰富的资源留给后人。由一个戏引发了一系列的文化现象,戴贵江让这个戏从小剧场走向了更广阔的天地,拓展了戏剧的维度。

如果说小剧场话剧在过去能够吸引观众,是因为对传统戏剧形态的突破,给人带来耳目一新的感觉,那么在这种新鲜感已经逐渐消失的今天,小剧场话剧靠什么来吸引广大观众?优秀的小剧场话剧需要不断地探寻戏剧与观众、戏剧与时代对话的有效方式。对于以年轻观众为主导的群体,小剧场话剧不能因为成本低、票价低而降低了水准,迎合市场并不意味着迎合低俗。剧本是基础,舞台艺术是关键,审美取向是标尺,所有经典的戏剧大概都是三者的高度契合。北京人艺作为全国一流的剧院,肩负着社会责任,而《丁西林民国喜剧三则》在艺术和市场领域双赢,给戏剧市场树立了很好的榜样,它所带来的社会效应,引发的文化热潮足以说明北京人艺的戏剧人秉持着"戏比天大"的艺术精神,高品质的选材和对文化视角的精准捕捉,提升了人们的文化审美。笔者认为,这也是话剧的魅力所在。

新时代文艺的新气象、新作为

——习近平文艺思想要论

高永亮

党的十八大以来,习近平总书记对文艺工作提出了一系列新观点、新论断、新要求。这些新观点、新论断、新要求,集中体现在《在文艺工作座谈会上的讲话(2014年10月15日)》《在中国文联十大、中国作协九大开幕式上的讲话(2016年11月30日)》《决胜全面建成小康社会,夺取新时代中国特色社会主义伟大胜利——在中国共产党第十九次全国代表大会上的报告(2017年10月18日)》《在全国宣传思想工作会议上的讲话(2018年8月22日)》等一系列重要讲话、文件和论述中。归纳起来,主要有以下八个方面:

一 使命担当:书写中华民族新史诗

南朝刘勰在《文心雕龙·时序》中写道,"时运交移,质文代变",

"文变染乎世情,兴废系乎时序"。唐代白居易在《与元九书》中说:"文章合为时而著,歌诗合为事而作。"文艺创作应时代而发生、为时代而存续、适时代而发展。一个时代有一个时代的精神,一个时代有一个时代的文艺,文艺是反映时代精神的镜子,是高扬时代精神的号角。中共十九大报告明确提出:"中国特色社会主义进入了新时代,这是我国发展新的历史方位。"新时代中国社会主要矛盾也发生了变化,已经转化为人民日益增长的美好生活需要和不平衡不充分的发展之间的矛盾。站在新时代这个新的历史方位上,文艺要反映新时代的面貌、变化及时代精神,更好地满足人民在文化艺术方面日益增长的需要。这是新时代文艺工作面临的重要课题。习近平在中国文联十大、中国作协九大开幕式上的讲话中指出:"改革开放近四十年来,我们党领导人民所进行的奋斗,推动我国社会发生了全方位变革,这在中华民族发展史上是前所未有的,在人类发展史上也是绝无仅有的。面对这种史诗般的变化,我们有责任写出中华民族新史诗。"2018年全国宣传思想工作会议上,习近平再次强调:"要引导广大文化文艺工作者深入生活、扎根人民,把提高质量作为文艺作品的生命线,用心用情用功抒写伟大时代,不断推出讴歌党、讴歌祖国、讴歌人民、讴歌英雄的精品力作,书写中华民族新史诗。""书写中华民族新史诗",不断满足人民日益增长的美好生活需要,更好地推动人的全面发展和社会全面进步,这是新时代赋予文艺工作者的重要使命。

二　创作导向：以人民为中心

为人民服务、为社会主义服务，是社会主义文艺的基本方针。中国共产党的历代领导人都高度重视和强调文艺为人民服务。毛泽东《在延安文艺座谈会上的讲话》中指出："为什么人的问题，是一个根本的问题，原则的问题。"他强调，社会主义的文艺要为着"最广大的人民大众"。邓小平《在中国文学艺术工作者第四次代表大会上的祝词》中说，"我们的文艺属于人民"，"文艺创作必须充分表现我们人民的优秀品质，赞美人民在革命和建设中、在同各种敌人和各种困难的斗争中所取得的伟大胜利"。"人民是文艺工作者的母亲。一切进步文艺工作者的艺术生命，就在于他们同人民之间的血肉联系。"江泽民在中国文联七大、中国作协六大的讲话中要求广大文艺工作者"坚持深入群众、深入生活，努力把握时代的脉搏，充分认识建设有中国特色社会主义的时代意义，充分认识最广大人民的根本利益，充分认识人民群众对文艺发展的基本要求"。胡锦涛强调："必须坚持以人民为中心的创作导向，关心人民命运，体察人民愿望，反映人民心声，在人民伟大创造中汲取营养，把最好的精神食粮奉献给人民。"与这些思想和主张一脉相承，习近平《在文艺工作座谈会上的讲话》、中共十九大报告及2018年全国宣传思想工作会议上的讲话中多次强调"坚持以人民为中心的创作导向"。以人民为中心的创作导向主要内涵有两个方面：一是文艺创作必须扎根人民、源于人民。习近平指出："人民是文艺创作的源头活水，一旦离开人民，文艺就会变成无根的浮萍、无病的呻吟、无魂的躯壳。""人民生活中本来就存在着文学艺术原料的矿藏,人民生活是一切文学艺术取之不尽、用之不竭的创作源泉。""人民是历史的创造者,是时代的雕塑者。一切优秀文艺工作者的艺术生命都源于人民,一切优秀文艺创作都为了人民。""文艺创作方法有一百条、一千条,但最根本的方法是扎根人民。只有永远同人民在一起,艺术之树才能青。"以人民为中心的创作导向另一方面内涵,指文艺创作要服务人民,以满足人民需要为根本价值。"以人民为中心,就是要把满足人民精神文化需求作为文艺和文艺工作的出发点和落脚点,把人民作为文艺表现的主体,把人民作为文艺审美的鉴赏家和评判者,把为人民服务作为文艺工作者的天职。""人民的需要是文艺存在的根本价值所在。能不能搞出优秀作品,最根本的决定于是否能为人民抒写、为人民抒情、为人民抒怀。一切轰动当时、传之后世的文艺作品,反映的都是时代要求和人民心声。"

三　发展动力：创新与精品

创新是一个民族的灵魂,是一个民族兴旺发达的不竭动力。文艺需要创新,也必须创新。创新乏力与精品不足,是影响和制约当前文艺工作发展的关键因素。针对这方面问题,习近平《在文艺工作座谈会上的讲话》中指出,创新是文艺的生命。文艺创作中出现的一些问题,同创新能力不足很有关系。"要把创新精神贯穿文艺创作生产全过程,增强文艺原创能力。"在中国文联十大、中国作协九大开幕式上,习近平给文艺工作者和文艺工作提出的第三点希望就是"勇于创新创造,用精湛的艺术推动文化创新发展"。他再次强调,创新是文艺的生命。要把创新精神贯穿文艺创作全过程,大胆探索,锐意进取,在提高原创力上下功夫,在拓展题材、内容、形式、手法上下功夫,推动观念和手段相结合、内容和形式相融合、各种艺术要素和技术要素相辉映,让作品更加精彩纷呈、引人入胜。要把提高作品的精神高度、文化内涵、艺术价值作为追求,让目光再广大一些、再深远一些,向着人类最先进的方面注目,向着人类精神世界的最深处探寻,同时直面当下中国人民的生存现实,创造出丰富多样的中国故事、中国形象、中国旋律,为世界贡献特殊的声响和色彩、展现特殊的诗情和意境。在中共十九大报告中,习近平又一次强调"推动文艺创新"。创新的同时要多出优秀作品或精品。习近平深入阐述了优秀文艺作品对一个国家一个民族的重要性及优秀文艺作品应当具备的品质和条件。他指出:"优秀文艺作品反映着一个国家、一个民族的文化创造能力和水平。吸引、引导、启迪人们必须有好的作品,推动中华文化走出去也必须有好的作品。"优秀作品应当做到"传播当代中国价值观念、体现中华文化精神、反映中国人审美追求,思想性、艺术性、观赏性有机统一","有正能量、有感染力,能够温润心灵、启迪心智,传得开、留得下,为人民群众所喜爱"。《在文艺工作座谈会上的讲话》中,习近平从思想性、艺术性和制作品质上对精品提出了三个方面的具体要求,"思想精深,艺术精湛,制作精良"。在中共十九大报告中,习近平再次强调,要繁荣文艺创作,坚持思想精深、艺术精湛、制作精良相统一,加强现实题材创作,不断推出讴歌党、讴歌祖国、讴歌人民、讴歌英雄的精品力作。

四　文化责任：社会效益至上

随着社会主义市场经济的深入发展,市场浪潮裹挟的商业主义、拜金主义、消费主义开始侵蚀文艺的肌体。正如习近平《在文艺工作座谈会上的讲话》中指出的：在文艺创作方面,存在着有数量缺质量、有"高原"缺"高峰"的现象,存在着抄袭模仿、千篇一律的问题,存在着机械化生产、快餐式消费的问题。在有些作品中,有的调侃崇高、扭曲经典、颠覆历史,丑化人民群众和英雄人物；有的是非不分、善恶不辨、以丑为美,过度渲染社会阴暗面；有的搜奇猎艳、一味媚俗、低级趣味,把作品当作追逐利益的"摇钱树",当作感官刺激的"摇头丸"；有的胡编乱写、粗制滥造、牵强附会,制造了一些文化"垃圾"；有的追求奢华、过度包装、炫富摆阔,形式大于内容。因此,习近平强调,一部好的作品"应该是把社会效益放在首位,同时也应该是社会效益和经济效益相统一的作品"。"然而,同社会效益相比,经济效益是第二位的,当两个效益、两种价值发生矛盾时,经济效益要服从社会效益,市场价值要服从社会价值。文艺不能当市场的奴隶,不要沾满了铜臭气。"《在中国文联十大、中国作协九大开幕式上的讲话》中,习近平再次强调："要遵循言为士则、行为世范,牢记文化责任和社会担当,正确把握艺术个性和社会道德的关系,始终把社会效益放在首位。"2018 年全国宣传思想工作会议上,习近平又一次强调："要坚持把社会效益放在首位,引导文艺工作者树立正确的历史观、民族观、国家观、文化观,自觉讲品位、讲格调、讲责任,自觉遵守国家法律法规，加强道德品质修养，坚决抵制低俗庸俗媚俗，用健康向上的文艺作品和做人处事陶冶情操、启迪心智、引领风尚。"

五 精神之源：社会主义核心价值观

任何一个时代，任何一个民族，文艺创作都有其特有的精神之源和文化底色。习近平《在文艺工作座谈会上的讲话》中指出，"中国精神是社会主义文艺的灵魂"。这里的"中国精神"就是指社会主义核心价值观。"广大文艺工作者要高扬社会主义核心价值观的旗帜，充分认识肩上的责任，把社会主义核心价值观生动活泼、活灵活现地体现在文艺创作之中，用栩栩如生的作品形象告诉人们什么是应该肯定和赞扬的，什么是必须反对和否定的，做到春风化雨、润物无声。"习近平强调，"在社会主义核心价值观中，最深层、最根本、最永恒的是爱国主义"，"要把爱国主义作为文艺创作的主旋律，引导人民树立和坚持正确的历史观、民族观、国家观、文化观，增强做中国人的骨气和底气"。在新时代，要"结合新的时代条件传承和弘扬中华优秀传统文化，传承和弘扬中华美学精神"。习近平同时提出，传承中华文化，绝不是简单复古，也不是盲目排外，而是古为今用、洋为中用，辩证取舍、推陈出新，摒弃消极因素，继承积极思想，"以古人之规矩，开自己之生面"，实现中华文化的创造性转化和创新性发展。《在中国文联十大、中国作协九大开幕式上的讲话》中，习近平再次强调，社会主义核心价值观是当代中国精神的集中体现，是凝聚中国力量的思想道德基础。广大文艺工作者要把培育和弘扬社会主义核心价值观作为根本任务,坚定不移用中国人独特的思想、情感、审美去创作属于这个时代,又有鲜明中国风格的优秀作品。"要坚持不忘本来、吸收外来、面向未来,在继承中转化,在学习中超越,创作更多体现中华文化精髓、反映中国人审美追求、传播当代中国价值观念,又符合世界进步潮流的优秀作品,让我国文艺以鲜明的中国特色、中国风格、中国气派屹立于世。"

六　管理创新:尊重和遵循文艺规律,
发扬学术民主和艺术民主

社会主义文艺必须坚持和加强党的领导,这是社会主义文艺发展的基本原则和根本保证。在强调加强和改进党对文艺工作的领导的同时,习近平主张"尊重和遵循文艺规律","发扬学术民主和艺术民主"。这是马克思主义的辩证唯物主义和历史唯物主义观点、立场在文艺工作中的具体反映和体现。文艺创作属于思想文化和意识形态范畴,具有自身的特点和规律。党对文艺工作的领导和管理应尊重和遵循这些规律,只有这样才能为文艺创作营造良好的制度环境。《在文艺工作座谈会上的讲话》中,习近平指出,"要尊重和遵循文艺规律","要尊重文艺工作者的创作个性和创造性劳动,政治上充分信任,创作上热情支持,营造有利于文艺创作的良好环境"。《在中国文联十大、中国作协九大开幕式上的讲话》中,习近平再次强调:"要用符合文艺规律的方式领导文艺事业,充分发扬学术民主和艺术民主,保护好文艺工作者积极性和创造性。""要做到政治上充分信任、思想上主动引导、工作上创造条件、生活上关心照顾,多为文艺工作者办实事、做好事、解难事,营造有利于出人才、出精品的良好环境。"中共十九大报告中也提出,"注意区分政治原则问题、思想认识问题、学术观点问题","发扬学术民主、艺术民主,提升文艺原创力,推动文艺创新"。尊重和遵循文艺规律、发扬学术民主和艺术民主,是新时代党领导文艺工作在指导思想和体制机制方面的重要创新,对保护和促进文艺工作者积极性、主动性、创造性,营造良好的创作环境,具有重要意义。

七　网络文艺:一种新的文艺类型

中国互联网络信息中心(CNNIC)第 42 次《中国互联网络发展状况统计报告》显示,截至 2018 年 6 月 30 日,我国网民规模达 8.02 亿,互联网普及率为 57.7%。手机网民规模达 7.88 亿,网民通过手机接入互联网的比例高达 98.3%。在互联网应用中,网络音乐用户规模超过 5.5 亿人,网民使用率为 69.2%。网络文学用户规模超过 4 亿人,网民使用率为 50.6%。一些网络影视剧播放量动辄几个亿、几十亿甚至上百亿。2017 年,《三生三世十里桃花》创下影视剧网络播放记录,达到了 363 亿。作为一种新生的文艺类型,网络文艺已经开始在整个文艺领域发挥不可忽视的作用,深刻影响并改变着文艺格局、文艺生态和文艺观念,进而成为新时代文艺工作的重要内容。习近平《在文艺工作座谈会上的讲话》中指出:"互联网技术和新媒体改变了文艺形态,催生了一大批新的文艺类型,也带来文艺观念和文艺实践的深刻变化。由于文字数码化、书籍图像化、阅读网络化等发展,文艺乃至社会文化面临着重大变革。要适应形势发展,抓好网络文艺创作生产,加强正面引导力度。"2018年全国宣传思想工作会议上,习近平又一次强调:"要推出更多健康优质的网络文艺作品。"当前网络文艺作品中存在大量思想性差、艺术水准低、粗制滥造以及导向不正确的低劣作品,因此在鼓励和引导健康优质的网络文艺作品的同时,习近平强调加强网络内容建设与网络综合治理。他提出:"加强互联网内容建设,建立网络综合治理体系,营造清朗的网络空间。""坚持营造风清气正的网络空间,坚持讲好中国故事、传播好中国声音","必须科学认识网络传播规律,提高用网治网水平,使互联网这个最大变量变成事业发展的最大增量"。这为网络文艺发展提供了重要政策指引、依据和保障。

八 文艺批评:文艺创作的镜子与良药

文艺批评与文艺创作相伴相生、相互依存、相辅相成。《在文艺工作座谈会上的讲话》中,习近平指出,要高度重视和切实加强文艺评论工作。并对文艺批评的重要性和必要性、指导思想、功能取向及对待文艺批评的态度等方面进行了阐述。从重要性和必要性上看,"文艺批评是文艺创作的一面镜子、一剂良药,是引导创作、多出精品、提高审美、引领风尚的重要力量","有了真正的批评,我们的文艺作品才能越来越好"。指导思想上,"要以马克思主义文艺理论为指导,继承创新中国古代文艺批评理论优秀遗产,批判借鉴现代西方文艺理论,打磨好批评这把'利器',把好文艺批评的方向盘,运用历史的、人民的、艺术的、美学的观点评判和鉴赏作品,在艺术质量和水平上敢于实事求是,对各种不良文艺作品、现象、思潮敢于表明态度,在大是大非问题上敢于表明立场,倡导说真话、讲道理,营造开展文艺批评的良好氛围。"从文艺批评的功能和取向上看,"文艺批评要的就是批评,不能都是表扬甚至庸俗吹捧、阿谀奉承,不能套用西方理论来剪裁中国人的审美,更不能用简单的商业标准取代艺术标准,把文艺作品完全等同于普通商品,信奉'红包厚度等于评论高度'。文艺批评褒贬甄别功能弱化,缺乏战斗力、说服力,不利于文艺健康发展","文艺批评就要褒优贬劣、激浊扬清,像鲁迅所说的那样,批评家要做'剜烂苹果'的工作,'把烂的剜掉,把好的留下来吃'"。在对待文艺批评的态度上,习近平指出,"作家艺术家要敢于面对批评自己作品短处的批评家,以敬重之心待之,乐于接受批评"。《在中国文联十大、中国作协九大开幕式上的讲话》中,习近平再次强调,要加强和改进文艺理论和评论工作,褒优贬劣,激浊扬清,更加有效地引导创作、推出精品、提高审美、引领风尚。这一系列重要论述,为做好新时代文艺评论工作进一步明确了原则、方向和目标。

结　语

随着中国特色社会主义进入新时代,文艺创作也进入了新时代。新时代文艺要有新气象、新作为。习近平总书记关于文艺工作的一系列重要论述,丰富和发展了马克思主义文艺思想,为新时代文艺工作确立了原则、指明了方向、明确了目标、提出了要求,是新时代中国特色社会主义思想的重要组成部分,为做好新时代文艺工作提供了科学指南和根本遵循。新时代的文艺工作者责任重大、使命光荣,要在新时代中国特色社会主义思想指引下,深入生活、植根人民、锐意进取、勇于创新,力争多出精品,以无愧于时代,无愧于人民,无愧于国家。

《三体》：大荒山寓言

黄德海

1900年的一天下午，四十二岁的马克斯·普朗克和他不满十岁的儿子一起在树林里散步。据说，当时普朗克心事重重，神色忧伤。儿子禁不住好奇心的驱使，小心地问他怎么了，普朗克低声说道："如果没弄错的话，我完成了一项发现，其重要性可以跟牛顿的发现媲美。"是什么了不起的发现，让一贯冷静谦逊的普朗克几乎口不择言？

在研究物体热辐射的规律时，普朗克发现，只有当假定在辐射过程中，能量是以已知的不可分份额非连续——也即一份一份地——释放或吸收时，计算结果才能与试验结果相符。这一非连续释放或吸收的一份一份，后来就被称为"量子"（quantum），来源是拉丁文的quantus，意为"有多少"，代表"相当数量的某物质"。没错，这个发现的意思是，我们在宏观世界感受到的连续能量，不过是无数一份一份释放或吸收的量子的集合，也就是说，在进入微观层面之后，世界连续性的幻象破碎，科学的巨大革命时代即将到来："革命之前科学家世界中的鸭子，在革命之后就变成了兔子……在一些熟悉的情况中，他必须学习去看一种新的格式塔(Gestalt)。在这样做了之后,他研究的世界在各处看来将与他以前居住的世界彼此不可通约(incommensurable)。"

不知道经过现代物理学一百多年的发展和普及,人们是不是早已对普朗克的这一发现见怪不怪,我得老实承认,此前只接触过古典物理学连续世界观的我,在初次看到这个结论的时候,豁然明白普朗克当时为什么会心事重重,神色忧伤。意识到普朗克带来的巨大变化之后,我陷入了震惊带来的酥麻之中,觉得脚下的土地无声地向远处开裂,一个跟此前头脑中完全不同的世界在眼前展现——虽然世界古老依然,但它跟人的相互关系却自此是全新的。类似的感觉,只有后来了解到广义相对论中的时空连续区时才出现过——我已经把话题扯得太远,因为上面的离题话只是个不恰当的比喻或起兴,用来说明我读到《三体》时略微有点相似的心情。

一

该怎么形容《三体》的语言呢?像一个刚学会用语言表达自己复杂感受,陷入爱情的小伙子写给姑娘的情书;像一个偶然瞥见了不为人知的罕见秘密,却找不到合适语言传递回世间者的试探;或者像一个研究者发现了可以改变以往所有结论的档案,试着小心翼翼把档案携带的信息放进此前研究构筑的庞然大厦……不流利,不雅致,不俏皮,略显生涩,时露粗糙,如同猛兽奔跑之后,带着满身的疲累喘着粗气,而生机还没有完全停歇下来,其息咻咻然,偶尔有涎水滴落,在地面上洇开大大的一片。

没法简单说是幸运还是不幸（较大的可能，应该算是不幸），我的阅读不是从精巧雅致开始的，如果不说是源自粗糙简陋的话——并非图书馆里经过时间淘洗的高坟典册，而是路边摊上沾满汗污的各种出租读物。这类读物因为要抓住人的好奇心，因而叙事多直奔主题，人物的心思直接而显白，行动即是内心的反映，不曲折，不绞绕，即便对应着浅薄平庸的世界也浑然不觉。如此阅读启蒙带来的重大问题是，对繁复细腻的语言没有天生的亲近感，有时甚至会失去阅读精微作品的耐心，对众多巧妙的书写没有近乎本能的热爱（Eros），很多时候只能跟心思细密的作品擦肩而过。

未经指引的阅读摸索大概只带来一个意想不到的收获，就是培育了我绕过复杂的心智游戏，对小说构造的世界更为敏感，透过泥沙俱下的文字去看作者虚构中最初的世界构型，猜测它最终要长成的样子。或许我该说，幸亏我的阅读不是从细密精致开始的，因此对《三体》质直素朴的语言早有准备，开始不久，我就发觉，这本书诸多灰扑扑的、不起眼的角落，都蕴藏着某种指向阔大世界的力量，仿佛所有的细节都经过了轻微变动，而这些轻微的变动必将引起整个系统的雪崩，最终改变世界（宇宙）的模样。没错，那个世界起于大荒山无稽崖，起于东胜神洲傲来国，你不知道它将显现为什么形状，只觉得这所有的言辞，都是一个全无来由的庞大起兴。

《长阿含经》记载，须弥山周围有四大部洲，分别是东胜身洲、南赡部洲、西牛贺洲和北俱芦洲。其中的东胜身洲，就是前面的东胜神洲，而北俱芦洲，意译为胜处（美好的地方），"其土正方，犹如池沼，纵广一万由旬（计量单位，一由旬相当于一只公牛走一天的距离）。人面亦像地形，人身长三十二肘。人寿一千岁，命无中夭"。对身高不足五肘，寿命不过百岁，居住环境恶劣的人类来说，这真的是一个难得的胜处,几乎可以在其中一往无前地安心修行了不是吗?很可惜,这个地方,属于佛教所谓的"八难之地"——"谓见佛闻法有障难八处,又名八无暇,谓修道业无闲暇也":一地狱;二饿鬼;三畜生;四郁单越;五长寿天;六聋盲喑哑;七世智辨聪;八佛前佛后。

一、二、三、六、八不难理解,因为处境艰难或时机错失而无法精进,甚至五是外道修行所抵之处,七因为聪明小巧而不能接受大法,都好理解,但四郁单越,也就是北俱芦洲,就有点难以思维了对吧?为什么"以乐报殊胜,而总无苦"也属于难呢?没有苦难的地方,怎么反而是修行的障碍呢?胜处而为障难,一定有极其特殊的原因,古德的解说是:"为着乐故,不受教化,是以圣人不出其中,不得见佛闻法。"正因为环境太好了,优越到没有想起去接触,更不用说是钻研修证佛法——人类如果一直生活在伊甸园里,物质生活丰足,精神上极其愉悦,大概不会想着去发展什么科学技术吧?

现在,来想象两个互不相干的世界,各自因应自己的环境发展着,有费尽心机的进步,也有迫不得已的中断,并各自经历着自己的幸运和不幸。终于,其中一个世界的不幸大大超出了部分人能够承受的范围,"人穷则反本,故劳苦倦极,未尝不呼天地",于是向宇宙发出了呼求的信号。两个不相干的世界经过光年级别的传递,终于有了联系,而这个联系,非常可能是某种致命危险的开端。即便提前获得了警告,呼求者也没有停止自己的步伐,甚至更为变本加厉。只是,我们似乎无法去责怪那个发出信号的人,因为悲惨的遭遇已经让她确信,"我的文明已无力解决自己的问题,需要你们的力量来介入"。即便经过怎样遥远的传递,原因亘古未变,就像在莎士比亚的《亨利四世》里,叛乱的约克主教给出的理由——

　　我并不愿做和平的敌人；我的意思不过是暂时借可怖的战争为手段，强迫被无度的纵乐所糜烂的身心得到一些合理的节制，对那开始遏止我们生命活力的障碍做一番彻底的扫除。再听我说得明白一些：我曾经仔细衡量过我们的武力所能造成的损害和我们自己所深受的损害，发现我们的怨怼比我们的过失更严重。我们看见时势的潮流奔赴着哪一个方向，在环境的强力的挟持之下，我们不得不适应大势，离开我们平静安谧的本位。当我们受到侮辱损害，准备申诉我们的怨苦的时候，我们总不能得到面谒国王的机会，而那些阻止我们看见他的人，也正就是给我们最大的侮辱与损害的人。新近过去的危机——它的用血写成的记忆还留着鲜明的印象——以及当前每一分钟所呈现的险象，使我们穿起了这些不合身的武装；我们不是要破坏和平，而是要确立一个名副其实的真正和平。

习惯了被侮辱与被损害，不代表对任何侮辱和损害都无动于衷，到了某个极限，人们会不断地问自己——我还剩下多少耐心，是不是有必要穿起那些并不合身的衣装来？或者，当我无力自己穿起那身衣装，是否有必要向未知的、可能极其危险的力量呼告？

二

如果因为语言问题，或者和平的渴望导致的灾难性变故出人意料,《三体》引起的感觉还只是某种不适,那么《三体Ⅱ：黑暗森林》可能会引起极为明显的强烈反应,因为在这一部,人类早就信以为真的诸多道德底线或人性不可逾越的部分,我们对世界有可能拥有的美好理想,将不得不骤然地破碎在一个更大、更黑、更无垠的世界里。在这样的情境下,刘慈欣的文字越具像,越有表现力,带来的后果就可能越严重,听惯摇篮曲和童话故事、习惯日常温煦时光的人,会出现非常典型的发呆、愤怒、眩晕等症状,感受力更为敏锐的,甚至会有明显的恶心、呕吐感,就像多年前刘慈欣做的思想实验引起的感觉一样。下面节引的话,差不多足以说明刘慈欣让人惊惧乃至于厌恶的逻辑推理——

可以简化世界图景,做个思想实验。假如人类世界只剩你我她了,我们三个携带着人类文明的一切。而咱俩必须吃了她才能生存下去,你吃吗？

宇宙的全部文明都集中在咱俩手上,莎士比亚、爱因斯坦、歌德……不吃的话,这些文明就要随着你这个不负责任的举动完全湮灭了。要知道宇宙是很冷酷的,如果我们都消失了,一片黑暗,这当中没有人性不人性。现在选择不人性,而在将来,人性才有可能得到机会重新萌发。

这是很有力的一个思想实验。被毁灭是铁一般的事实,就像一堵墙那样横在面前。我表现出一种冷酷的但又是冷静的理性,而这种理性是合理的。你选择的是人性,而我选择的是生存。套用康德的一句话：敬畏头顶的星空,但对心中的道德不以为然。

尽管我非常确信,如果真的出现这种极端状况,已经在思想中演练过这个实验的刘慈欣肯定不会第一个做出如此极端的选择，甚至也不会是最后一个——在团体性高强度的竞争性运动中，你是相信坚持高强度训练的人会做出更有利于群体的选择，还是会相信一个对体能作用于思维的力量一无所知的人？答案不言而喻，可是，因为这个思想实验，我已经很难再向善良的朋友解释刘慈欣并非恶魔，反而可能是直面这个世界最危险部分的那个人——没错，就像这本《黑暗森林》里的逻辑，对这个世界的真相知道得越清楚，想要告知人们越多，就会发现世界愿意理解你的就越少，甚至会把你当成敌人，最终，你将在所有人累积起来的隔离式孤独里过完自己的一生，即使你满怀着对世界的善意，即使你已经承担着拯救世界的责任。

想起来都有些让人沮丧，即便这个世界上真有所谓先知，即便这先知已经洞察了宇宙的真相，这真相却无法告知更广泛的人群，所以先知其实一直是不受欢迎的。或者也可以用柏拉图的洞穴比喻来说，有人因为偶然的机会看到了洞穴外的世界，意识到了洞穴的局限，企图把看到的秘密告知洞穴内的囚徒，希望把他们带到地面之上，"他不会遭到笑话吗？人家不会说他到上面去走了一趟，回来眼睛就坏了，不会说甚至连起一个往上去的念头都是不值得的吗？要是把那个打算释放他们并把他们带到上面去的人逮住杀掉是可以的话，他们不会杀掉他吗？"对，《黑暗森林》描述的人群关系跟洞穴比喻一样，没有什么美好的幻象，只有冰冷的事实，如列奥·施特劳斯所说："少数智者的体力太弱，无法强制多数不智者，而且他们也无法彻底说服多数不智者。智慧必须经过同意（consent）的限制，必须被同意稀释，即被不智者的同意稀释。"

在《黑暗森林》中，招人讨厌的先知或少数智者洞悉的秘密被称为宇宙社会学公理："第一，生存是文明的第一需要；第二，文明不断增长和扩张,但宇宙中的物质总量保持不变。"这两条看起来无甚高论的公理,再加上两个重要概念,"猜疑链"和"技术爆炸",善于高度抽象思维的人已经能看见宇宙的暗黑景观了。现在,刘慈欣把那个抽象思维中出现的冰冷宇宙图景用文字表达出来,那慑人的寒光击破了书中人和不少读者脆弱的精神防线,即便接下来是宇宙级的洪水滔天,我想不少人也愿意暂时摆脱这可怕的想象,起码希望一切灾难出现于自己身后。只是,我们大概用不着苛责刘慈欣为什么要写如此冷酷的东西,或者用不着对刘慈欣的想象力过于迷信,因为在数个世纪之前,人们早就该从霍布斯的《利维坦》中辨认出这个宇宙社会学公理的雏形——

　　　　最糟糕的是,(在自然状态下)人们不断处于暴力死亡的恐惧和危险中,人的生活孤独、贫困、卑污、残忍而短寿。自然会如此解体,使人适于相互侵犯,并相互毁灭,这在一个没有好好考虑这些事情的人看来是很奇怪。因此,他也许并不相信从激情出发进行的推论,也许希望凭经验来印证结论是否如此。那么我们不妨让他考虑一下自己的情形——当他外出旅行时,他会武装自己,并设法结伴而行;就寝时,他会要把门闩上;即使在他自己的家里,他也把箱子锁上。他做这一切时,分明知道有法律和武装的公共官员来惩办一切他所遭到的损害——那么,他带上武器出行时对自己的国人是什么看法?把门闩上时对自己的同胞们是什么看法?把箱子锁上时对自己的孩子和仆人是什么看法?

只要领略过《黑暗森林》毁灭性的华丽，你就会知道，上面这些干巴巴的文字里，究竟蕴含着怎样的杀伤力，会爆发出怎样摄人心魄的能量。我不徒劳地解释《黑暗森林》的崇高之美了，只试着把上面的逻辑往下推——如果把残酷的自然状态推向整个地球世界，再进一步推向在第一部中因为呼求而出现的两个星球间的关系，再进一步推向几艘航行在茫茫太空中的星舰，会是一幅怎样的景象呢？人类凭靠思维和科学技艺搭建的遮风避雨之所，那些看起来理所当然的伦理和道德选项，在这样的时空尺度上还能成立吗？如果不成立，人会在何种程度上完成自己的剧烈演化，变成此前地球伦理无法辨识的人类或者别的什么物种呢？维持人类底线的某些特殊的天赋和善意，会在这样的背景下如"水滴"击溃联合舰队一样荡然无存，还是如星海中的一叶扁舟，载着这点乘除不尽的余数不绝如缕地行走在太空之中呢？

三

从《三体》到《黑暗森林》，再到《三体Ⅲ：死神永生》，虽然里面的人物和情节都有似断似连的关系，但等到第三部结束的时候，你肯定觉得已经跨过了无限漫长的时间，在第一部中感受到的洪荒气息，经过第二部森林中的残酷的展开，最终等到了第三部的无比辉煌。看完第三部，我才确信无疑，这次临盆的是大山，产下的是整个宇宙，就仿佛那块大荒山无稽崖青埂峰上的顽石，那东胜神洲傲来国花果山上的仙石，在光阴中经历了尘世的一切，等再回到各自的所在，就又堪补苍天,足孕灵胎。阅读《死神永生》是一次认识天地不仁的痛苦煎熬,也是一次见识春来草自青的欢喜享受,那感受太过复杂,原谅我无法用单一的、不互相矛盾的词语来形容。

《三体》三部曲起码可以让我们意识到,人世间的道德和伦理设定,建立在将太阳系作为稳固存在的基础之上,一旦这个巨大系统的稳固性出现问题,所有看起来天经地义的人伦设定,都不免会显得漏洞百出。在这种情况下,人是该坚守自己的道德和伦理底线,还是该根据情境的变化产生新的伦理道德? 如果人类数千年累积起来的对更高存在(比如神)的信任不过是谎言,人该如何应对这极端无助的状态? 刘慈欣合理想象了这种极端状态下不同人的反应,在思想实验意义上重新检验了人群的道德和伦理设定,并探讨了人类总体的生存和灭亡可能,扩展了人对此类问题的探索边界。与此同时,刘慈欣也暗中给自己埋下了被质疑的种子——在更高级的存在层面,会不会有不同于人类级别的善恶或判断标准? 如果有,那个跟更高级的存在相适应的道德和伦理标准,会像人类这样设想宇宙的状态吗? 如果不是,那个标准会是什么样子,又将如何影响在人类看起来是黑暗森林状态的宇宙呢?

为了避免损害阅读的乐趣,我就不对作品的细节展开讨论了,这也是文章始终在远兜远转的原因。只有几个问题需要提示: 如果开始读《三体》时有不适感,甚至有点眩晕,不要急着放弃,这非常可能是进入虚构新世界时没被辨认出来的惊喜感;如果对第二部发现的道德难题和冷酷图景心有余悸,不妨暂停一下,因为这一切将在第三部变本加厉;如果觉得前两部已足够震撼,不用担心,可以肯定三部曲是一个越来越出色的书写过程,迎面而来的时空尺度将更为恢宏……让我换个方式再把这意思表达一遍,如果《三体》第一部是地球人自身的离经叛道，那第二部就是对离经叛道的宇宙公理的认识和利用，而到第三部，我们将会发现，公理本身已经发展成为离经叛道的原因——在这里，我们要准备放下所有可能的成见，宇宙的冰冷气息以及这冰冷气息中透出的人的顽韧，会冻结我们的幻梦、点燃我们的想象。

我很想选一段作为《死神永生》辉煌叙事的抽样，可挑来挑去，虽然任何剧透都不会有损小说整体的雄伟，但我怕被聪敏的阅读者猜到小说的构思，不小心会流失掉一点点阅读的乐趣，就还是决定引那个辉煌而又苍茫的起头部分，因为从这里开始，此后的所有都只是必然的展开——

> 歌者把目光投向弹星者，看到那是一颗很普通的星星，至少还有十亿时间颗粒的寿命。它有八颗行星，其中四颗液态巨行星，四颗固态行星。据歌者的经验，进行原始膜广播的低熵体就在固态行星上。
>
> ⋯⋯
>
> 二向箔悬浮在歌者面前，是封装状态，晶莹剔透。虽然只是很普通的东西，但歌者很喜欢它。他并不喜欢那些昂贵的工具，太暴烈，他喜欢二向箔所体现出来的这种最硬的柔软，这种能把死亡唱成一首歌的唯美。
>
> ⋯⋯
>
> 歌声中，歌者用力场触角拿起二向箔，漫不经心地把它掷向弹星者。

这段引文里出现的"歌者""弹星者""二向箔"，以及《三体》三部曲中的另外很多词语,"黑暗森林""智子""水滴""面壁者""破壁人""执剑人"……将以文学形象的方式,成为当代汉语的常用词,参与一个民族语言的形成,像"阿Q""祥林嫂""华威先生""围城""白毛女""东邪西毒""小李飞刀"……进入汉语的状况那样,只要提到这些词,我们心中就会有一个鲜明的形象出现。如果这个说法可能成立,或许关于《三体》的语言猜疑可以就此告一段落——创造了鲜明形象的语言真的是粗糙浅陋、破败不堪的吗?换个方式,是不是可以说,书中的鸿蒙气息和浩淼之感,让《三体》的语言朴素到了庄重的地步?

庄子《寓言》的开头,我看用来说《三体》再恰当不过了:"寓言十九,重言十七,卮言日出,和以天倪。"——借助已知的科学重言,以寓言的方式讲述现代人眼中的世界,从而让作品成为眼前的卮言,和以当下的天倪,读之可以大其心志,高其见界,触摸人类想象力的边缘地带,让我们有机会心事重重,神色忧伤。那座在思维中存在的大荒山,从不同时代的寓言中变形,经过无数岁月的磨砺,以横无际涯的苍翠之姿,坐落在现代的门槛上,显现出郁郁勃勃的无限生机。

"格物致知"小议

蒋原伦

上海有所颇有名气的中学——格致中学，儿时听大人们提及格致中学，误以为鸽子中学，觉得这所学堂一定很有趣，上有飞鸽祥云，下有琅琅读书声。后来才知晓"格致"乃是"格物致知"的含义，那时小学除了有语文、算术、史地课，还有自然课，老一辈人有时也把自然课叫作"格致"，可见格致的范围致广致大，日后物理、化学、生物等一干自然科学课程的基本内容多多少少已包含在其中。因此笔者那时对于"格物致知"就有朦胧的好感。

一

格物致知出自《礼记》的大学篇，但在早先并未特别受青睐，所以无多关注，一直到朱熹将"大学"和"中庸"从《礼记》中单独拎出，编入四书,才备受重视。翻开朱熹的《四书章句集注》,果然,先人有关格物致知的具体阐释已佚失,所以朱子写道:"右传之五章(即第五节),盖释格物、致知之义,而今亡矣……"(朱子是从衍文中发现蹊跷,才断言有此一节。此节在近人黄侃《手批白文十三经》中已被删除,故找不到蛛丝马迹)。既然前人的说法阙如,那么只能自己补撰,所以他又说道:"闲尝窃取程子之意以补之曰:所谓致知在格物者,言欲致吾之知,在即物而穷其理也。盖人心之灵莫不有知,而天下之物莫不有理,惟于理有未穷,故其知有不尽也。是以《大学》始教,必使学者即凡天下之物,莫不因其已知之理而益穷之,以求致乎其极。至于用力之久,而一旦豁然贯通焉,则众物之表里精粗无不到,而吾心之全体大用无不明矣。此谓格物,此谓知之至也。"朱子说得精辟!特别是"用力之久,而一旦豁然贯通焉"既是为学的经验之谈,也是渐悟到顿悟的必经之路,不过这也引起不小的争议,待下文再表。

朱熹是十二世纪的人,如果国人从那时候起就关注自然万物,悉心研究,自然科学方面必定大有进展,然而按照李约瑟的说法,中国的科技,在十三世纪之前还领先于世界,反倒是这之后,与世界先进科技渐行渐远。

说到格物致知,会联想到传教士汤若望,因为他当年有一本翻译著作就取名为《坤舆格致》。阅读汤若望的有关传略,颇惊讶。作为一位僧侣,汤若望在格致方面的知识竟然如此广博,首先是天文与历法,中国的农历经汤若望修订,一直沿用至今。其次是医学,康熙的登基,据说是接受了汤若望的建议,因为诸位皇子中,只有他出过天花,相对其他几位阿哥,似上了医疗保险。再就是农学、矿物和冶金方面的学问和技术,如上述《坤舆格致》乃是欧洲最早全面讲述采矿和冶炼方面的专著,为德国的阿格里科拉所著。书名如此入乡随俗,可见那时肯定有类似的相关著述取名为格致,格致在某种意义上是自然科学的代名词。如在如此庞大的四库全书的目录中,有关格致的书目倒是收录几种。当然不取名格致,并不意味着著述内容就不"格致",据统计四库全书收录的科技类书籍有三百来种,是全部著录的十分之一。相比之下,科技类著作的比例是低了,而且这之中越是晚近,自然科学著述的比例越少,越是表明国人在格物致知方面的落后。

像汤若望在自然科学方面如此有学识不是个别现象,在西方来华的传教士中,人文和自然科学方面卓著者不乏其人。汤若望的前辈利玛窦更是科学达人,不仅和徐光启合译了《几何原本》,而且天文地理、数学人文诸方面也无所不通,他揣摩中国人考科举必得博闻强记,故迎合这一需要,发明一套提升人们记忆力的技能与方法,并用汉语写成了小册子《西国记法》,很是神奇。不过据当时人的评价,这套方法尽管有效,"但是利用它的人,首先得有非常出色的记忆力"。[①]

我们有理由说,像利玛窦、汤若望这类传教士的知识水准应该高于西方的一般僧侣,既然往远东派遣,自然是教会的优秀人才了。然而同样是僧侣,中国的高僧大德,似乎在佛学和修行以外的知识方面没有相应的代表人物。当然,笔者臆测应该是在宋代以后的事情,差距是那个时候逐渐拉开的,因为早期的僧侣似乎也有博学多能者,如北朝的释道安。据《高僧传》记载:"其人理怀简衷,多所博涉,内外群书,略皆遍睹,阴阳算数,亦皆能通,佛经妙义,故所游刃。"可见在那个时代的僧侣,既注重内心修为,也讲究知识面的广博,越几百年

---

① 史景迁:《利玛窦的记忆宫殿》,章可译,桂林:广西师范大学出版社,2015 年,第10 页。

而下,到唐代的玄奘,算得上是博物学家、地理学家。有学者认为,寺院经济的发展,使得寺院起着发明创造的温床作用,"不少僧侣具有高度的文化修养,且醉心于各种科技、工程活动"。唐代的一行和尚就是其中的代表,据说他专心从事自然科学的学习和研究,精通天文、历法、算术,并制造了黄道游仪,以测定一百五十馀颗恒星的位置,还著有《大衍历》等。① 但是,后来的僧人在自然科学方面的成就似乏善可陈。若说普通的书生和知识分子以科举进仕途为旨归,一心只读圣贤书,无心他顾。但是僧侣们没有科举压力,对大千世界为何没有格物的兴趣? 这可能与佛教后来的戒律有关,僧侣脱离生产劳动,而且将具体的生产实践活动视为不净之业,既然是不净之业,那么这类生产活动由"下人"来承担,僧侣们和自然世界隔离,专注于内心的修为。知识精英、僧侣在社会的世俗生活之外,但是他们其实也映照着整个社会,成为一种镜像。

二

　　格物的物可以看成为世间万物,后人以"格致"指代科技也是出于这一理解。然而,由宋至明,格物仅仅是一种认知行为,还是一种道德和修身行为,抑或说是认知和修身兼而有之的行为? 一直有着讨论和争议。前文说到朱熹取程子之意,为《大学》补撰了一段文字。

---

① 谢重光:《中古佛教僧团制度和社会生活》,北京:商务印书馆,2015 年,第 455 页。

其实，程颐的所谓格物，就是指搞清楚事物的道理，他依照《尔雅》的释义称："格，至也，言穷至物理也。"那么又如何去格物呢？"但立诚意去格物"（《二程遗书》卷二二上）。程颐的这段话以今天的眼光来看，就是四个字，"实事求是"。然而自朱熹之后，国人格物的实绩却是每况愈下，遵朱熹教诲的儒生越多，自然科学方面就越落后，这是何故？其实这要从格物致知的总体语境上说起。提及格物致知，儒家的思想必定和修齐治平联系在一起，上下语境里似没有自然科学什么事情。首先是朱熹本人，从其《朱子语类》中，我们可以读到许多相关的阐释，不尽相同。如将格物的物，理解为事情或对象，说"物，犹事也"。又说"穷理格物，如读经看史，应接事物，理会个是处，皆是格物。只是常教存此心，莫教它闲没勾当处"（《语类》卷一五）。这样一来，格物和日常生活实践接轨，除有认知的含义外，处事的态度与内心的修为也成为其中的一部分，遂使格物概念泛化，并导致意义的含混，为后来的种种争议埋下伏笔。

第一拨站出来反对朱子的就是陆氏兄弟。他们认为格物穷理的路数不对，因为理不在物中，在具体格物功夫中所获取的理，不是那个理。这其实有点"道可道，非常道"的意思。陆象山提出了"心即理也"的说法，认为"宇宙便是吾心，吾心即是宇宙"。故不赞同朱熹那由外而内，循序渐进的"格物致知"路径，认为须"先发明人之本心，而后使之博览"。否则书看得再多，也是本末倒置。理由倒也说得直白，尧舜之时，没有什么书可读，不博览照样也能成为圣人。在陆象山看来，朱熹的格物致知，实在是"支离事业"，应推倒重来。粗俗一点说，今天格一根竹子，明天格一块豆腐，如此繁琐，格到哪一天，才能有治国平天下的本领？按陆象山自己的说法，自己尖利的诗句"简易工夫终究大，支离事业竟浮沉"一出，弄得"元晦（即朱熹）

失色"。

朱熹的愠怒可以理解，陆氏兄弟不仅有偷换概念之嫌，而且无视人的经验和具体实践。如果从常人的经验出发，应该是一物一理，物物各有其理。认识世界要在格物上起步。然而作为二元论者的朱熹确实存在着理论漏洞，因为程朱理学之理乃是"天理"，是宇宙万物的根源（很接近柏拉图的"理念"），尽管朱熹提出过"理一分殊"的说法，说到底还是"理一"在先，而后才有各各的分别，它终究不是一物一理的理，而是万物一理之理，因此它确实不在大千世界千差万别的事物中，而在人的心中，在思辨过程中。它不是所有世间万物之理的相加。

应该说程朱理学不仅仅是儒学的一般意义上的继承，其理学的提出，有了浓重的形而上学和思辨色彩，开辟了儒学研究的新局面。故按钱穆的说法，程朱理学是"别出之儒"，以区别于北宋欧阳修一派的综汇之儒。更进一步，也区别于两汉以下之儒学大传统。他认为"宋儒中别出一派，亦未尝不于儒学传统中的经学、史学与文学同时注意"。但是他们更着重在儒学开新方面下功夫，在"超乎此传统的经学、史学与文学之上，似另有一番甚深义理当阐发，因此遂成为理学，亦称'道学'，今人则又称之为'义理之学'"。①

义理之学必有义理之辨，朱熹的学问可谓"致广大，尽精微，综罗百代"，但是由于其在认知理论上的二元论倾向，必然还会受到第二拨大的冲击。这里就不能不说到王阳明格竹子的故事，这位心学大师格了七天竹子，不仅"早夜不得其理"，还"劳思致疾"，格出一场大

---

① 钱穆：《中国儒家与文化传统》，《钱穆学术文化九讲》，香港：天地出版社，2017年，第21页。

病,可谓神乎其神。后人已经无法弄清楚王阳明当初是如何格竹子的,但是从相关的典籍记载看,王阳明肯定不是从生物学、植物学意义上深入探究,也不是如现今现象学意义上悬置"前见"的直观,或现象学还原。他可能是要从竹子的高洁中,格出做人的道理和成圣的路径来,显然研究对象和要达成的目标风马牛不相及,故一无所获,当然说毫无收获也不对,王阳明就此格出了气象宏大的"心学",光弟子就一大批:如有以王畿、钱德洪为代表的浙中王学,以邹守益为代表的江右王学,及以王艮为代表的泰州王学等,林林总总有七大门派。

从学理上看,王阳明的心学似上承陆象山而来,也强调"心即理也",并且进一步阐发为"心外无物,心外无事,心外无理,心外无义,心外无善"。但是王学传人黄宗羲在《明儒学案·王阳明传》中并无提及陆,只是说王阳明"遍读考亭(朱熹)之书,循序格物,顾物理吾心终判为二,无所得入。于是出入佛老者久之,及至居夷处困,动心忍性,因念圣人处此更有何道。忽悟格物致知之旨:'圣人之道,悟性自足,不假外求'"。黄宗羲之所以忽略陆象山,大概是因为在《传习录》中,王阳明提及陆子之学时,认为其"只是粗些",或许还想表明王阳明的心学不是单单来自学统,更主要是来自其切身体验。

王阳明心学的宗旨是"致良知",这良知人人皆备,并且是"生而有之"的,不须通过学习或格物后天得来,援引孟老夫子的话就是:"人之所不学而能者,其良能也,所不虑而知者,其良知也。"(孟子《尽心章句上》)不过虽然人人有良知,但良知的清晰度或透明度并不一样,"圣人之知,如青天之日,贤人如浮云天日,愚人如阴霾天日"。[①] 所以对于一般人来说,工夫要下在致良知上,王阳明或许不

---

① 王阳明:《传习录》,南京:江苏凤凰文艺出版社,2016 年,第 268 页。

排斥各类经验上的认知实践,但是显然,良知不是一般意义上的知,良知是做人立身的头等大事。如果说在朱熹那里,格物致知尽管其最终鹄的是走向修齐治平,还是有对外部世界认知的成分,那么在王阳明的心学中,格物致知似与对外在世界的认知无关,更像是为心灵去蔽,工夫由外转向内。故王阳明对钱德洪特别总结了自己的宗旨:"无善无恶心之体,有善有恶意之动,知善知恶是良知,为善去恶是格物。"这就是王阳明四句教,而由此,格物致知就彻底转化为德性和内在修养了。

三

　　王阳明的心学并不和理学呈简单的反相关系,黄宗羲既然称他"出入佛老者久之",表明王阳明还吸收了释道两家的养分和思想资源。这也说明在明代,儒释道三教合一已经很有基础。儒释道各有其思想来源和观念系统,各自在发展壮大的过程中和政治权力相结合,并且在夺取话语权的过程中争锋激烈。例如刘宋时期的顾欢有《夷夏论》,夷夏论就是夷夏之辨,顾欢是尊奉道教的,他要将道教和佛教分出一个正邪是非来。意思是要提倡中国本土的宗教,不搞佛教的那一套。因为佛教不适合中国的国情和礼教。到唐代前期,有佛道之争,武则天倚重佛教。后来又有韩愈的辟佛。儒家是"入世"的,讲担当、讲责任,佛道是"出世"的,在修行的目标上大相径庭,然而这三教在养心方面倒是能够相通的,儒家讲究"达则兼济天下,穷则独善其身",这独善其身,往往容易通向佛道两家。故在阳明心学之后,明代嘉靖年间,莆田人林兆恩创立了"三一教",意思是三教合一,"道释归儒"。

道释归儒也好,儒统道释也罢,这三家能够融通的纽带或者说核心,是都注重内在的修为,以在精神世界中取得圆满和一统,并与外部世界保持距离。因为外部世界充满危险和不确定性。杜威在其《确定性的寻求》一书中,一上来就讲"逃避危险",认为早期人类寻求安全有两条途径,其一是发明许多技艺来利用自然力量,并征服外在世界;另一则是在情感和观念上改变自我,以顺从支配命运的力量。由于人们害怕过多地利用技艺来征服自然和外部世界也许会冒犯上帝和神灵,往往倾向于后一种途径。因此宗教导师们推崇改变内心情感的方式,而哲学家们则倡导改变个人观念的方式来应对危险。这些方式由于它们本身的价值而曾经为人们所赞扬,还因为有时在行动上也有一定的效果而得到大家的认可。再则,人们在与外在世界打交道和实践过程中存在着诸多偶然性和不确定因素,而在哲学和思辨的领域,可以系统而周密地把握事物的"本质",显然没有多大风险。久而久之,"轻视实践便具有了一种哲学上的、本体论上的理由了"。[①]

杜威虽然描述的是西方的思想哲学历程,其实与中国的情形有某种相通性。宋明理学(自然包括心学)的风行,就是要在变动不居的现实世界中寻求某种相对的确定性,从外转向内,后世对儒生的印象"四体不勤,五谷不分"多少和上述情形相关。

中国读书人和知识阶层的动手能力弱,格物方面的落后,当然不是天生的,或可说是囿于其文化传统。这传统到底可从哪个年代算

---

① 杜威:《确定性的寻求》第一章,傅统先译,上海:上海人民出版社,2005 年。

起？汉代、唐代，还是宋代？这里不妨看看域外学者，美国的肯尼斯·雷克斯洛斯的见解。他认为，汉朝和唐朝的文化都是帝国性的，注重各民族文化开放融合。但自北宋崛起再度统一中国之后，汉族忙于维系自己的发展，把中亚留给了外族。他们从中国原有的疆域步步后撤，最终放弃家园，流落江南。在那里，不受干扰的儒士们偏安于自己的圈子，不断打磨强化自己特有的文化。因此可以说，宋朝文化是集汉族文化之大成。只有在宋朝，文化基础才变得足够狭小、足够集中，从而为我们现在所说的"儒教"，或更宽泛地说为"中国文明"，铸造出一个模型并延续至今。[1]

肯尼斯·雷克斯洛斯的说法，在某种程度上和前文钱穆所说程朱理学为"别出儒"有契合之处，只是角度不同。即都认为宋代之后，中国的主流文化格局逐渐收缩定型，成为向内的伦理和修身的文化。

以上关于格物致知的概念和语用上的一些演变，当然这可以看成是某种表征。其实中国古代社会后期在科技领域方面的落后，乃受多重因素影响：如社会的政治经济体制和结构，官僚制度和科举制度在用人上的导向等，这些一个多世纪以来早已成为共识，无须赘述。除此而外，背后还有深一层的传统意识形态原因：旧时读书人论知识或论成就，是有排序的。就是立德立功立言，所谓三不朽也。孔颖达在《春秋左传正义》中的阐释是"立德谓创制垂法，博施济众"，"立功谓拯厄除难，功济于时"，"立言谓言得其要，理足可传"。在没有科举的时代，班超算是立功，班固就是立言。进入科举时代，中举就渐渐取代立功，否则不会有博取"功名"一说。相比之下，格物

---

① 肯尼斯·雷克斯洛斯：《宋代文化》，卢珊珊译，《上海文化》，2018 年伍月号，第101 页。

就是小道了,等而下之可能会流于奇技淫巧。故越到晚近(如清代),越没有像样的科技著作问世。当人们将知识文化或功业分成三六九等,必然会阻碍科技的发展,格物致知遂成绝响。

"戏"与"戏评"两问

——由桂剧《破阵曲》说开去

景俊美

戏曲艺术是中华优秀传统文化的重要组成部分,是艺术大家庭中的核心成员。历史上,戏曲艺术的辉煌达到了"地无分南北,年无分老幼"的热爱与追捧,成为当今世界文化格局中的重要"文化遗留"。它是中国文化的一个指数,一个关于文化发展度和包容度的重要参考。作为一种虚拟性的表演,好的戏曲艺术以有限的秩序去表现无限纷繁的世界,通过虚拟性让观众感同身受,成为民众日常生活的重要构成,"戏评"则是推动戏曲艺术良性发展的一股不可小视的力量,在戏曲史上发挥着积极而重要的作用。因此,对"戏"和"戏评"的认知,是文艺理论界必须面对的学术命题。此以笔者近期观看的戏曲剧目——第十届广西戏剧展演大型剧目展演参演剧目桂剧《破阵曲》为例,深入探讨戏曲界比较关注的这两个问题。

桂剧《破阵曲》根据 1938 年至 1944 年桂林云集了大量文化人的历史事实,书写了民族危亡时刻"文化抗战"的决心和意义。全剧以

"破阵"为线,从"破势、破围、破心、破旧、破敌"五个角度展开叙事,最终落脚到"破自我心之阵,破国民心之阵,破敌国心之阵"的创作主旨,以期实现文化人"文化破阵"的大理想。该剧文本有诗意,舞台呈现完整、流畅、大气,编、导、表、音、舞、灯、化、服有机统一,洋溢着艺术的妙思。舞台呈现方面大家观点基本一致,文本构思意见分歧较大。有人对戏的构思评价不高,几个场次中田汉、徐悲鸿、欧阳予倩、马君武、张曙这些主要人物之间没有共同的目标和内在的联系;有人建议一号人物应该是田汉,有人却觉得应该是欧阳予倩;还有人甚至建议删掉一两个角色,反过来围绕"西南剧展"这一大的历史事件去写,并且直接提议怎样去添加"西南剧展"的内容、怎么去围绕"西南剧展"重新结构全篇……听了一系列鸿篇大论,我觉得有些不可思议,我虽然知道一千个读者有一千个哈姆雷特,不同的观众会有不同的观剧感受,但是我没有想到同是在戏剧圈浸泡的人,大家对一个剧的定位差别竟然如此之大……一时间我并不知道怎么梳理内心的疑惑,但是这样的现象引起我的深思。我突然陷入对评论者的恐惧,并不断追问我自己:何谓"戏",何谓称职的、有水平的评论人?

先探讨第一个问题:何谓"戏"。最经典的回答自然是王国维先生所认为的"以歌舞演故事"。我们以这一最经典的论断延伸开去,来分析分析"戏"之第一要素"故事"。首先,故事是否必须是"一人一事"? 我个人觉得未必。通俗地讲,所谓"一人一事"并非确指,而是强调戏曲这一特殊艺术样式的集中性——尽量塑造性格鲜明的人物,尽量写有始有终的事件。《破阵曲》以田汉、徐悲鸿、欧阳予倩、马君武、张曙五个人为底色去结构全篇是否违背"一人一事"的原则,个人觉得表面上看似乎是,但我们不能忽略编剧极鲜明的创作主旨:文化抗战,非一人之功,乃众人之志也。所以张曙"以曲破势火冲天",徐悲鸿"以画破心木秀林",马君武"以剧破围厚土养",欧阳予倩"以戏破旧水泽渊",田汉"以志破敌金石证"。这"破势、破围、破心、破旧、破敌"五个场次之间看似平均笔墨,实则贯穿了文化人众志成城的决心。这一构思的内在肌理是一个评论者不可忽视的存在,也是这个戏回味无穷的本质。当然,如果能在目前的结构里深埋一条精神的主动力,自然更好,但是否会影响现在结构的干净和流畅,也未可知。其次,故事本身的真与假是评判一个戏好与坏的标准吗?换句话说,在戏曲舞台上,故事与真实历史的相符性是必须的吗?这个问题看似很好回答,实则非常复杂。一般来讲,没有任何故事原型的戏、根据人情人理而编出来的故事,自然没有一一对应的严苛要求,比如《白蛇传》《梁山伯与祝英台》《花木兰》等。但是历史上实有其人,甚至真人真事的故事,则一般要求尽量符合历史事实,不能轻易篡改人物的善恶、事件的曲直。特别是当下新编剧目,不然观者会觉得充满违和感而难以接受。比如写秦桧,无论怎样分析其作为一个"人"的丰富性与复杂性,其历史罪人的基本结论是难以更改的,否则就破坏了深埋在民众心灵深处的文化与情感认同。但不是一定不能改,有很多今天看来极为经典的剧目,历史上的变动之大甚至是我们所不能想象的,关键在于改动之后能否被观众认可,这一条是衡量新编剧目的重要标准。著名的戏曲文本《秦香莲》中,主要人物包拯在历史上是实有其人、实有其事的。但是他是否真的铡了陈世美?陈世美又是否就是那个典型的"抛妻弃子,忘恩负义"的"负心人"?如果真要刨根问底,那么我们不能只看"戏",还得去卷帙浩繁的史料中寻找答案。因此,讲故事的基本原则是塑造符合最基本的人的情感与道理的人物,实现整体的国民心理期待和艺术审美。

　　除了"故事"是评论者应该关注也必须关注的焦点外,"戏"的第二要素"以歌舞演"更应该引起评论者的高度重视。因为"戏"不是小说,它是个更加综合的舞台呈现,没有后者,前者只能叫剧本而不能叫"戏"。

那么我们接着来探讨第二个问题:何谓称职的、有水平的评论人? 这个问题更加复杂,甚至没有唯一答案。但是作为深耕在戏剧界内的评论者,有几种素养必须养成:一是相对完备的史论储备。无史无以说今,大历史如此,小历史也不例外。从宽泛的概念看,戏剧界不仅要了解中国传统戏曲的历史与文化传统,而且要尽量熟知国外戏剧的发展史,从纵横两个坐标轴界定当下戏剧的发展现状。具体到戏曲界内部,又有各地方剧种的千差万异。尽管艺术有相通之处,但是熟悉京昆的人未必了解粤剧、藏戏、黄梅戏等地方剧种的发展脉络,谙熟秦腔的人也未必对川剧、梨园戏有理性认知。因此,每一次评论都是一个学习的过程,在既有知识背景的基础上,去填补被评论对象的系统知识。二是比较丰富的舞台经验或观剧体验。这也是当下很多评论者欠缺的知识储备。有的人从不看戏或很少看戏,也不断论调百出——说戏曲是落后的,没有人看之类的话,就像一个人没有喝过茶,却去说茶的好坏一般。由于文艺创作与文艺批评是相辅相成的艺术实践活动,前者多应用形象思维,比如绘画者心中有丘壑、五彩,则运笔如神;舞台表演者心中有人物,则顾盼生辉。相反,评论者多理性思维,需要用历史的眼光看发展趋势,以审美的标准品评优劣。因此,没有大量的观剧经验或对舞台呈现的全方位掌握,则评论的内容必然是空乏的,也是无力的。俗话说得好,"不怕不识货,就怕货比货",舞台呈现就是一个在比较中鉴别,在鉴别中提升的过程。换句话说,无比较无鉴别,无鲜活生动的具体剧目和人物,也就谈不上评论的客观性和针对性。三是"了解之同情"的包容心态。常常参与各种点评会的人都会见识各方专家的水平与风格，有的人委婉低调、言辞诚恳，有的人就事论事、切实可行，也有的人激昂慷慨、宏论迭出，还有的人善于否定、自认权威……对于院团来说，可汲取到营养的评论自然是好评论。反之，则是空话一场，甚至是打击一场。因为每一个剧目的诞生都有其复杂的成因，评论者动动嘴皮容易，院团改起来却非一朝一夕。尽量熟悉一个剧目从案头到场上的全过程，在主创、主演、财力、团队等既有条件的基础上去提越有针对性的建议，对具体剧目的提升越有效，对院团来说也最迫切。四是坚定而真诚的底线思维。当然也不能一团和气。没有批评的评论一定不是好评论，全是批评的评论则可能是急躁心理的另一种呈现。试看当下的戏曲舞台，那些大量投机取巧、乏善可陈的产品层出不穷，为什么我们却很难听到真实而有力的声音？因为你的一句批评可能会动很多人的奶酪甚至饭碗，这和钱乃至权有关。这个问题更加复杂，此不展开。但是评论者作为一个有良知的个体的人，应该秉承自己的评论底线。你可以不说全部的真话，但是你一定不要去说违心的话甚至假话。否则失之毫厘，谬以千里，历史会记录下你的言行，留给后人评说。

　　艺术的最高境界是种种"美"的表达，所以好的表演能给人很多联想——哲学的、人生的、审美的、技艺的或宗教的，等等。好的评论则起到画龙点睛的作用，给人以知识的弥补、艺术的诠释、智慧的启迪……如果从演唱的角度我们能够洞明"千斤话白四两唱"的意义，那么从评论对创作的促进意义上看，评论的作用有时候也是四两拨千斤的价值。因此，评论者的每一次发声，都应该是审慎的，至少要尊重艺术本身的特质与美感，尊重艺术创作规律中的种种付出。让我们再回到桂剧《破阵曲》上来，这个戏能引起争论，证明它在"破"

上下了功夫,触及了很多值得探讨的话题,这本身就是其探索的一种意义。演戏不易,一如台词中说的,"台上若传神,心中必有戏"。桂剧《破阵曲》中各位艺术家的唱、念、做、表与角色的熨帖感,带观众进入了那个时代的历史洪流之中,塑造了汇众贤英杰犹比肩的人物,让观众感同身受于历史与人物之间的巨大力量,我个人是比较喜欢的。如果在现有舞台呈现的基础上,非要删一个人甚至更多,则这个戏不会也不应该再叫"破阵曲",而应该是一个新戏,是另一个戏要表达的主题。

时空中的"英雄主义"

李亚祺

　　这是一个文学强调投身历史、进入生动现实生活的时代,只是,如果将"历史"和"时代"这样笼统的表述真正作为文学本体的一部分,其实意味着写作需要以什么样的时空观念进入历史和现实,而就中国小说创作而言,似乎这一类的问题不证自明,但仔细推敲,还是需要"旧话重提"。长篇小说中《红楼梦》自始至终的"太虚幻境"和终了时候的"白茫茫一片真干净",毋庸置疑是一种。而短篇小说中鲁迅的《伤逝》和《在酒楼上》其实也是关于事件之后、时间之后、历史之后的叙事。可见,人是持续思考并应对着生活的,人是没有终结的,因此,正如艾略特的诗《四个四重奏》以"在我的开始是我的结束"表达的时空观,其实也暗含着"在我的结束是我的开始"。

　　于是,当我们习惯去表现大起大落,刻意用起承转合去寻找故事时,其实还有一种现实主义是重新定义现实的时空性。寻找一种由实到虚的时空观,一种更辽阔的历史视角。我所喜欢的,正是文学中这种超越于时间本身的历史观,当我们以为这是虚空,回头看,会发现在接受西方"启蒙"和相应文学观念一个多世纪后,也许重新定义"时空"与文学的关系,能更接近于中国文学的"性情",并找到属于我们自身文化中关于生存力量的表达。

幸运的是,在新世纪的中国当代文学作品中,依然能够看到一些作者身上近乎"古典"的时空特质。在魏微的作品《家道》中,作者以女性的视角讲述一家人的变故,呈现出那些随着时代的转折而生发的命运的戏剧性——父亲一步一步在仕途中的前行,成为一个讲"游戏规则"的人,但同时他自始至终也是一个讲感情、讲尊严的人。正因为讲人情,一种模糊不清的上下级感情,让父亲有了软肋,而这也是他在政治中一败涂地而入狱的原因,但作者并没有给出任何道德的批判或是伦理价值的建构,而是写身处落差之中的母亲,从成为官太太时的良好感觉到在遭遇家庭变故时也能维护尊严并迅速地调整状态,重新适应贫穷。骤然和金钱与权力拉开距离时的痛苦,在生存面前只能构成一时的"皮肉"痛苦,而生活本身依然要重新向上,母亲快速认同世俗的逻辑并且在其中寻找机遇,而此时所有的道德指控都不成立,因为作者能够清晰地看到身在其中的人所经受的痛苦和压力。比如她这样表达:

> 贫穷这东西没什么好说的,外人看着总归觉得撕心裂肺,其实当真身处其中,也照样安之若素,因为包容它的是阔朗的人的心灵,就好比一粒石子砸向水中,哪怕掀起冲天巨浪,可是石子最终会沉入水底,湖面照样恢复平静。
> 我要说的正是人心,有了这个在,悲剧这东西其实是不存在的,因为人心把什么都化解了。我原担心母亲,她心气旺盛,在经历了一番安富尊荣之后,是否还能回头过安贫乐道的日子。事实证明,我的担心是多余的,在贫富的转换过

程中,她比我快多了。

在《家道》中,政治正确和道德批判的搁置后,具体而细微的人情流转,对人生曲折的从容应对,呈现出人的力量和坚强,也使读者能称道于,人终究能通过自身的力量超越于历史的定义。而用冷静而简洁的笔法去抒情,去讲述跨越几十年历史的个人传奇,我认为这是魏微的小说创作常能给人的惊艳之处。

在魏微的另一篇小说《胡文青传》中,则体现出了比所有历史赋予的"辉煌"更有穿透力的"平凡"的意义。在魏微笔下,胡文青年轻时候在政治暴力中扮演的不光彩角色似乎决定了一生的大起大落,令旁人唏嘘不已。然而对魏微来说,政治运动之后,这个本该在历史中失语的角色的心态更为重要。胡文青"沉默"之后,在历史的浪潮中同样把握住机遇成了成功人士。而经历过世事变迁的人,他对历史观念有着自身的领悟。正如老年的胡文青看着工厂人们的忙碌,下班的路上的人满为患,车队像甲壳虫,发出的感慨——

> 胡文青看不见他们的脸,听不见他们的抱怨、吼叫,知道他们是活在今天;他的眼睛突然掠过了眼前的景象,回到了四十年前……心里想着,今天的这些人,若是活在四十年前,谁知道他们中谁会变脸,变成什么样的人?谁知道他们中谁会哭泣?谁会仰天长啸?谁会变得狰狞,以至于他们自己竟不自知。
>
> 然而现在他们都是好人,这些正走在中央大街上的人、走在他厂区里的人……他们追打、嬉笑、抱怨、吼叫。他们都是平凡人。

这是"温柔"所具备的力量。因此短短的篇幅却架通了整个时代和人心。

由此可以看见,当个人的幸福与个人在社会中的角色相互定义,个体心理的冲突无可避免。若只将关照人的视野局限在生存范畴中,只能呈现种种微妙的"西方现代性"意义上的痛苦。但是如果将其架构在一个极长的历史视域中,会在拉开的限度中弱化个体过重的自我意识,更接近中国文学自身的美学特征。七零后作家魏微有时就会以这样的视角去呈现个体情绪的弱化,她不否认情绪所压抑的矛盾和对立,但更强调一个人在历史中所能呈现出的整体性。魏微对历史的举重若轻和很多作家面对历史时更愿意将强烈的对峙感和撕裂感描述出来的方式完全不同。也正从一个侧面表现出中国文学应有的一个向度——即文学作为文学,经由现实题材经过虚构到达故事真实,再到精神的虚静。

另一种悲壮与大幅度的时空跨度、命运的兜兜转转和情感的阅历相关的叙事,在王安忆的《向西,向西,向南》和《红豆生南国》中,由时空赋予了人物一种温柔而坚韧的力量。

正如王安忆所言,《红豆生南国》的创作初衷是"为了写一写人世间的一种情"。

语言的细腻精致和节奏感,打破了空间上和时间上的张力,主人公曲折坎坷的经历,养母、妻子、生母……彼此牵绊一生的女性们和他的纠葛过往在王安忆独有的淡定气质中娓娓道来,平静但有看透岁月篇章后的悠远淡然。正如历经沧桑的主人公总还是觉得歉疚,觉得领受了太多情感的馈赠,无论是亲情还是爱情。

而在《向西,向西,向南》中,情感问题则始终伴随着内心对世界企图理性化的探索。女主人公陈玉洁与丈夫一同打拼半生,丈夫的出轨,女儿的"务实",她突然变成了一个异国的"流浪者",但没有任何指控和愤怒的言语,陈玉洁依然不时就经济形势和异国他乡的城市发表看法,而此时她的表现更像是对内心情感刻意的"无视"。她不断地游走,在试图理性化整个世界和自控情感的努力中,坚韧而又令人心疼。分明只是一个遭受了婚姻背弃的女子,不断自我安慰,不断想象历史、政治、大时代、城市现代化。而真正的安慰也只在能做出一碗故乡的面的同性徐美棠身上找到。同样是失去爱人,一个是背叛,一个是死亡,其间的痛苦很难相对比。但两个人都是克制而坚强的。毕竟,只要踏出了国门,似乎就是一条漂泊的路。在任何一个地方都找不到归宿,除非心中觉得安稳。因此,不同于在王安忆早期的作品《我爱比尔》中对西方亦步亦趋迎合的阿三,新世纪对西方的平等视角和对自身"主体的位置"放在何处,是王安忆的思考——"为什么是我?四周都是异族人的脸,忽然间恍惚起来,不知自己身在何处。"然而,结果却总是"她迎头过去,不是勇敢,而是没奈何。"——这是新世纪女性特有的被迫独立,于是选择"内心独立"的英雄主义。

　　因此,现代的情绪体验,无论是在中国大陆,还是在中国香港,抑或是在美国,漂泊感伴随着感恩,伴随着理性的克制,伴随着细腻的情绪,构成对现代中国人的情感空间的表征。如果说许多"漂泊无依"基于特定的城市化空间和阶层的流变结构,那么王安忆的《向西,向西,向南》则证明这种情绪的普遍性在于情感和家庭结构关系的异变,这一家庭结构关系的形成与商品逻辑无法脱离关系。而这种商品关系恰恰是在感情中最敏感的话题。一种在中国传统伦理观念下摆不到台面上的私人话语——一旦涉及就影响了情感的纯粹。因此在张五毛《公主坟》一书中,尽管金钱制约下的情感分离的逻辑套路依然常见，但细腻和曲折的文笔表达方式还是呈现了一定的现实意义。同样，徐则臣的《耶路撒冷》，主人公和舒袖的关系尽管是在新世纪情感与个体自我价值寻找和实现的矛盾性中开篇，而背后的逻辑同样是物质的困窘。这种矛盾性尽管在故事后期回归到一种对信仰的理解和认同，对记忆和自我的救赎，但这种救赎感同样是软弱无力的。

而在《向西，向西，向南》中，如何融入西方不再是一个显性的话题，只要拥有资本，整个世界都是平面化的，不再需要以身份认同的显性问题来显示个体的主体性，而主体性依然在传统的人伦关系中显现，而这种伦理关系是超越身份问题的新的表现。这在西方同样是一个带有自身矛盾性的空间，《向西，向西，向南》中，作为女性的主人公，面对西方所产生的困境，不再是中西文化的冲突，而依然是中国社会内部的伦理冲突。西方提供的场域只是作为一个可以合理的回避问题的空间，一个给予个体"自闭"和"逃往"的方向。在中国新世纪加剧了的伦理性内在变异中，这条出路为无法解决的家庭问题提供的一个解决的途径，"去国之路"不再是改变自身经济的处境，寻找致富机会的捷径，而只是在被迫的落寞之时，带有逃避色彩的孤独的自我救赎。

这种"向西、向西、向南"的逃离，反映了人们在情感中的隐忍和生存的欲望。明天和命运本身所具有的神秘性被拿来借用于影射现实主义的生存问题，而丢失的故土并不是空间上，而是一种内心的情感结构。《红豆生南国》仿若完成了《向西，向西，向南》的延续，正因为"自闭"和内化的心理空间的存在，在漫长的漂泊中，"他的恩欠，他的愧受，他的困囚，他的原罪，他的蛊，忽得一个名字，这名字就叫相思。"于是，一种值得信赖和依恋的情感结构可以在情感的内省中找到依托,尽管又似乎像隔岸观火,永不得切身感受那疼痛和温暖。而这也是作者所提供的舒适区。因此冷色调的空间和淡然、朦胧、氤氲的色调,构成了新世纪情感叙事中,个体对家园、对情感的叙事基调和底色以及生存之上的诗意。

结　语

由此,进一步思考当代现实主义作品自身如何进行自我超越和时间超越的理论支撑——我们是否过分倡导了当下性,把当下作为历史的个别,认为当下是一个无与伦比的时代和阶段。事实上,新世纪个体自我实现的意义随着中国自身国家形象的建构对文艺作品的要求,二者共同形成一种合力推着人向前走。似乎不跟上这个快车道,个体就将被远远的甩下,所以任何一个阶层的人都在试图突破自身处境,实现个体辉煌。矛盾在于,竞争的压力必然随之产生,而与之相伴的"反抗"成为特定的文化腔调,于是文学中所能呈现的历史很容易在这种对抗中终结,虽有余韵,但毕竟还是善恶自明。而终结感一定程度上也成了当下现实主义文学的限制,这是一种来自写作的历史观的限制,生怕一不留神就走向虚空。但我们现在看到的历史就是真正的历史吗?人们常常引用马克思《〈政治经济学批判〉序言、导言》中说的"物质生活的生产方式制约着整个社会生活、政治生活和精神生活的过程",将文化理解为物质生产的反应和回声,但在马克思更多的著作中,生产概念作为马克思整体的社会理论中的关键因素,并没有被草率地划归为纯粹的物质范畴,而仅仅就其在经济基础中的地位予以考量。生产概念本身包含着重要的本体论和宽广的人文主义视野。所以,文学的本体论即文学自身的文学性这一古老话题,其实从来没有过时,重要的是一种新的或称"旧"的创作观念,既生发于个体内心,又能与读者达到超越时空的"视域融合"的文学观,其中包含的是重新回归文学价值的问题。

所以,以真实的生存状态为中心,以面向更辽阔的时间,乃至海德格尔意义上"向死而生"为基础,对平凡的重新认知,提供了强有力的反思,使人能够看到历史之于个体生存的清晰脉络,并感受到文学叙述历史时特有的反思性的超越力量。一部作品包括作者对生活世界的阐述,也包括阐释者对作品的阐释,阐释者的前见和在历史中达到的视域融合,因此,作品在这里如何达到一种更深刻的普遍性,也正如洪子诚老师在《问题与方法》中提出的问题,其实也是局限的历史观所出现的问题,如何既保持当下的视角,又要超越当下,这是作者对生活的阐释,也是阐释者对文本进行阐释时需要注意的问题。

在这里,所有奇观得到理解,所有生命本身的意义也得以延续,所有的悲欢在一种"英雄主义"的担当中化为力量。那种力量像吕纬甫想要送给顺姑的剪绒花,也像戴望舒写给死去的萧红的诗:"走六小时寂寞的长途,到你头边放一束红山茶,我等待着,长夜漫漫,你却卧听着海涛闲话。"

出离与回归：大众文化和传播视角下的网络剧创作

王文静

随着媒介融合的日趋成熟，互联网技术的迅猛发展，视频网站的技术更新和制作主体的原创推动，网络剧在泛娱乐化的传播环境下蓬勃发展。逐年递增的原创剧集与逐年攀升的播放量成为网络剧强劲势头的主要表征，超过半数的观众选择手机作为观剧终端，单剧播放量跨入"十亿时代"。这不仅满足了受众对于视频和剧集的跨屏收看的需求，网络剧的创作传播也在电视台、互联网、视频网站、影视制作公司以及电视机生产商的联合推动下更加多元和成熟。与此同时，"社会生活的发展使某种艺术体裁的表现力相形见绌，一种更新的艺术体裁将这种体裁进行分解，同时综合它的优势因素，并逐步代替了它的中心地位"。于是，网络剧不再仅仅是一种文化现象，同时也成为一种大众认可、形式稳定的文艺创作样式。从起步发展到精作深耕，网络剧在资本、市场、观众以及自身内容和制作的试验和博弈中不断完善，其剧作内容、审美表达和制作水平也在不断探索、过滤和淘汰中日趋规范。从文化背景上看，它的发展壮大是后现代主义和青年亚文化在参与社会文化的过程中对"意义"的出离;在传播视阈下,网络剧改变着传统电视剧创作传播格局,却无法逃避其对技术现实和市场回报的依赖。

一　网络剧发展概述

(一)网络剧的概念

1. 网络剧的内涵。尽管受到网民的认可追捧,互联网和视频网站也共同验证了网络剧从草创、山寨进而走向"井喷式"爆发的快车道,学界依然没有对网络剧的内涵做出权威的界定和命名。普遍认为,2000 年由五名在校大学生自编自导、拍摄资金仅两千元的心理题材网络剧《原色》因专门为网络播放而制作,成为毫无争议的"中国第一部网络剧"。而作为"网络剧"概念最早的提出者,青年学者刘扬的观点似乎也证实了它的合法性:"网络剧是利用摄影机、摄像机、录音机和其他视频摄制设备拍摄录制的,模仿电视剧或电影的一般本体美学特征,以视听元素和剧作手段为其形式,以展现故事和塑造人物为其内容,以网络作为首要传播渠道,符合网络的传播方式和受众的观看方式的特定视听节目形态。"同时,互联网的技术红利带来的即时点播、实时互动、跨屏阅读等优势,把台播的传统电视剧同时引入互联网,使之具备了台播不具备的便携、即时等特性。因此,我们不妨对网络剧的内涵做出如下概括:一是由视频网站或影视公司独立投资拍摄,专门针对网络平台制作,并主要在互联网播放的剧集和视频作品，又称"自制剧"。二是利用网络平台在视频网站播出的传统电视剧集，把网络作为电视信号的替代技术，使受众能够在电脑、手机、平板电脑等智能电子终端上任意购买和点播的传统电视剧。

网络自制剧又分为三种类型：第一类是视频网站独立制作或与影视公司联合制作的"内容自制剧"，从IP开发、剧本创意、角色选择和制作营销都由视频网站按照相对成熟的方案计划具体实施。如爱奇艺与工夫影业联合制作的《河神》，搜狐视频出品的《屌丝男士》；第二类是视频网站立足于互联网的传播特征，以高点击量和商业回报为目的，为客户量身定做的"广告自制剧"；第三类是由网民自由创作、自愿上传至视频网站进行传播的"原创网络剧"。其中第一类是本文的重点研究对象。

2. 网络剧发展的重要节点。在网络剧从2000年以来近二十年的发展过程中，这一新兴的艺术样态从娱乐化、商业化到专业化、规范化的进程，有三个不能忽略的重要节点：第一个节点是2010年。从互联网实验室提供的数据来看，从这一年开始，国内排名前十的视频网站半数以上都开始制作出品自己的网络剧，网络剧坐标从边缘移向中心，网络剧创作从自发转向自觉。从制作方进行集体创作转向的角度，2010年是网络剧标志性意义的一年。因此，媒体把2010年作为"网络剧元年"的命名是有道理的。第二个节点是2014年。看到了网络剧"蛋糕"并受到市场鼓励的各大知名视频网站，开始制定网络自制剧的战略发展计划，并明显加大了对网络剧制作的资金投入。其中爱奇艺在当年宣布单集投资五百万制作《盗墓笔记》，引发网剧市场付费浪潮，因此2014年又被称为"网络自制剧元年"。这一年，爱奇艺、腾讯视频、搜狐视频、乐视、优酷等视频网站先后制作播出了《废柴兄弟》《探灵档案》《匆匆那年》等剧集。第三个节点是

2016 年。国家新闻出版广电总局在这一年召开中广联合会电视制片委员会 2016 年度大会暨第十一届全国电视制片业十佳颁奖大会，首次对电视剧、网络视频行业引导和管理的相关工作进行了通报和部署，处理了一百五十多部内容违规的网络影视作品，表明了官方加大了对互联网视频节目的整治力度，也成为网络剧从野蛮生长向专业化、规范化制作发展的重要拐点。

（二）网络剧迅速发展的主要成因

1. 互联网技术的高速发展。根据中国互联网络信息中心（CNNIC）发布的第四十一次《中国互联网络发展状况统计报告》，截至 2017 年 12 月，以手机为中心的智能设备成为"万物互联"的基础，移动终端规模加速提升、移动数据量持续扩大，为网络剧的传播创造了更大的空间。与此同时，技术发展催生了受众人群的激增，全国网民规模达 7.72 亿，手机网民规模达 7.53 亿，在对于大众性、娱乐化的剧集和视频的需求上，形成了巨大的消费缺口。

2. 受众的接受需求。在海量信息呈碎片化涌入当代人生活，社会压力加大、工作节奏加快的前提下，青年人作为移动互联终端的使用主体，被网络剧"草根化"主题、"平民化"讲述、时尚搞笑的语言和曲折离奇的情节吸引。网络剧作为以大众文化背景下艺术和技术的结合体，凭借它轻松、自由、即时、互动等强娱乐性和强交互性等特点，满足了受众娱乐消遣的接受动机。

3. 心理机制的驱动。根据马斯洛的需要层次理论，人的五个需要层次分别是生理需要、安全需要、爱和归属感需要、尊重需要、自我实现需要。而且低级别的需要没有被满足时，高级别的需要不会出现；低级需要一旦满足，代之而起的就是高级需要。然而，网络受众的巨大人口基数和网络文艺的多元化、细分化特点又必然导致每个级别需要的人群都客观存在，而低级别需要不会被完全满足。这样就形成了一个以"低级别需要"为圆心的市场漩涡，高一级别的需要产生了症候或者趋势的时候，又必然被一批新涌入的低层次需要所裹挟和覆盖。因此，在网络剧的草创和初级发展阶段，无论作品内容还是艺术表达都尚且稚嫩的网络剧，因受众的心理需求始终在较低层次徘徊，造成了网络剧创作的低门槛、低标准、低品质，这种来自行业内部的"劣币驱逐良币"式的"自调节"和"低准入"也催生了大量的网络剧集和视频。

4. 文化产业政策的影响。网络剧作为近年来新兴的网络文艺样态，显示了它作为文艺产业链环的整体性。因此，在资本的参与下，版权出售、广告收益、付费盈利以及游戏等衍生品和周边的开发，都使网络剧成为文化产业系统中的重要组成部分。2014 年，国家新闻出版广电总局召开全国电视剧播出工作会议，出台了"一剧两星"的播出规定，即同一部电视剧每晚黄金时段联播的综合频道不得超过两家，同一部电视剧在卫视综合频道每晚黄金时段播出不得超过两集。此举的效果并不仅仅体现在优化频道资源、丰富电视屏幕方面，影响最深远的则是增加卫视对于电视剧的购买成本。电视剧制作单位全新洗牌的空当，恰恰为视频网站推出网络剧营造了绝佳的契机。2017 年，国家又先后出台《推进互联网协议第六版（IPv6）规模部署行动计划》《关于深化"互联网＋先进制造业"发展工业互联网的指导意见》《"十三五"信息化标准工作指南》等政策文献，对提升互联网的承载能力和服务水平，完善国家信息化标准体系，以及发挥网络文艺的产业潜能提供了政策支持和技术条件。

（三）网络剧的主要特点

1. 大众化。二十世纪英国著名文化研究学科奠基人雷蒙德·威廉斯在对"大众"进行定义的时候强调了"为很多人所喜爱"，"质量低劣的作品"，"被特意用来赢取人们喜爱的作品"，"人们为自己而创作的文化"四个特点。阿多诺则认为，喜欢的人越多，作品的趣味就越低。反过来，为了获得更大的商业利益，艺术家就要降低作品的趣味，以满足大众的需要。网络剧作为以移动互联技术为前提的艺术形式，注定了它的受众以青年人为主力军，数据也证明了这一点。第四十一次《中国互联网络发展状况统计报告》中显示，我国7.72亿网民中，二十到二十九岁之间的网民在所有年龄段中占比最高，达30.0%。而面对社会中年轻时尚、富于创造力和接受力的青年目标群体，网络剧就必须具备通俗、流行、日常、多元、爆笑等文化产业视角下的特点：在题材上广泛多元无所不包，历史、罪案、玄幻、都市尽收其中；在形制上短小精悍、内容紧凑（如《屌丝男士》每集仅三分钟）；在审美特征上倾向于平民化的大众审美。

2. 交互性。媒介对个人和社会的影响就是产生新的尺度，这是麦克卢汉在《理解媒介》中对媒介在社会学语境下的功能定位。移动互联网作为新的技术媒介参与制定受众观看剧集的新尺度、新规则、新标准，主要体现在传播方式和反馈机制两个方面。从传播方式来看，移动互联网技术为网络剧提供了广阔的空间，手持各类移动终端的观众既可以按照个人意愿从视频网站点播观看和下载相关剧集或视频，也可以上传个人制作的视频作品，还能够把剧集通过网络分发给其他网站和观众——互联网时代的受众既是接受者，也是传播者。

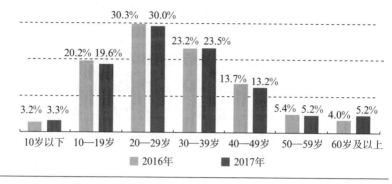

来源：CNNIC中国互联网络发展状况统计调查　　　　　　2017.12

图1　中国网民年龄结构

　　从反馈机制来看，视频网站为观众开通了用户留言、弹幕评论等通道，网络剧的受众个体之间、受众与网站之间都能够进行自由畅通的互动交流，剧集播出后的反应能够以最快的速度在观众之间、播出平台和制片机构的范围内共享。甚至一些网络剧的制作就在网友的互动参与中开展和完成：《我为天使狂》从演员海选、剧本征集、拍摄记录和论坛互动等环节都体现了网络剧的高参与度，这也是网络剧区别于传统电视剧的重要特点。

　　3. 消费性。这里的"消费性"并不是指观众作为消费者对网络剧集的购买、广告观看等造成的营利行为，而是以网络剧的"草根"视角、民间身份和日常主题为对象进行文化背景分析。以后现代主义作为精神底色的网络剧总是力图打破中心化、主体化，以反本质主义、反"权威"意义为标志，把世俗、多元、偶然以及对宏大叙事和元话语的解构作为主题。而后现代主义对文化产品内容的影响又与资本对网络剧的主导相扭结，并产生了更大的合力，使网络剧呈现出了迎合大众趣味的消费性，特别是在2009年以前网络剧发展初期，在视频网站无序竞争的状态下，网络自制剧基本上是以迎合观众需求、制造刺激猎奇的"三俗"产品居多，而体现社会主流价值和良好风尚的网络剧却寥寥无几，主流价值观被后现代主义和青年亚文化所覆盖，巨大的受众群体既是消费主体，同时又被网络剧消费，他们不再是《白毛女》向台上的黄世仁开枪的激动的"分享者"，而是变成了一个"旁观者"——一个把作品是否虚构、是否有意义等疑问放弃和悬置的"旁观者"。

二　出离："距离"的消失与意义的重写

如前文所言，网络剧创作和传播中的双重景观是在移动互联和全媒体融合时代后现代主义文化、青年亚文化和大众文化在影视剧创作上的艺术表征。它既承担着各种文化体系交织造成的话语表现，又受制于互联网和媒体的技术话语。杰姆逊指出，后现代的全部特征就是距离感的消失，网络剧与网络文学相似，同样企图弥合空间距离感、时间距离感和大众与精英的距离感，那么，综观当下的网络剧创作，空间感的消失主要体现为对现实主义的放逐，时间感的消失则是对历史意识的悬置，而大众与精英的距离感恰恰是对社会价值的戏谑以及创作表达的俗化。或者说，要"现实"不要"主义"成为网络剧在创作、制作理念上的新选择。于是，"将现在从与过去和未来的关系中解放出来，将这里从与那里的关系中解放出来，使我们每一次现在、这里的生命都充分呈现自身的意义"——这种不再通过历史、未来、他者的互文关系来确定自我意义的"在场性"，以及在场的原始、瞬时带来的真实、自由、网感十足的作品特征，成为网络剧在题材内容和价值审美上新的面向，而网络剧也在对距离的消融中启动了移动互联时代关于意义的想象和重写。

（一）对现实主义的放逐

作为题材、形式和时长相对自由的艺术形式，网络剧尽管可以通过移动互联网这种开放共享的媒介进行传播，但它归根结底还是要遵从剧作的艺术创作的规律，必须以主题、故事、人物、手法、制作等方面的专业水准，生成题材价值、审美特征等方面的艺术感染力，并凭借直击世情人心的内容和考究精良的制作赢得观众和市场，从而实现自身的运行和发展。

现实主义创作因遵循"源于生活，高于生活"的挖掘、提炼和升华的创作方式，具备了人物形象的典型性和社会历史意义层面的深刻性，并向"经典文本"的目标靠近。然而，后现代主义和青年亚文化背景下的网络剧，则态度鲜明地消解"宏大叙事""权威表达""深度模式"，它服务于受众在放松减压、消磨时间上的客观需求，服从于网络剧传播"分众化"的趋势，同时也无意建立经典文本和典型人物，它更趋向于生活本来面貌原汁原味的呈现，意图反映与它的"民间身份"和"草根特征"相匹配的"素人式"生活，更体现一种不附带主观意识形态，不承担某种重大意义的生活方式和大众审美，于是网络剧顺理成章地体现为对一切规则的摆脱，变成了"写什么都行"（题材）、"怎么想都行"（价值意义）和"怎么写都行"（艺术表达）的"放飞自我"。当然，这种超越和自由在网络剧发展的初期，在题材和内容的多样化、话题度和人气制造上起到了一定的助推作用，但潮来凶猛，矫枉过正,也留下了同质化严重、格调低下、制作粗糙的后遗症。

以仙侠玄幻类网络剧为例。此类网络剧的叙述线通常锁定在游历成长、正邪较量、侠义情怀、与命运禁忌抗争等故事性较强的要素,并结合爱情、亲情、友情、师徒情等看点丰富的情节,凭借主人公离奇曲折的命运、坚毅完美的性格以及精美无比的后期制作征服观众。2015年搜狐视频和唐人影视联合出品的网络剧《无心法师》以中国传统鬼神文化为背景,用线性叙事保证了环环相扣的故事逻辑和悬念设置,融合玄幻、爱情、惊悚等元素,塑造了与月牙真心相爱、与岳绮罗斗智斗勇的无心法师形象。在扎实的故事基础和严密的叙事逻辑之外,《无心法师》还呈现了高对比度的色彩画面、强辨识度的神秘场景、情节化的背景音乐以及精良逼真的高品质特效,不仅创造了口碑和收视双丰收,也提升了网络剧创作在题材表现和美学表达上的水平,是网络剧从数量上井喷到质量上跃升的一个重要标志性作品。无独有偶,国内首部网络播放破两百亿的仙侠玄幻剧《花千骨》通过讲述花千骨和白子画师徒之间触犯禁忌、有损修为、惑乱众生的虐心恋情也收获了不俗的市场回报,这固然与该剧自带的高达73.6%的女性原著粉丝的追捧有关,但白子画对花千骨的一往情深,东方彧卿对花千骨的不离不弃,以及花千骨摆脱了"灰姑娘"惯性叙述,靠个人能力一路升级打怪的自立自强等精神特质也帮助《花千骨》从一众格调低下、雷点不断的玄幻剧中脱颖而出。在作品广受欢迎的同时,市场给予了高度认可和丰厚回报:《花千骨》首轮发行后突破1.68亿元,单日网络播放量超过3.5亿次,手游上线后也快速占领市场。

与这部分优质类型剧成功征服受众和市场相对的是,大量的跟风创作和制作,导致题材类型同质化、故事逻辑经不起推敲、"五毛特效"的后期制作等创作硬伤,涌现出《择天记》等大量被观众吐槽的

"烂片"，连受到《无心法师》播出效应鼓励之后创作的《无心法师2》也同样没能逃过"续集魔咒"，因故事冲突乏力、创新点不足等原因在品质和收视上都乏善可陈。

（二）对历史意识的悬置

当尼采在十九世纪提出的"不存在事实，只存在解释"成为后现代主义者的共识之后，解构、摧毁和重新定位就变成体现后现代思潮历史观的关键词。历史过程中的事实真相，写史秉承的"宏大叙事"都被彻底否定，而代之以虚无主义、碎片化和荒诞不经的颠覆与戏谑。与十九世纪不同的是，当时的经济社会和政治文化语境中，后现代主义指出人类生存没有意义、没有目标，历史没有可以理解的真相和本质价值；而在后现代主义色彩的网络剧时代，对历史相关的概念范畴和真相叙述并没有被完全摧毁。作为历史题材的网络剧创作，历史观和历史感必须是在场的，既不容许虚无主义的无视和戏说，更不容许主观唯心的历史臆想。创作者更倾向于利用历史切口打开故事，而并不对剧作的价值和意义从历史观的角度进行指认，也就是说，网络剧对历史意识既不拥抱也不回避，它既延续了传统电视剧对历史题材的热衷，把历史背景作为故事底色，同时又企图建立对历史的新的定位和呈现，而支撑创作的历史观究竟在哪里、以何种方式体现的问题，在网络剧中被轻松悬置了。

2017年在优酷视频首播的《大军师司马懿之军师联盟》（以下称《军师联盟》）以司马懿入仕为曹魏政权呕心沥血的故事为主线，再现司马懿与曹氏父子密切而复杂的关系，以及东汉末年到三国鼎立的动荡年代中司马懿韬光养晦、风云激荡的前半生。然而，"网感"十足的片名透露了《军师联盟》不再把重复清晰的史实和架设厚重史观作为创作意图,它只想通过抽出历史中的人物,借由"强情节"的故事线索和人物关系,把"历史剧需要时代表达"作为互联网时代的新追求。仅第一集中就包含有华佗受曹操猜忌被杀、司马懿之父身陷"衣带诏"、月旦评上杨修司马懿激辩展风华等主要情节,以及杨修退婚司马孚、曹丕郭照一见定情等铺垫,快节奏剧情超过了观众对历史剧的心理预期,流畅的观感既体现了编剧的功底,提升了全剧的综合智力指数,更反映出《军师联盟》在历史观的确立和历史叙事的方式上找到了与当下时代衔接的"点",这个"点",既在历史"大事不虚"的边界之内,跳出了既有影视作品对司马懿的脸谱化呈现,又果断地还人物于历史中,并选择了历史剧的现代讲法。在人物塑造上,《军师联盟》抛弃二元的人物设置,采用了"平视"的视角,既不是为了"洗白"和正名的英雄颂歌,也不是离奇虚构、历史戏说,而是企图还原英雄际会、权力更迭的壮阔时代里的一个才子和臣子的心路历程。在《军事联盟》群英谱中,只有性格异同、命运浮沉、才能高下的区别和理想与信仰的选择差异,没有以往三国题材中以"忠奸"区分的价值体系,表现出了客观节制的历史感,这种更加宏阔、更加理性的表达,尽管没有主观历史意识的参与,也被当下多元多变时代的理念所认同。

当然,在时代视角下对历史意识的悬置并不直接决定网络剧是否成为"爆款",而决定于创作者在历史与现实的时空交叠中提炼出逻辑自洽的主题,同时还要在符合历史逻辑的前提之下。以屈原为主人公的《思美人》既囊括了"历史、宫斗、玄幻、仙侠、爱情"等要素,又有马可等一众偶像演员的"颜值担当"和流量保证,却依然遭到了收视的"断崖式"跌落。无论是对昏聩无能、重用佞臣的楚怀王的

"正面"塑造，还是"秦失其鹿，天下共逐之"（出自《史记·淮阴侯列传》）这个典故的任意穿越，在游戏历史、消解经典的自说自话中把屈原拍成了一个缺乏礼数的冒失少年，一个将大部分精力用于谈恋爱的古装杰克苏，变成了一部打着历史剧幌子的俗气言情剧。

（三）对精英价值的戏谑

相较于美术、电影、戏剧的文化含量，电视剧是大众文化的重要表现途径。尽管如此，从二十世纪八九十年代电视剧创作和制作体现出的专业性而言，它仅仅在接受环节属于观众。而互联网时代的网络剧制作是从小型（手持）摄像机开始的，2000年网络剧《原色》仅仅靠几千元的投资，向电视剧制作的专业和权威发起了"去精英化"的挑战。当互联网技术敞开了网民可以自由上传个人视频作品的大门，来自设备、技术和制作主题的壁垒被逐个击破，在不讨论作品质量的前提下，电视剧制作的"精英化"被游戏了，电视剧不再是一个"一本正经"的严肃创作，而是变成了表现自我的影像方式。

不仅如此，网络剧对精英价值的戏谑还体现在作品内容上。法国思想家波德里亚认为，"消费社会以最大限度攫取财富为目的，不断为大众制造新的欲望需要"。欲望的满足代替精神层面的攀升成为网络剧消弭大众和精英距离的内在动因，精英价值不再是一个坚如磐石的闭合循环，不仅难逃消费主义下帅哥靓女、鲜衣怒马、霸道总裁、光环女主的轮番轰炸，以往剧中关于奋斗、正义、成功、英雄等主题的表现，也受到了大众文化的影响。网络剧成为观众乐于消费的商品，而不再甘心扮演补充精神营养、完善和重塑世界观的角色。根据孔二狗网络小说《东北往事之黑道风云二十年》改编的同名网络剧 2012 年在乐视播映,每集约二十分钟。这部反映东北地区近三十年的社会变迁、带有浓厚史诗味道的作品,选择了以黑道组织的生活经历为切口,通过"反精英"的叙述塑造了赵红兵等一群退伍军人的热血与追求,也再现了各阶层人物的生存奋斗和挣扎,在触目惊心的人情百态中反映社会经济政治变迁。从主角赵红兵的塑造来看,他既不是传统意义上扶危济困、见义勇为,凭借个人能力实现社会价值的光辉形象,也不是"古惑仔"般把"混社会"作为理想追求的"黑化"主人公,他们对于正义公平的坚守,对是非对错的追问,对弱势群体的扶持以及对迷失的个人理想的寻找和反思,都是对传统"英雄价值"的"去精英化"。

2016 年在爱奇艺首播的网络剧《余罪》以第一季高达 69 亿的点击量成为网剧爆款,而剧中的主人公余罪上警校时就是一名差生,阴差阳错通过一场特殊选拔成为警方安插在敌方的卧底。余罪的人物塑造仍然没有走传统的"隐蔽战线英雄"的模式,而是在标新立异、勇于突破的行为模式下,紧贴生活、紧扣逻辑,在英雄与草根之间刻画了一个既不崇高庄严,也不平庸冷漠,而是有血有肉的草根卧底,对英雄形象进行了新的再现和解读。

三 回归:民间视角与传播语境的合力

世界不是借由媒介来表现,世界就存在于媒介里。在我国迅速地步入媒介融合时代的当下,网络剧成为传播语境下的艺术形态。它不仅仅是以互联网技术为核心的视频网站等平台对于电视台播映传统电视剧的分流和补充，更是新传播语境下对于审美表达的更新。在文化资本的自身矛盾中，网络剧一方面遵从"文化追求无功利"的审美性表达，一方面又不得不服从于"资本追求盈利"的商业化模式，在这个悖论的博弈和较量中，传播作为媒介通过发酵和过滤，逐步生成网络剧独特的艺术景观。

（一）平民化视角增强受众黏性

马尔库塞认为，发达工业社会成功地压制了人们心中的否定性、批判性、超越性的向度，使这个社会成为单向度的社会，而生活在其中的人就成了单向度的人，单向度的人意味着认同现实，失去反思和批判精神。网络剧作为传播语境和消费文化的共同产物，受众的喜好和共情成为其制作的重要参考指标。后现代主义和青年亚文化视阈下时间距离、空间距离的消失，对于保持距离感、保持思辨意识、保持批判精神的作品需求必然逐渐萎缩，这也受制于观众对网络剧的心理需求主要是娱乐，而不是对某地域政治、经济、文化的知识性了解。另一方面，历史上相当长一段时间，传统电视剧的制作播出依赖于各地电视台，因此，电视剧也顺理成章地承担了宣传各地形象的功能，一定程度上通过"宏大叙事"和"历史视角"来扮演意识形态的文化载体这一角色。而网络剧以"解构意义""去中心""去本质"为精神底色，以市场反应和经济回报为目标，不再把厚重的历史文化底蕴和人文思想作为主要表达对象，也不再把主流话语和意识形态的嵌入作为创作中心，最明显的审美特征就是视角向平民的转移。

当资本为了满足大众需要而不断抛弃个体性、实验性、精英主义的前卫艺术时，更大的市场和更高的利润通常会随之而来。马克思指出,任何精神产品生产的同时,都在生产它的消费对象。因此,与平民化视角相伴而生的就是:文化产业陷入趣味越低越受欢迎、观众越消费这些产品趣味越低的怪圈。在这个怪圈的漩涡里,网络剧自身内容上的俗化、价值上的空心化就不能避免。

台网播出后反应强烈、话题度较高的《欢乐颂2》《我的前半生》等都市情感类剧作,是妥协于传播角力中受众需求的作品代表,尽管他们的传播方式是电视台首播 + 网络同步播映,但是网络上的互动和话题性,说明它们已经具备了网络剧的创作视角和传播倾向。不管是《欢乐颂2》中背景不同、性格迥异的"欢乐五美",还是《我的前半生》中挣脱婚姻困境、追求个人实现的罗子君,她们本来应该作为职场女性和中产阶层的精神代言,以自身追求事业理想和爱情婚姻的故事萃取出主人公们积极进取、时尚乐观、自由洒脱的现代女性精神,但事实上,"欢乐五美"所有的生存困境在邻居的互相帮助中就可以得到解决,罗子君在不做陈俊生的全职太太之后,遇到了一个新的温柔全能的"霸道总裁",女性视角、女性困境和女性成长这样极具价值和分量的主题,就被老谭、包奕凡、贺涵的各种无所不能、各种从天而降、各种"总裁甜"和各种"琼瑶式"桥段解构掉了。"新女性精神"的迅速消解满足了平民视角对于都市女性和都市生活的主观臆想,"乌托邦式"的童话情节带着从"欢乐"滑向"娱乐"的消费特征,成为网台同播的"现象级"爆款,也是电视剧在网络时代争取更大平台和市场的创作策略。

尽管为了适应大众文化的趣味,赢得更多受众的关注,网络剧不得不选择"俗"作为其精神核心,但它作为市场行为,为了在资本链条中处于主动,在商业竞争中谋取利益,通俗的"平民化"视角也必须找到个性化、艺术化的审美表达,"通俗也要标新立异"。2017 年优酷独播的悬疑罪案剧《白夜追凶》，在播映后高人气、高热度和豆瓣高评分的背后，是网络剧在剧情完整度、冲突密集度、情节逻辑性和制作的精美度等方面的集中突破。内容上，《白夜追凶》通过"白夜双生探案"的故事来拉动罪案题材的悬疑指数和劲爆尺度，也凭借潘粤明"一人饰两角扮四种状态"的精分表演呈现着罪案主题表达的质感。双胞胎哥哥关宏峰原为刑警队长，弟弟关宏宇却是灭门惨案"犯罪嫌疑人"，角色的设定极大地突出了罪案的"悬疑"要素，冷峻低沉的关宏峰和散漫痞气的关宏宇在昼夜之间交替穿行，真相大白之前的每一次身份交换都在刀锋上心惊肉跳地翻转。白天推进着情节的展开和故事的讲述，黑夜则上演着性格与经历的翻转、错位与断裂，情节的拉伸让人物在白天与黑夜的轮值中步步惊心。"1+7"的主体剧情框架的运用，使贯穿的主题与独立密集的案件有序展开，每个案件都节奏极快、逻辑缜密、悬念充足、刺激管够，让观众尽享烧脑的推理乐趣，可谓不着闲笔，尽得风流，虽然"重口""烧脑"，满足了受众对文化的娱乐性和奇观性消费，但不能否认的是，高品质原创和精良制作是推动网络剧在"平民视角"上延长艺术生命，成为大众文化和传播产品爆款的一个重要条件。

（二）高品质审美掌握市场"话语"

经过十几年的发展，特别是2010年之后的网络剧不仅上线的剧目总量稳步攀升，其发展动力也非常充足。以2017年全网上线的295部剧集为例，虽然剧目数量较之2016年的349部略有下降，但833亿万次的总播放量较2016年有大幅增长，网络剧的类型也比过去两年更加丰富、多元，涵盖了喜剧、爱情、悬疑推理、青春校园、玄幻、言情、古代传奇、科幻等二十三种类型。数据说明,网络剧发展已经逐渐由草创阶段的野蛮生长开始向商业化、专业化、精品化转轨,而是否顺利转轨则取决于作品能否提供精彩充实的内容、真实丰满的人设、合理自洽的逻辑、富有美感的视觉影像以及精良的后期制作。在2014年以后,网络剧与电视剧"同一标准、同一尺度"的表述越来越频繁,2017年全国电视剧工作座谈会正式提出的"两个统一"(电视剧和网络剧统一导向要求、统一行业标准),对网络剧的规范化和精品化提供了政策推力,一些导向错误、主题恶俗、价值观混乱、格调低下、制作粗糙的网络剧被新的网剧大环境淘汰。在网络受众日益增长的需求、移动互联平台运作日益成熟、网络剧创作蓬勃发展的基础上,高品质的审美表达成为网络剧立足于艺术与市场的最核心的要素。

根据海晏网络小说改编而成的电视剧《琅琊榜》虽然是架空题材,但剧集的"家国情怀"与"血性风骨"主题仍然是主流价值观的凝聚。剧作通过"麒麟才子"梅长苏平反冤案、扶持明君的艰辛历程,借助跌宕起伏、出人意料的冲突设置,达到了"网感"与剧作主题的内部均衡,梅长苏、霓凰、靖王等主人公因宏大而巧妙的情节架构更加立体动人,体现了制作团队在网络剧内容研发、论证和创作环节的专业和诚意。在张弛有序的叙事节奏和个性鲜明的人物形象之外,《琅琊榜》在视觉审美和镜头语言上的精雕细琢也提升了全剧的品质,剧中大量的面部细微表情和肢体动作的长镜头,配合景深、变焦处理的"多重移动长拍镜头"等技巧不仅丰富了剧作的叙事结构,传达了故事情景和人物的情绪变化,尤其为营造作品视觉美感提供了重要支撑。此外,《琅琊榜》在服装上的考证(如西汉服饰"地位越尊贵服饰颜色越深"的历史特点),对中华文明"礼"文化的运用(如朝廷典仪和日常行礼叩拜）也均有记载和出处，在经受专业观众推敲的同时，也凭借高质量的考究细节获取了观众的观剧信任，以受众的高话题度和市场的高回报率成为网剧爆款，成为"网感"照进现实的代表作品。

（三）超文本生成拓宽传播路径

互联网环境下的媒介融合使交互性、即时性成为网络剧在社会维度最重要的表现，也是区别于传统电视剧的重要特征。这种特征又反过来作用于网络剧，通过弹幕、页面评论、微博话题等对剧作或视频进行"二度加工"。网络剧因受众的参与打破了原有的"自我讲述"，从封闭完整的"元文本"变成了非线性、碎片化的"超文本"。在从"文本"到"超文本"的增殖过程中，既体现了青年亚文化语境下年轻受众对于网络文艺作品的参与意愿，也通过阐释、恶搞、解构、评论等不同态度改写了传统媒体和剧作中传播者和传播内容的"中心"位置。而依托于移动互联技术和视频网站平台，受众从此无须受困于剧作本身规定好的"所指"，而是借由技术途径在"能指"的海洋中遨游。因此，网络剧既是一个"意义生成的场所，也是意义颠覆的空间"，技术支持下的"强交互性"给予了受众更高的参与度、自由度和更强的主体性体验，并通过受众在"观剧——评论——交流"的循环中不断产生的新的"超文本"增强了网络剧的内容吸附力和传播驱动力。

作为"超文本"的主要生成途径，"弹幕"在网络剧的观看和传播中扮演着重要角色。起源于日本并先后在"BiliBili"等网站火爆之后，各视频网站也纷纷上线了弹幕功能，这种以"密集如子弹"般从屏幕右方迅速滑向左方的"评论流",在移动终端生成了呈现网络剧情之外的一道新的动态屏幕。这个动态屏幕在受众个体、视频网站和制作方之间搭建了一个共时的虚拟交流平台,在平台上产生的陈述和交流因即时性(紧随剧情)、瞬时性(显示迅速消失)满足了受众基于趣味的体验、基于个性的表达和基于互动的社交等诸方面的心理和社会需求。以宫斗剧《延禧攻略》为例,网友在弹幕中既对剧作的服装道具的配色方案给出了"意大利莫兰迪"和"中国美学传统"等不同角度,也围绕剧情和人物性格展开了"共情""搞笑""颠覆""戏谑"等各种风格的表达。如对女主魏璎珞"电话式"发型的调侃,对皇后富察容音万念俱灰自行了断的不舍,对黑化后的尔晴、纯妃"啥时候领盒饭"的期待,对太后"上一届宫斗冠军"的打趣等等,都成为剧情之外凝聚人气的新的场域,《延禧攻略》也因为异常火爆的弹幕推动了该剧的点击量和传播速度。

图2 《延禧攻略》视频弹幕截图

而在互联网、移动终端、制作方和网页弹幕等技术的共同推动下,随意的观看方式、逐渐专业的剧作水准和日益增殖的"超文本",

促进了全媒体视角下电视剧格局的转变。其主要特征是从"先台后网"（卫视首播、网络跟播）逐渐转变为"台网同步""先网后台"，甚至是"网站独播"。2015 年《蜀山战纪》在爱奇艺以付费模式首播后，2016 年安徽卫视、江西卫视上星播出了更名后的《剑侠传奇》首次打破了"网台同步、网络跟播"的惯例，《青云志》《老九门》等紧随其后效仿。到 2017 年，全网独播的网络剧已经占上线网络剧的 94%，独播剧逐步成为主流业态，"先网后台"或仅在互联网播出的模式赋予了网络剧"超级剧集"的话语权力和资本环节的营销优势。网络剧不再作为电视剧的陪衬，不再只是小众、低俗、粗糙的短视频，网台联播从视频剧集依托电视台平台效应变成了"网生"超级剧集吸引电视台跟播的新态势，这种新的传播方式正在以强有力的"反哺"能力丰富着电视剧业态。

结　语

　　总之，互联网媒体大融合加快了网络剧全民共享时代的到来，7.72 亿网民和超过 5 亿的网络视频用户所产生的需求规模，正在推动网络剧在内容、制作、传播、营销等环节的发展，同时政策规制、行业自滤、互联网商业模式也以不同形式对网络剧进行影响和校正。在发展中，网络剧既在创作美学层面通过自身精品化的进程完成着后现代主义语境对现实的出离和解构，又在接受美学范畴借助全新的传播视角、传播竞争力和传播途径致力于对现实的重写和确认。而受到改变的不仅是电视剧的传播格局，还有文化背景下人们与现实进行对话的立场和方法。尽管目前的一些网络剧仍然存在过分依赖"大IP"和流量明星,题材同质化、内涵空心化、制作不够精良等种种问题,但在新的传播生态逐步形成的趋势中,我们仍然有理由相信,网络剧也会在文化影响、艺术规律和商业法则的博弈中不断提升品质,从而成为适应新的现实——移动互联时代的文艺精品。

校歌文化新思考：创作空间与传播意识

魏晓凡

校歌无论从音乐学、文艺学还是教育学领域去看，都属于研究对象之列，但同时，它作为一种实用的音乐体裁和艺术资源，在具体的思考中又往往处于比较边缘化的位置。它最明显的特殊性或许正在于它以歌曲（歌唱及其音乐活动）的形式作为"学校"这一社会单位（以及特定的一所学校这一集体）的"标识"符号。笔者近十年来从研究校歌开始，逐渐在音乐社会学的视角上提出"标识歌曲"的概念，它包括国歌、队歌、企业歌曲、会歌等下位概念，自然也包括校歌。不过，笔者最近对这几类歌曲的搜集和思考逐渐显示，校歌仍应是"标识歌曲"研究中的重点，因为它与其他几类"标识歌曲"相比，具有几大特点：其存现数量大概相对最多；在长周期内看来，使用可能最为频繁（或不如国歌频繁，但国歌的总曲目数又很少）；所指涉的群体中，大部分成员都是社会的未来生力军；创作者和传播者的水准相当参差不齐，并因此呈现出最为多样的音乐传播模式，以供我们考察其艺术方面和使用方面的得失。固然，不能说校歌研究可以取代标识歌曲研究,但校歌应该也是最能体现标识歌曲研究的广泛价值的一种大众歌曲。笔者在把最近新收集到的案例资料与以往的公有领域素材进行对比之后,对近年来的校歌及其用法又有了一些心得,它们与笔者过去对校歌的歌词、生成方式等的思考并不重复,所以试述于本文。

需要说明的是,校歌的创作与传播,既是两个重要的思考角度,又是彼此紧密结合的。其创作是其传播的前提,而传播则是其发挥功能的保障。因此,对创作的思考,其实涉及传播的需求;对传播的思考,虽不一定会刺激作品的创作,但至少有助于刺激关于传播的创意。传播上的创意,是校歌词曲、编配等方面的创意之外的邻接类创意活动,是校歌文化的创造性的一种延伸。鉴于此,虽然下文将分创作空间、传播意识两大部分来进行论说,但其用意本是合一的,即改善我们的校歌文化生态,推动音乐的"化人"作用在此领域的发挥。

一 校歌创作空间新思考:版本的革新与组合

校歌作品本体,无论是词还是曲,都应结合文体学的某些思维,或者说其在"文体"上要能符合这一具有很强的"社会性"的歌曲类型的需要。甚或可以说,就校歌作品而言的这种"文体",是被其"符号性""展示性"乃至"传承性"所规定了的。固然,歌曲创作在艺术上可以相当自由,但就校歌来说,这种自由如果逾越了文体上的某些潜在的规定性,那就不只是风格选择、创作个性的问题,而是要牵涉到"有效性"的问题,影响校歌的实际效能了。笔者感觉到,校歌自有其"体"，这种"体"尽管不像也不可能像格律诗那样严苛，但确实出于使用场景、社会期待等方面的因素而真实存在。换言之，校歌在理想情况下被赋予的教化职责（包括强化认同的职责、提升认识层次的职责等）决定了它会更多地出现在一些更具"特定价值"的时空中，并在某些角度上充分地体现其固有的形态个性、品格个性（或者说固有的传达机制）。校歌，除借用现成作品的情况外，通常想让"局外人"也在听到之后感觉"这仿佛（大概）是一首校歌"。这种"文体"的"标志物"，无疑隐藏在其词、曲乃至奏唱方式之中，通过某些"惯例"来体现，或至少不能破坏某些"规则"。当然，我们有一个重点，或者说难点，就是如何识别这些很难成文的"规则"，并且尽量将其在直觉上"提纯"，使"规则"尽量简洁而稳定地以一种近乎"特定的鉴赏体验"的形态，尽可能存在于大众的头脑中。毕竟，如果"规则"太繁、太严，就会有越来越多的这类作品失去个性，变得千篇一律，而我们希望的则是校歌文化既丰富多元又不失教化氛围，灵活而不失原则，有趣而不失庄重。

校歌歌词方面，有一个形式特点近年来受舆论调侃较多，那就是"俗套"频频被实例验证。比如叠字使用过多、描述对象大量重复，以及正面词汇的空泛堆砌等，这些问题已经被擅长图表新闻和大数据分析的新兴媒体人员做过相当"透彻"的解读，以专题报道、微信公众号"10万加"文章等形式流传，还被不少网民"点赞"并发表评论附和。而在旋律风格方面，"古板""缺少对当代青少年的吸引力"作为老生常谈，也依然多见于相关的网络发言和田野调查之中。虽然出于分析工具的不尽普及和网上表述手段受限等因素而未见有太多附带细致案例的评论资料，但从一些杂散的在线评论、线下访谈及课堂问答来看，不少人觉得，曲调如果显得"拘谨"（恐怕是指一种即便不

"古朴"也近乎庆典晚会歌曲的形态特点），那么即便"不难听"也"没兴趣"。由此看来，目前校歌本体方面的"惯例"或曰"规则"是明显存在的，而且至少以大众的目光看来，其影响是太深了。在这些"惯例"影响下，不少的校歌都未能逃出某种近似于"僵化"的窠臼。

当然，由于许多校歌作品诞生于较早的年代，它们实际上是被后来的类似作品给模仿得"僵化"了。出于同样的原因，它们不论诞生于何时，对于陷入"俗套"的这种局面，也只能接受。显然，据笔者了解，这种倾向即使是在可以作为"标识歌曲大国"的日本，也是难免的。但是，这并不表示我们束手无策，因为校歌虽然不宜随意更改，但不妨慎重地"添新"，即在老校歌的基础上增加新的曲目，形成"歌组合"，也就是新、老校歌的组合。学校的决策层如有意愿，完全可以实现之。若如此，则诞生在先的旧校歌并不必宣告废弃，它可以与新的作品共同充实学校的音乐形象（乃至充实"校本音乐"的资源库）。复旦大学是个很好的例子，虽然该校的旧版校歌目前重新成为首选校歌，但其新、旧校歌同样出色，也都在校友间流传。这里应该指出的是，对准备尝试这类模式的学校来说，为了减少新、旧校歌彼此侵占注意力的可能，应该注意让二者之间拥有足够强的"异质性"，这样才可以让对传统的秉承和对新意的彰显"优势互补"，有助于校歌的"组合"作为整体脱颖而出。

虽然上述模式基本还停留在理论设想中，但据笔者所知，倒是有一些学校已经在客观上（注意，并不是主观有意地）有了至少由两首校歌形成的"组合"，只可惜其原因并非上面所说的弥补老校歌在新的时代背景下显出的某种传播潜力不足，而是令人吃惊的"遗忘"。也就是说，新的校歌在制定时，已经无人提起甚至无人想起自己学校曾经制定过校歌。对此只能说，这是这些学校曾经拥有的校歌在传播方面几乎彻底失败的一种反映，也是学校建设理念上对校歌的力量缺少长期认识的一种表现（恕笔者在此隐去相关学校及其校歌的具体信息）。而这种略显极端的情况也恰好提醒我们，在将校歌"组合化"的问题上，有必要让新、旧校歌之间拥有历史上的某些"呼应"，不要让两者各自单摆浮搁。对这种"呼应"，既不能在形式上做过于简单的理解，以为只要制定新歌时没有忘掉旧歌，由此能将新旧二者的表演资料并陈于网站或唱片中就可以叫"呼应"，也不能做技术上过于复杂的理解，认为必须让二者在音乐素材和歌词语汇上带有部分重复（或者带有语义的承续性）才叫"呼应"。毕竟前者无助于提升两首校歌作为"标识组合"的品质（仅显示出"为了组合而组合"和学校历史沿革本身），而后者又因为给新的校歌创作增加了太多的"限制条件"，而容易影响表达新意时的自由度（当然也不是完全不可能表达好）。因此，我们可以在一般意义上倡导将这种"呼应"放在二者的"意象呼应"的层面上，即它们可以在音乐形态上有很不相同的风格，但又能在美感和艺术联想方面从不同的维度指向同一种"记忆"或"想象"。这种记忆或想象最好不仅是关乎宏观意义上的教育事业本身的，也不仅是通过对校名或校训的呼应而强行体现，我们希望它是通过对学校所经历的历史时空、心理时空中的精神脉络或曰气质追求的不断把握与阐释来实现的。它既具有"标识性"所要求的对学校个性的深度呈示，又具有"艺术性"所要求的在表现形式上的适度解放。复旦大学新旧两首校歌的例子，于此而言应该是不错的，出于资料易得和篇幅控制的考虑，本文对此不再赘述。

　　诚然，也有不少学校本身并不具备很漫长的历史，因而没有老校歌，或者其旧有校歌实在没有达到一种较为理想的艺术境界。不过，从另一角度上看，这其实倒是类似于"一张白纸"的某种好时机，更有利于学校的校园文化决策者锐意创新，引领校歌文化生态中的新潮流。比如汕头大学在毕业典礼上使用的"非正式校歌"《大学问》，由正式获得改编授权的歌曲《海阔天空》重新填词而成，颇受当代大学生的由衷接纳（也值得原有古老校歌的学校参考借鉴）。无独有偶，这种采用流行音乐（当然必须具有适度的庄重感）的校歌，笔者在日本也发现了案例：日本爱媛县的济美高中为了吸引学生报考而创作的新版校歌，不仅采用了流行音乐体裁，而且居然使用了诸如"'我能做到'是魔法的咒语"的词句，加之既深情又符合当代影视曲风的旋律，可谓在立意守正的前提下尽可能命中了当代少年的艺术欣赏偏好，颇有春风化雨之妙。由此观之，新版的校歌或新创作的校歌与"时尚"的结合不仅是可能的，而且大概颇有尝试空间。或许，这正是教育手段日渐发展变革的形势所要求的、对校歌作品在"文体"上的"惯例"的扬弃。"标识性"必须争取更多地体现于"易接受性"；缺少了受众认同的标识，则形同"门牌"，有信息，但少"温度"。当然，通过上面的例子也可以看出，这种结合并不是盲目迎合，不是要把校歌弄成让人接受之后又立刻轻视、忘却的娱乐品，而是依然力图使人铭记的。

另外，正如文学作品可以被改编成其他体裁，校歌作为歌曲作品，即便不进行新的创作，也不妨以原有曲目为基础，尝试进行体裁上的开拓。这不仅包括把歌曲摄制成 MV 或者选为舞台剧的主题歌等"跨体裁"的做法，还可以包括在音乐这一体裁门类之内进行的尝试，即聚焦于音乐本身，为既定的曲目提供多种音乐表现形式，以应对多元化的音乐接受偏好。启发笔者这一思路的是我国台湾师范大学的校歌，该校官方所公布的校歌版本除原版外，尚有爵士乐版、摇滚乐版，甚至"波萨诺瓦"版等。笔者今年在某个偶然的学术场合访问到一位十多年前毕业于该校的学者。她表示，该校的校歌原本也仅依赖"标准版"，充其量在此基础上分化出小合唱版与大合唱版等。她从该校毕业时，该校官方网站上也没有如此多的版本呈现并供访问者下载保存。可见，这一举措也是近些年才推出的，而且按常识来看，应该源自有此心意的、特定的推进者。（当然，学校行政方面对此的许可与积极配合也必不可少。）以学校官网推出同一首校歌的三个以上编配版本，尽管目前似乎还是孤例，但未尝不可效仿，毕竟如今的学生乃至青年教育工作者群体已经有了更为复杂的音乐欣赏背景，同时亦对某些较新的音乐风格有了比上一辈人更深的经验积累、更高的表演水平（也或许早已如此，只是通过网站才让笔者产生了这一印象）。设想有学生或教师能够以自己更为习惯和喜爱的方式去传唱甚至改编校歌，只要不破坏其核心意象，就是值得尝试的，因为这种做法体现了我国音乐社会学理论中已经给出和提倡的、社会成员对音乐文化的良性参与和积极互动，是很可能有助于大众音乐风气的健康创造与演进的。

二　校歌传播意识新思考：情境的拓宽与开创

除了创作问题，我们还必然要考虑传播手段问题。诚然，创作（包括衍生创作）是传播的先行环节，为传播活动设定了重要的初始条件，所以下面的思考必然要在解决好创作问题的前提下才能更好地付诸实践。当然正如改编校歌音乐风格版本的例子那样，衍生创作过程如果能以发动师生、校友参与的形式来开展,则其本身也是一次很好的传播活动。传播与创作,在音乐传播的论域中的关系常是如此密不可分。下面笔者姑且只谈一些更"纯粹"的传播思路,为叙述简便起见,对其中蕴含的音乐创作或其他艺术创意因素暂不予展开。

目前,有些校歌的实际使用(甚至其创作的动机)只限于校庆或其他由学校举办的大型活动上,而且不少是有上级领导或校外人士参加的活动,还有些是为了参加专门的展演活动(如文艺会演或者更为少见的"校歌展演")才起用。固然,这些场合也都是很有效的传播情境,然而只要向其他一些有比较长期的校歌文化传统的国家和地区略做观察即知,同样有效(甚至更为有效)的情境还有不少可资利用,只不过是我们使用音乐标识的意识还不够强烈、不够灵活。比如,日本在"夏季甲子园"(其全国范围内的高中校际棒球重要赛事之一)上,每场比赛的获胜校的全体队员、教练员和领队都有权(当然,按这项赛事的组织要求也是必须)在现场播放的伴奏音乐声中列队齐唱自己学校的校歌,而如果看台上有来自同一学校的观众,也会跟着演唱起来,注意这些看台附唱者并不限于专门训练过的"啦啦队"。同时,比赛的失利一方也会给予对手充分的尊重,列队静听对手唱完全曲。可以说,这个已成为赛事基本规则之一的音乐仪式不但让参赛并获胜的各所学校能以自豪的心态传播自己的校歌,而且也给作为整体的日本校歌文化提供了一个相对集中(但又不像校歌集中展演那样非常密集)的展示空间。棒球队员们的歌声虽不如学生合唱队那样"专业",但颇具当下受众喜闻乐见的"真实感"(或曰"地气"),更体现出校歌作品不只是专供给那些擅长歌唱的学生的,也是愿为全体学生共享、共爱的,属于学校的"普通"成员的标识音乐。由此,校歌的"大众属性"也借助球类比赛的特点本身,得到了一种超出最初思路的表现渠道。另外值得一提的是,日本的体育电视频道在转播该项赛事时,也不会漏过这个环节,而且会事先收集和准备那些获得了参赛权的学校的校歌歌词,在演唱的同时以字幕形式呈现给观众。这些做法无论是在媒体技术上还是在文案技术上都无太高难度可言,亦无太高成本,但其社会大众传播效果则较为显著。这并不是说有多少观众只要看了比赛的转播就学会了某首校歌(毕竟学唱特定校歌的难度还要与其创作风格选择和技术水平有关),而是说通过带有相关画面的、有字幕提示的、有真实歌声和伴奏编配的这种较为全面的信息架构,观众至少更具"浸入性"地感受到了校歌文化的氛围,且更可能被其所传递的集体主义精神和理想主义审美色彩所打动。我国学校体育正在国家相关政策支持下不断开展,可以预见相关的赛事场合与媒体播出机会必然有所增加。因此,我们不妨尝试让类似的做法"为我所用",只要克服文化、体育、媒体等方面的沟通协调障碍即可。

让社会生活拥有校歌文化氛围,可能比学校教育界内部塑造这一氛围更加重要,至少在音乐文化生态建设的角度上说,二者的重要性或许不相上下。我国目前在这方面已经有了虽然显得偶然、零散但值得赞赏的例子。比如上海历史博物馆将百年来部分有代表性的上海大、中、小学校歌制成了日常陈列中的一个专题展台,以触感屏幕提供可让参观者按校名选择的歌单,并且展示歌词,同时还提供头戴式耳机以备聆赏。在以视觉为主要传达手段的博物馆中,声音展品(尤其是音乐内容)颇能引发观者的兴趣,而非仅对音乐爱好者具有号召力。况且,呈现积极态度的动听歌声,也是城市整体文化形象的多维度塑造中颇具潜质的一类资源。

诚然,并非每个城市都像上海那样拥有较为悠久的对外开放历史,于是不一定有那样深厚的音乐文化积淀,但既然教育文化氛围是城市、地域的人文魅力(乃至人力资源吸引力)的一个重要方面,那么校歌作为一张"教育名片",也完全可以按地域整合起来,以合适的形式参与城市形象的塑造。这里需要注意的是,这种"集群式开发"的效果可能受到校歌本身的艺术品质和历史意义的较大影响,因为经过岁月历练的音乐材料更容易附带丰厚的"邻接信息"(此语化用自"邻接文本"一词),激发受众的历史想象,而艺术品质出众的音乐也才更易于在这种想象中唤起"通感"。因此,如果只是以推行一次"创作运动"的方式催生一批新的校歌,其成果的集合能否取得上海历史博物馆的这种展示成效,应该打上一个问号。我们还是要提倡尊重音乐传播过程中的基本规律,以专题展示带动传播,而不是只以专题展示去实现传播。当然,专题展示的途径还是可以扩充的,除了在城市艺术文化事业中不应缺少的展览空间以外,电视栏目和互联网公共资源都是可以开发的阵地。校歌的公共属性是明显的,其单个作品虽然主要服务于特定的某所学校,但其"方阵"就更宜于为教育风尚乃至社会文明风尚服务了(前述的日本学生体育比赛的例子亦能反映这一点),所以,如何用好公众传媒平台,当是新时代的校歌文化建设的又一议题。

文体与批评

——兼谈翁氏剧评的几个特点

解玺璋

批评文章(以下简称剧评)有没有像不像的问题？大家一定会说,文无定法,哪有什么像不像的问题呢？

如果我说有,不仅有,而且相当严重,很多剧评作者根本没有文体意识,大家怎么想？

剧评对语言有没有符合自身特点的要求？自然也是有的,只是很多人在这方面并不自觉。

再有,写文章应不应该讲究章法？回答也应该是肯定的,而实际上,在剧评写作中,讲究章法的恐怕不多,多数作者都是率性而为,想到哪写到哪,毫无节制。

这是目前我看到的剧评所存在的三大问题：即对文体、文法和文辞的轻视。很多人会觉得,这些都是形式,形式决定于内容,内容好,形式差一点无所谓。但是,内容的表达有时也会受制于形式,形式粗陋,必然影响到内容的传播。这就是孔子所言："言之无文,行而不远。"另有一种更极端的说法,所谓"形式即内容"。可见,形式不是可有可无的,形式的问题也是有必要谈谈的,其中自然会涉及艺术观念、艺术标准、艺术价值、批评方法等艺术本体的问题,也会顺便谈到。

先来谈谈文体。

文体,也称文类、体裁或体制。古人说:文章必以体制为先。文章的体制犹如人的容貌仪表,认识一个人,首先看这个人的容貌仪表,了解一篇文章,也须从文章体制入手。章学诚说:"古文体制源流,初学入门,当首辨也。"他说的是古代,而当代又何尝不是如此?

比如剧评,作为文艺批评的一种,是不是也有体制即文体的限制呢?或者说,怎样写才能写得像一篇剧评呢?这个问题我想并不容易回答。这是因为,文艺批评本身就是非常复杂的存在,面目模糊,枝蔓横生,一时难以廓清。我们只能先用排除法,将看上去与剧评少有共同之处的品种先剔除出去。

学术论文、新闻综述、艺术总结、史事钩沉,这些显然都不属于剧评这种文体。

简而言之,剧评一定是针对戏剧作品及其艺术表现所作的批评,他可以以剧作为批评对象,也可以以导演、表演、舞美为批评对象,或者以戏剧理论、戏剧观念为批评对象。

即便如此,作为文体的剧评,仍有许多不确定性,也可以说是复杂多样性。剧评之所以给人一种印象,以为怎么写都行,或许就与此有关。说到它的复杂性,有一种情况是必须要说明的,即"西风东渐"给予中国文化的冲击、刺激,以及中西文化碰撞所引发的中国文化的回应和改变。对西方文艺思想的接受和吸收,就发生在这个大背景下。有三个人对传播西方文艺思想贡献最大,一个梁启超,一个王国维，一个林琴南。尤其是梁启超与王国维，他们所体现的价值，可以说，既是古代文论的终结者，亦是现代文论的开创者。

新思潮影响文体，并促成其发生改变的，至少有两个因素，一个是近现代报刊的出现和扩张，一个是白话文的流行和普及，二者又是互为影响的。它们合力改变了八股时文，以及桐城派古文对读书人的束缚，他们要求生存，求发展，就要适应报刊的要求，学习现代白话文的写作，这也带来了文体的相应改变。其中就包括了各类文艺批评文体，这里面固然有内容决定形式的因素，批评的对象变了，现代文学、现代戏剧出现了，批评自然也要随之而有所改变，不能墨守陈规，还是老办法、老一套。这是一个创作与批评相辅相成、相生相长的过程。但社会的新旧转换绝不是一刀切的，而是共生同在的，互相影响、互相渗透的。既有新文艺蓬勃生长，又有旧文艺根深叶茂。戏剧的情况就是这样，一方面是新兴的话剧大肆扩张，一方面是传统的戏曲深入人心。新文艺并不能取代旧文艺，一枝独放，即使只剩下八个样板，也不能阻挡旧文艺在民间的传播。

但在批评方面，似乎"西化"已是大势所趋，不可逆转。事实上，自梁、王以降，其间经"五四"新文化运动对西方写实主义的张扬，特别是二十年代末对苏俄革命文论的引进和推重，文学革命最终让位于革命文学，文艺批评更是一边倒地向西方文论倾斜。有人曾试图引起人们对中国古典文论的重视，至少是不可偏废，譬如学衡派，譬如国剧派，但在日益高涨的"西化"的喧嚣中，这种呼声太微弱了，很快就被进步主义的凯歌高奏所湮没。尤其是在文学批评领域，几乎没有中国古代文论的一席之地。不要说批评当代作品，即使针对古代文学作品的研究，也常常被纳入西方文论的范畴，不是吗？从《诗经》到《红楼梦》，中国古代文学史的建构，何曾离开过西方文论？茅盾先生写过一本《夜读偶记》，就是用革命现实主义和革命浪漫主义将丰富的中国古代文学一分为二，比如杜甫，就戴了一顶现实主义的帽子，而李白，则被认为是浪漫主义的。可以毫不夸张地说，有了西方文论，才有了中国文学史。

戏曲的情况也不乐观。对旧戏的改造从清末民初就开始了，参照的就是从西洋引进的话剧。不仅创作如此，编、导、演一致向话剧看齐，批评也一律遵从西方标准，包括我自己的文章，都是这样训练出来的。从文体构成、修辞方式、批评术语，直到戏剧观念、艺术标准、美学原则，无一不是舶来品。久而久之，古典戏曲批评也就被历史尘封了。而以西洋的艺术标准、话剧的艺术标准批评戏曲，则往往给人一种文不对题、无的放矢的感觉，内行人会说"不是这里的事儿"，那种感觉是很尴尬的。

下面，让我们回顾一下中国古代文艺批评，以及戏剧批评的情况。

诚然，历史上，与批评相关的文体，是相当丰富的，种类很多。刘勰有个说法："详观论体，条流多品。"他归纳为八种，所谓"议者宜言，说者说语，传者转师，注者主解，赞者明意，评者平理，序者次事，引者胤辞"，这八种，在他看来，都包含在"论"这种文体中。

刘勰的《文心雕龙》是最早系统研究文体论的。他认为，批评的源头是《易经》的《文言》《系辞》《说卦》，而最早以"论"命名的，则只有《论语》。至于《史记》中的"太史公曰"，王充《论衡》中的某些篇章，都是早期批评的范本，《论衡·超奇篇》甚至被认为是古典文艺批评"作家论"的滥觞。处士横议、月旦人物，在两汉读书人中更是一种时尚。

最早的文艺评论文本应是《诗大序》。我们熟悉的"《关雎》，后妃之德也"就出自这篇文字。作者在这里发挥了孔子的文艺政教观,开篇就把这首诗的功能规定为"风天下而正夫妇"。但"序"作为批评文体之一种是显而易见,韩愈的《送孟东野序》、欧阳修的《梅圣俞诗集序》,都是文艺批评的名篇。明朝的吴讷在其《文章辨体序说》中,就认为作序"当序作者之意",只是后世渐渐沦为应酬之作了。

曹丕的《典论·论文》、陆机的《文赋》、李冲的《翰林论》、挚虞的《文章流别论》,从广义上说,都是古典文论的名篇,但他们探讨的多是纯理论问题,也包括文体问题,类似现在的学术论文,还不是典型的批评文体。

梁代钟嵘所撰《诗品》是第一部关于诗人和诗作的评论集,《隋书·经籍志》就称作《诗评》。作者既主"滋味"一说,所用批评方法则为"品评""品味",有人称它为"以品处庶类者也",也有称它为"称述品藻"或"定其差品"的,总之,都强调一个"品"字,这是因为,"滋味"只有通过"品"才能了然。《诗品》为批评提供了一种文体,遂成为后世诗话的滥觞。同时,它也以自身的批评实践表明,"品"是中国古代文艺批评用得最多的一种方式,也是区别于西方文艺批评的重要标志之一。此外,章学诚认为,《诗品》论诗还有两个特点,一是"论诗而及事也",一是"论诗而及辞也",这也是中国古代文艺批评中常见的内容,他说:"事有是非,辞有工拙,触类旁通,启发实多。"

后世又有司空图的《诗品》,呈现为批评的另一种样貌。此书并不针对具体的诗人和作品,而是将诗的风格和意境,以及艺术功用和表现手法,抽象为二十四个门类,分别加以论述。所言则以四言诗的方式,用象征和形象的手法来表达他对抽象的艺术观念的思考,表现出"味外之旨"和"韵外之致"的境界。这也是中国古代批评在语言表达,即修辞方面所表现的特征之一。

　　司空图的《诗品》对后世影响很大,直到清代,还有袁枚的《续诗品》问世。这种文体甚至波及到其他领域,陆续出现了品文、品赋、品词、品画、品书法等作品。不过,从文体的角度来说,司空图的《诗品》仍属于艺术论文,而并非文艺批评,他和曹丕的《典论·论文》、陆机的《文赋》、李冲的《翰林论》、挚虞的《文章流别论》的区别,就在于他开创了诗体论文这种文体。倒是他的《与李生论诗书》,更近于我们所理解的批评文体。

　　这篇文章的主旨依然是在讨论"味"的问题,所谓"辨于味,而后可以言诗也"。这就是说,在古人那里,辨"味"是获得批评资格,即"言诗"的前提。这个传统在我们这里似乎已经失传了,我们的批评家往往是"入鲍鱼之肆,久而不知其臭;入幽兰之室,久而不闻其香"。当然,古人所说的"味",是"韵味",他进而言道,味在酸咸之外,并以王维、韦应物的诗,以及本人的创作为例,来说明"近而不浮,远而不尽,然后可以言韵外之致"的道理。

　　由此可见,书信也是古人常用的批评文体之一,这方面的例子,除了上面提到的司空图的《与李生论诗书》,还可以举出白居易的《与元九书》,韩愈的《答李翊书》,裴度的《寄李翱书》,都是很有名的作品。

　　同样作为古人常用批评文体的,还有"读……后",例如柳宗元的《读韩愈所著毛颖传后题》,王安石的《读孟尝君传》等,当代学者陈寅恪的《读吴其昌撰梁启超传书后》,都属于这种方式。

　　而苏轼的《潮州韩文公庙碑》,说明"碑"这种文体,也可以用作文艺批评,著名的"匹夫而为百世师,一言而为天下法"就出自这里。

　　以上是对古代文论中与"批评"有关的文体所做的简单梳理,已有超过十种,可见是相当丰富的。不过,据有心人统计,古代戏曲批评的种类更加繁多。中国戏曲,源既远矣,戏曲批评,流亦长矣。一般说来,戏曲批评即萌芽于某些观众对于戏曲的关切,二者之间,可谓相因相生,相辅相成。早有人说过,举凡有关戏曲的整理、校勘、编纂、类分、选择、品第,以及对戏曲基本原理、艺术规则的探究,都可以认为是批评的具体形态。如果着眼于批评的文体样式,则论著、曲话、评点、批注、序跋、题咏、书札、曲目等,都在戏曲批评的范畴之内;而对戏曲来说,尤其要考虑其综合性以及角色表演的独特性,不能把对戏曲表演者及其表演技艺等舞台因素的批评排斥在戏曲批评之外。

依据这种观点,追根溯源,则中国古代戏曲批评萌芽于唐代,成熟于元、明之际,而勃兴于清及民国。唐代崔令钦的《教坊记》,杜佑的《通典》,段安节的《乐府杂录》,可谓记录早期戏剧活动较多的三部作品。严格说来,这种三言两语的记述,在当下是很难被称作批评的,但也不得不承认,它提供了最早的将批评寓于叙事之中的范例。而夹叙夹议至今仍是有效的批评修辞方式,被广泛采用。较为成熟的戏剧批评则发生在元、明之际,最具代表性的作品有:黄溍通的《黄氏诗卷序》《优伶赵文益诗序》,燕南芝庵的《唱论》,钟嗣成的《录鬼簿》,杨维桢的《优戏录序》,夏庭芝的《青楼集志》,陶宗仪的《辍耕录》,周德清的《中原音韵》,贾仲明的《录鬼簿续编》,朱权的《太和正音谱》等。戏曲批评可能涉及的所有内容,从剧本样式、脚色源流、戏剧文物、剧场戏台、音乐声腔、身段表演,到服饰化妆、布景道具等,至此都已浮现出来或初具规模。明中叶以后及有清一代,戏曲批评更加繁荣,名家辈出,但除了李贽的《杂说》或基于一定的哲学、思想背景,不囿成规,有所突破外,其主流未尝不是在元、明基础之上的丰富和发展。

中国古代戏曲批评是一套自足的批评体系,在其发展过程中,与古代文论、诗论、词论、画论、书论一样,形成了一整套不同于西方,却与传统戏曲相契合的思维方式、美学观念、批评标准、文体样式,乃至修辞语法。归纳起来大致有这样几个方面:

其一,对演员及演技的品评,旨在叙其姓名,传其本末,述其所作,不仅使故人与前辈免于湮没无闻,也使后学者有迹可寻,如能得到"冰寒于水,青胜于蓝"的效果,"则亦幸矣"。钟嗣成的《录鬼簿》与贾仲明的《录鬼簿续编》均于此处用力。黄祗通则另有"九美"之说,对演员提出九项要求,涉及演员的素质、风度、唱白功夫、表演技巧等诸多方面。更有夏庭芝的《青楼集》,从才情、演唱、动作、情感等诸多方面,对五十余位演员一一加以评说,精道地指出每个演员独有的绝妙动人之处。

其二,注重声腔、音律的研究,总结前辈演员的歌唱经验,音调声韵、度曲发声,乃至诸宫调的演唱及风格特点、情感表达,在在有所涉及,其中以燕南芝庵的《唱论》和周德清的《中原音韵》最为突出,后来者如朱权、王世贞、王骥德、毛先舒等,都在此基础上有所发挥。

以上是以舞台为中心,也即以演员为中心所进行的批评实践活动,这是中国古代戏曲批评最活跃、最丰富的内容之一,数百年来积累了众多批评家的舞台审美体验,形成了一整套关于舞台表演艺术的批评标准。其三是对剧作家和剧作的批评,钟嗣成的《录鬼簿》是为滥觞,而贾仲明的《录鬼簿续编》则继之。他不仅为自关汉卿以来的八十二位剧作家各写了一首近乎盖棺论定的《凌波仙》,而且一再强调剧作的"关目"问题,提出了"关目奇""关目真""关目风骚""关目辉光"等艺术标准,是最早对剧作结构与情节安排表示关切的批评家。朱权的《太和正音谱》则进一步深化了对剧作家艺术风格、题材选择,以及题材处理方式和态度的批评,将"写什么"和"怎么写"都囊括于其中。在这里,他甚至触及戏剧本质、功能和剧作家的政治选择等重大课题。事实上,有明一代,围绕着剧本创作、北曲南戏、本色才情、雅俗工拙的争论,从来就没消停过。明清之际,更有李贽、金圣叹等人热衷于评点式批评,使中国古代戏曲批评在剧作家和作品批评方面更加完备。

中国古代戏曲批评除了独特的"舞台论""演员论""作家论""剧作论"之外,还应该有一个"修辞论",即中国古代戏曲批评的感受方式与表达方式,也在中国固有的文化背景的规范之下。西方戏剧批评在处理审美主体(心)与审美客体(物)的关系时,主要倾向是同一性原则,强调演员与角色、观众与角色的合二为一,演员与观众都必须融入角色,戏剧批评是自我恢复之后理性的科学分析。而这种情况绝不可能发生在中国戏曲批评家的身上。这是因为,中国与西方,不同的文化背景,形成了不同的欣赏观,以及表达批评见解的修辞方式。中国古代哲学在思考心与物的关系时,所遵循的,是心物交融的原则,具体到戏曲观赏,有所谓善入善出一说,观众与角色融为一体,笑角色之笑,哭角色之哭,感受角色的悲欢离合,同时,又能保持其作为观众的自主性,在观众与角色之间建立一种你中有我,我中有你,亦此亦彼,对立统一的关系。只有以这样的眼光看戏,才能将演员与角色区分开来,既能为演员的动人唱腔和优美身段鼓掌叫好,又能体验和感受角色所提供的人生感悟和喜怒哀乐。当他们表达自己的批评见解时,自然也会选择非常感性的比兴方式,这也是中国古代文论中常见的修辞方式,称赞韩愈、苏轼,就说"韩潮苏海",夸奖柳宗元、欧阳修,就说"柳泉欧澜"。这种修辞手法,我们在司空图的《诗品》中已经见过,尽管容易流于含混,造成理解的不确定性,但好在可以引起联想,借以喻明不易用文字说明的艺术感受和演员表演的风格特征,收到小中寓大,言已尽而意无穷的效果。

中西戏剧批评构成的差别,当然不止如何处理主客关系这个问题,但这个问题已经涉及中国戏曲的文化精神,及其固有特征,特别是戏曲虚拟性、程式化、写意型的表演体系,非有中国传统戏曲批评之功不能说得明白。不是说中国传统戏曲批评不应该汲取、借鉴西方戏剧批评中有益的东西,问题在于,长期以来,有些人盲目信奉新的一定优于旧的这种庸俗进化观,以为中国传统戏曲批评是旧的,落后的,弃之如敝屣而绝不可惜;而西方戏剧批评才是新的,具有先进性,"彼可取而代之"亦是大势所趋。久而久之,在我们这里,就形成了一种以西学为坐标衡量中国传统戏曲的陋习,这种偏见至今仍未消除。然而,客观地看问题,这种陋习的发生,未尝不是历史的产物。清末民初,西风东渐,改良戏曲的呼声一浪高过一浪,得风气之先的人,不满于旧戏文的陈腐,要求改良其内容,以戏曲支配人道的魅力,服务于开民智、新民德的政治诉求。如果说这个时期戏曲批评亦应时而变的话,改变的并非对戏曲本身的认识,以及固有的欣赏趣味和审美表达,而只是"文以载道"之"道"和"有为而作"的"为"。他们认为,以往的"道"和"为",都是服务于旧的君主制宗法社会的,如今要服务于共和民主社会,则不能不有所改变。至于批评的文本、体式和修辞,几乎看不到有什么变化。即使思想趋新的批评家如王国维,我们看他的《戏曲考源》《录鬼簿校注》《优语录》《曲录》《唐宋大曲考》《录曲余谈》《古脚色考》《宋元戏曲考》等一系列作品,其外部特征,仍不改中国古代戏曲批评的本色。事实上,戏剧批评形态的根本改变,是在"五四"新文化运动之后,西方文论被大量地翻译、引进、介绍给中国人,特别是青年一代,言说方式完全改变了,以至于今天的我们，面对传统戏曲，已经不会用中国式的言说方式表达和交流，我们是彻底失语的一代。

下面我们谈谈翁偶虹先生和他的剧评。

今年是翁偶虹先生诞辰一百一十周年，他的三卷本戏曲批评文集由北京出版社出版，其中包括了《梨园鸿雪录》《菊圃掇英录》和《名伶歌影录》（以下简称"三录"）。翁先生年轻时自题斋名，有所谓"六戏"的说法，即听戏、学戏、唱戏、编戏、论戏、画戏是也。就"论戏"而言，或可理解为今日之戏曲批评。翁先生第一篇"论戏"的文章发表于何时何地，已不可考。不过，最迟到上个世纪三十年代，他已有文章在京沪报刊上发表。特别是八十年代以来，随着传统京剧的复苏，他亦受到莫大鼓舞，分别在北京的《戏剧电影报》"菊圃掇英录"专栏，以及天津《今晚报》"歌坛忆旧录""菊海拾趣"专栏，发表了许多"论戏"的文章。近年来，其弟子张景山对这些文章悉心加以整理和编纂，于是有了这"三录"。

读罢"三录"，最触动我的，恰是翁先生在"论戏"时所提供的既十分陌生又十分新奇的批评范式。他的这些文章，从构成、修辞及批评术语的运用，到戏剧观念、艺术标准、美学原则，都明显地区别于我们所熟悉的，一直以来用着得心应手的那一套批评的"武器"。很显然，他是一位少有的未被西学"污染"的戏曲批评家，更是在中国戏曲这个"染缸"里浸泡了一辈子的梨园圣手。他晚年所作《自志铭》，全面而准确地概括了他为文为艺的生涯："也是读书种子，也是江湖伶伦；也曾粉墨涂面，也曾朱墨为文。甘作花虻于菊圃，不厌蠹鱼于书林。书破万卷，只青一衿；路行万里，未薄层云。宁俯首于花草，不折腰于缙绅。步汉卿而无珠帘之影，仪笠翁而无玉堂之心。看破实未破，作几番闲中忙叟；未归反有归，为一代今之古人。"

　　这样一位"今之古人",他的戏曲批评自然是"中国式"的。这一点,恰好可以由"三录"证之。他的"三录"固然是以戏曲舞台和演员为对象的批评专著,而最突出的特点,就是在西方文论"通吃"戏曲批评的大势所趋之下,依然能不改初衷地用中国固有的审美眼光和修辞方式对待演员,以及演员在舞台上的表现。他总是以演员为核心,把演员放到剧情中来品评,同时又通过演员的表演,对剧作进行探讨。这在二十世纪三十年代剧评人中已经形成共识,即"指示于伶而改进于剧"。在他的文章中,往往是从一段梨园掌故谈起,寓批评于叙事之中,用夹叙夹议的办法,表达自己的意见和看法。

　　比如,为了说明王金璐的一专多能,"无论本工、应工或反串,演来极尽精湛之能事",先讲他与金少山合演《白龙关》《下河东》的一段往事。金少山原以为这是一出武老生戏,王金璐不会有什么出色的用武之地,哪知当演到"诬陷"一场时,金少山扮演的欧阳方像往常一样念罢那段要斩呼延寿廷(王金璐饰)的台词,王金璐则迎着这段金氏念白的尾音,高高纵起,使出一个出奇制胜的"屁股座子",让金少山大为惊异而折服。在这里,为了形容这个"屁股座子"的不一般,翁先生赞以"惊涛拍岸,卷起千堆雪",既新奇生动,又富于想象力。我至今想象不出这是怎样的一个"屁股座子"。

　　这样的例子在书中俯拾皆是。比如他谈到芙蓉草在《活捉三郎》中饰演的阎惜娇,很赞赏他的"魂步"和念白,曾写道:"念定场诗最后一句'海底捞明月'的'捞'字,颤动而出,其声凄厉,真是秋坟鬼哭,使人毛骨悚然。他的魂步,系一足用趾尖,一足用踵底,鸳鸯式地疾步如飞。他曾对我说过:'这种走法,才是真正的魂步,既具飘摇之美,又无扭屁股蛋之丑。'"这种形象的比喻正是翁先生戏曲批评的鲜明特点,充分体现了古典文化的修辞之美,比如他用"秋坟鬼哭"来形容芙蓉草对"捞"字的处理,就令人浮想联翩,有一种亲临其境之感。总之,他与批评对象的会心之处,是为之找到一种恰当的意象,直接或间接地表达他的审美感受。他称赞侯喜瑞在《连环套》中的唱法"别有味道",就用了"山高月小,水落石出";他还用"峻岭相连"形容唢呐戏《龙虎斗》中不断拔高的高腔;当年金少山饰演其中的呼延赞,一段"导板",以嘎调翻高,声惊四座,翁先生喻为"暑夏暴雨,轰雷才过,又响霹雳"。他对朱琴心塑造的舞台形象可谓别有会心,称他是:"带露芙蓉,含烟兰蕙,确需钱塘之潮、西湖之水,合虎丘之土、惠山之泥,才能捏塑出他所装扮的楚楚动人的女儿来。"他欣赏王泉奎"天赋佳喉",则称之为"脆如哀梨并剪,亮如桂魄蟾光"。

翁先生很善于在批评中运用"意象",来表达他对演员表演的感受,这些"意象"多数来自古代诗文辞赋中的名言佳句,典例故实。作为一种修辞手段,或有"掉书袋"之嫌,但用得好亦可使文字更加简洁、精炼,更有概括性,而且绘声绘色,形象生动,不用多费笔墨,就能一语道破其中的奥秘,省去许多不必要的说明和解释,是一种很含蓄、很节制的表达方式。但又不止于修辞,它的根扎得很深,一直可以追溯到先秦早期,《周易·系辞》中已有"观物取象"和"立象以尽意"的说法。随着"比兴说"的出现,这个"象"已不再是抽象的符号,而引申为具体可感的物象。在这里,所要表达的情感被物化了,加深了审美愉悦,也强化了评论语言的表现力、张力和魅力。所谓"神与物游",所谓"会景而生心,体物而得神",虽然是说作诗,但也为批评的诗意表达开拓了巨大空间。

比如他谈到"梅兰芳的意象美学意识",先要提及王瑶卿先生所言"梅兰芳的像,程砚秋的唱",进而再分析"梅兰芳的造像,所以能达到这样的境界,主要是他造像之始,不只立像,还要立意;不只塑形,还要塑神;既立客观之像,又立主观之意;既不是对实像的模仿,又不是主观上的幻影;所谓立像尽意,意赖像存,像外环中,形神兼备"。他认为:"这样造像,是掌握了中华民族的美学意识,包括了诗词、文赋、绘画、书法、工艺、戏曲,互相沟通、互相联系地构成一个意象艺术体系。"他以梅兰芳所造之像为例,来说明这种造像方式如何成就了梅兰芳在京剧表演艺术上至今无人可及的审美高度。他以《女起解》中的苏三为例,"从造像到全剧表演,看出是一个沉沦在旧社会最下层的风尘妓女,而这个受尽屈辱、受尽折磨的妓女,又是那样芙蓉出水,皎洁照人。虽然由于她的遭遇,不能不笼罩了逐逐野马之尘,而梅兰芳给人的意象,又不是濒于灭绝的落落秋萤之火。这些意境,当然不是一个静止的扮相所能完成的,它是从全剧的唱、念、做、表浑然一体地表现出来"。

再以《审头刺汤》中的雪艳为例,他说,如果用一般的"艳如桃李,凛若冰霜"来形容,未必不恰当,"但他从造像到表演,桃李之艳与冰霜之凛,并不是孤立地不相联系。假若梅兰芳演的雪艳,桃李之艳不绰约于冰霜之凛,怎能使汤勤垂涎三尺而造成'审头'的悲剧?冰霜之凛不蕴蓄于桃李之艳,又怎能使陆炳以扇示意而演出'刺汤'的壮举"?以这种方式和语言谈论一位京剧表演艺术家的人物塑造和舞台表现,在当下海量的戏曲批评中恐怕是不多见的。但打开"三录"中的任何一"录",这样言简意赅、细微深致的篇章,却不难见到。实际上,对翁先生来说,当他面对一位舞台表演艺术家或一台戏的时候,只有这副笔墨是他所擅长的,只有用这种方式和语言表达自己的感受、体悟、思绪和见解,才显得自然贴切而不刻意,对梅兰芳是这样,对杨小楼、余叔岩、高庆奎、李和曾、马连良、郝寿臣、侯喜瑞、萧长华、周信芳、李少春、俞振飞、程砚秋、尚小云、荀慧生、金少山、裘盛戎、袁世海、李金泉、尚和玉、宋德珠、王金璐、奚啸伯等名伶巨匠，又何尝不是这样。谈及他们的舞台艺术表现或形象塑造，他的审美眼光和修辞方式，总是流连于古典戏曲批评的境界而情不自禁。但又不尽然，如果我们细心体会，在他的戏曲批评中，未尝没有西方戏剧评论的吉光片羽。研究中国古代戏曲批评的现代转换，翁先生的批评实践或将成为后学者的"众矢之的"。

逃离，或无处可逃

——青年写作的一种主题

徐　刚

大概 2015 年的时候，网上一封辞职信曾引发人们热议。河南省实验中学的女老师顾少强，在事业正当顺风顺水的时候，选择了辞职。她的辞职信仅有十个字："世界那么大，我想去看看。"这封"史上最具情怀的辞职信"，令年轻的顾少强名声大噪。如人们所说的，"生活不止眼前的苟且，还有诗和远方"。看得出来，告别"苟且"，选择"诗和远方"的顾少强，干了一桩无数人想干又不敢干的事。"辞职看世界"，意味着僭越既有的生活规范和社会秩序，从一成不变的生活中"逃离"出去，寻找心灵的自由，这不就是这个时代最令人心动的传奇么？

在当代的青年写作者(大概属于顾少强的同龄人)这里，我们常常能将虚构的文学作品看作一种流行文化在思想意识上的投影。对于他们来说，情感的自我体认总会造成某种程度的叙事偏好。当他们试图在现实与文学之间建立联系，展现自我与世界的紧张关系时，我们总会看到这种紧张以及紧张的疏解,是如何被"辞职看世界"这类泛滥的"文青话语"所宰制的。以至于,执着地讲述逃离,或者无处可逃,甚至拒绝逃走的故事,成为青年写作的流行主题。

一　渴望逃离

从历史来看,"逃离"可以说是中国文学最重要的主题之一,自古到今从未中断。伴随五四启蒙思潮的深入人心,反对包办婚姻,追求爱情自由的呼声,就曾令女性的"逃离"甚嚣尘上。然而如鲁迅所言,"娜拉"的结局,只有堕落与回归两条路。作为自我焦虑和时代现实无法取得平衡的尴尬反映,"逃离"是容易的,逃离旧家庭,逃避城市的石屎高楼和冰冷的钢铁,并没有太多困难,可觉醒之后无路可走才是真正的痛苦。在作家们的笔下,"逃离"的人抱着寻找天堂的目的,收获的却是地狱。

对于当代作家来说,"逃离"的最初意涵指的是从旧有的世界跨出去,寻找别样的生活。有时候,这种跨越可能仅仅是指一次旅行。杨则纬有一部长篇小说,题目就叫《于是去旅行》。小说里,旅行成了平复个人心灵创伤的一剂良药。尤其是在这样一个如此嘈杂喧嚣的世界里,一场说走就走的旅行,它的洒脱和喜悦永远具有蛊惑人心的力量。小说将旅行看作一次疗愈,让人重整旗鼓,满怀信心地面对曾经的阴影,错过的爱恋,以及平庸琐碎的日常生活带来的伤痛与悔恨。在主人公那里,云南、丽江、西藏,边地的淳朴让人心旷神怡,而原始的民俗更是有着超脱现代生活之外的壮美与雄奇。陶醉在边地的民风和美景中，主人公的城市烦恼被抛在了脑后。

"逃离"的更深层意涵，可能并不像旅行那么简单，而是更抽象的"到世界去"。这让人想到的典型作家是徐则臣。我们知道，从《午夜之门》到《夜火车》，再到《耶路撒冷》，徐则臣的小说有一个念兹在兹的重要主题，那便是"到世界去"。这位出生于运河边的少年，对"到世界去"充满了探究的欲望。关于"到世界去"，徐则臣曾这样解释："眼睛盯着故乡，人却越走越远。在这渐行渐远的一路上，腿脚不停，大脑和心思也不停，空间与内心的双重变迁构成了完整的'到世界去'。"①某种意义上，要想获得这种"空间与内心的双重变迁"，就必须出走，从旧有的世界跨出去，执着探寻一种新的生活。

为了完整阐述这种"到世界去"的意念，在一篇谈及火车与出走的文章中，徐则臣曾这样谈道："多少年来，我一直觉得自己在和一列列火车斗争。登上一列火车，继续寻找另外一列火车；被一趟车拒绝，又被另一趟车接纳。周而复始，永无尽时。对我来说，火车不仅代表着远方和世界，也代表了一种放旷和自由的状态与精神，它还代表了一种无限可能性，是对既有生活的反动与颠覆——唯其解构，才能建构，或者说，解构本身就意味着建构。出走与火车，在我是一对相辅相成的隐喻。"②在此，火车只是出发和抵达的工具，而内在的诉求则近似于鲁迅所说的"走异路，逃异地，去寻求别样的人们"。尽管到了《耶路撒冷》，徐则臣才陡然发现，"回故乡之路"同样也是"到世界去"的一部分，甚至是更高层面的"到世界去"，但远方的自由与放旷，始终令人牵肠挂肚。而在新的长篇《北上》中，徐则臣再次延续了

---

① 游迎亚、徐则臣：《到世界去——徐则臣访谈录》，《小说评论》2015 年第 3 期。

② 徐则臣：《出走、火车和到世界去——创作感想》，《南方文学》2018 年第 5 期。

这一小说主题,只不过这一次,运河与航船取代了火车的位置。小说中,几乎所有人都在持久地渴望一种开阔的新生活,为此怀抱着不可救药的理想主义。

　　除此之外,逃避毫无悬念的人生,也是"逃离"的题中之义。就像齐格蒙特·鲍曼在《个体化社会》中所说的,"生活的固定格局在人的内心产生刺痛,风俗习惯和日常事务在这种刺痛中吞下了荒诞不经这剂毒药。"①作家阿乙曾多次谈到,他是如何在乡村小警所的麻将牌局中惊人洞见自己极度无聊的永生的,"有一天,艾国柱、副所长、所长、调研员四个人按东南西北四向端坐,鏖战一夜后,所长提出换位子,重掷骰子。四人便按顺时针方向各自往下轮了一位。"②就在那一刻,他绝望地看到自己一眼便能望到尽头的人生。这个场景后来多次出现在他的小说《在流放地》《意外杀人事件》之中。同样,张悦然的《家》所叙述的同时离家出走的两个人,也是为了逃离毫无悬念的人生。小说里的裴洛想要告别这个"从一开始就在说谎"的世界,过一种崭新的生活,一种"有节制的生活"。她拉着皮箱离去的背影,"是向着自由而去的"。然而她逃避的,是比婚姻更大的东西,确切来说,是要逃避一种毫无悬念的人生,"如果说我还有点奢望的话,那就是,希望你可以给我一点热情,一点理想化的东西。我非常害怕变得像那些同事一样无趣,一样庸俗。"

---

　　①　齐格蒙特·鲍曼:《个体化社会》,范祥涛译,上海:上海三联书店,2002 年,序言第 2 页。
　　②　洪鹄、吴桂霞:《杀手阿乙》,《南都周刊》2011 年第 6 期。

二　无处可逃

　　"逃离"的幸运在于，曾经的乡村小警察艾国柱，面对人生的绝境，勇敢地跨了出去，成了闻名全国的重要作家，这多少还有些励志的意思。然而现实是残酷的，并不是所有逃离者都像阿乙这么幸运。因为"逃离"原本就是现代社会的悲剧性机缘。现代社会为"逃离"提供了种种便利，人人都可以看到生活的"别处"，都试图向着"别处"逃离命定的位置。逃离过分熟悉的生活，以及可以预见的未来，他们乘火车、轮船、飞机，竭尽一切可能。逃离成为一种普遍的愿望，但逃离的可能中却蕴含着宿命性的后果。在艾丽丝·门罗的小说《逃离》里，卡拉决定离家出走，她留给父母一张简短的字条，"我一直感到需要过一种更为真实的生活。我知道在这一点上我是永远也没法得到你们的理解的。"这个时代，服从自我与内心，早已庸俗化为一碗寡淡的鸡汤。而所谓"真实的生活"，永远都是最好的蛊惑，却是极短暂的梦幻，梦醒之后，依然是无尽的琐碎和庸常。逃离的卡拉，还没有走到一半，便被丈夫接了回去。

　　无论是旅行，还是"到世界去"，抑或逃避毫无悬念的人生，"逃离"的目的都是为了逃避庸常的日常生活。这让人想到了鲁敏的长篇小说《奔月》，这部小说更为深切地展现了艾丽丝·门罗的小说《逃离》的文本内涵。这也是一个关于逃离的故事，逃离庸俗的日常生活，以骇俗的消失去寻找本我的根源，抑或徒劳地收获一片虚无。故事从一辆开往梵乐山的旅游大巴意外坠崖展开。主人公小六在这场事故中消失了,生不见人死不见尸,只留下散落满地的物品。丈夫贺西南不愿相信她已死去,不断寻找她的下落,却渐渐揭开了小六隐藏在温顺外表下乖张不羁的多重面目。与此同时,小六以无名之躯来到了完全陌生的小城乌鹊,开始了异域里的新生活,却遭遇各种沉沦起伏,预期中的自由没能如愿出现,这些都让城市生活在荒诞中显露出人性的诡谲。在此,作者描述的其实是当今时代的精神荒谬:厌倦人情交际而渴望隐匿的妻子,怀念妻子却最终接受了别的女人的丈夫,甚或不断更换床伴却始终内心孤独的情人,所有的人都在遭遇精神困境,而鲁敏正是要以这种冒犯的方式直刺人生的假面,寻找抵抗生活的途径。在这个意义上,《奔月》其实重写了鲁迅《奔月》的逃离主题,小六的抗争,不过是要像嫦娥一样抗争厌倦的日常生活。小说贴切地表达了现代都市人的精神状态,它犹如一面镜子,照见了我们内心的焦虑与不甘,以及为了摆脱生活的倦怠所做的冒险。然而遗憾的是,《奔月》里的小六最终绝望地发现,"别处"和"异地"的生活和她之前的生活并没有什么不同,这就是生活本身的残酷所在。

　　我们发现,无论是"逃离"什么,小说里的人物都是在为沉重的生活寻找一个"出口"。李燕蓉的小说《出口》(又名《月光花下的出离》)的核心就是"出口",这也是现代人精神困境下寻找出口的隐喻。小说主人公逃离的真正理由在于,学了四年心理学,她已经不自主地总会用潜意识来研究别人也研究自己。她不能确定自己所谓的逃离,是因为害怕面对激情退却后的伤感,还是根本就没有信心去把握一切。"她的荷尔蒙被剖开得太晚而已,晚到没有时间依靠缠绵来等待发酵、晚到只能逃离。"所有的人都在寻找精神出口,然而,"出口"又在何处呢?

三　拒绝逃走

不仅"出口"难寻，有的人干脆放弃寻找，甘愿在绝望和颓丧中做一个无所事事的"佛系"青年。这一方面值得讨论的作品有马小淘的《毛坯夫妻》和蔡东的《我想要的一天》。评论者在谈论马小淘的作品时，"青年失败者"是一个关键的概念，而《毛坯夫妻》则是这一话题的典型文本。在此，一方面当然意味着艰辛，小说里的人物住着北京五环以外的毛坯房里，没钱装修，也找不到合适的工作，生活极为拮据，出门时甚至没有一件体面的衣服，衣食住行都成了问题。而另一方面，站在世俗的角度，这种艰辛的原因也是自身造成的。客观地说，消极、懒散与不切实际，确实是温小暖身上存在的问题，这也是让小说中的雷烈比较烦恼的地方。但是这种艰辛的原因，更多还是社会造成的。小说中，温小暖其实没有太多选择的机会来成就自己的尊严，这里当然涉及时下讨论较多的阶层固化的问题。个人奋斗的不可能性，已经从一种极端的文学想象，蜕成为不假思索的常识，其间社会现实的变化不言而喻。

这些"青年失败者"的命运，也许真会像《章某某》那样，上下求索却不得其道，最后不得不面对"勤学苦练，天道酬勤"的神话的破灭，"庞大的理想终于撑破了命运的胶囊"，而让自己陷入疯狂的境地。在这一点上，《章某某》与石一枫的《世间已无陈金芳》是如此相似，都明确而坚决地指向了当下的现实。因此问题在于，是要千方百计逃离这种失败者的命运，而把自己逼疯，还是安安稳稳地做一名与世无争的失败者,并从中找到生存的乐趣和意义,这是马小淘在《章某某》和《毛坯夫妻》中作出的不同选择。就像小说里展现的,章某某要徒劳地反抗她的命运,为自己不切实际的梦想而努力奋斗,但最后不出所料地失败了。与其这样,还不如安安稳稳地像温小暖那样甘心做一个失败者,并从中找到一种自处的方式。这里有意思的地方是,温小暖其实一方面是被这种世俗生活无情地甩了出来,她早早失去了社会竞争的能力,被这个优胜劣汰的社会所淘汰;但另一方面她又奇迹般地超越了世俗生活,获得了一种神性。

某种程度看,温小暖是自己选择的"逃离",她"逃离"了这世俗的秩序。她宅在家里,干脆不上班,拒绝社会参与,拒绝一切形式的竞争和一切职场的尔虞我诈。这既是一种迫不得已的得过且过,也包含着对于世俗生活的反抗。而作者礼赞了这种神性。小说最后,马小淘非常温情地给了她一对"隐形的翅膀",让她成为人间的天使,让她的灵魂能够轻盈而自由地飞翔。因此对于青年失败者而言,这既是一种无奈,一种自嘲,更是一种神性的反抗,代表了某种形式的希望。

赋予"逃离"某种形式的神性,将慵懒、颓丧与无所事事视为社会重压下青年反抗的一种行动方式,在青年写作中具有一定的普遍性。比如在蔡东的小说中,我们亦可发现一种将"出走"作为"小资产阶级斗争的方式"的写作意涵。她在小说里多次谈到了主人公的出走,那些生活中并不落魄的男女们,总是幻想找个地方躲起来,无所事事地虚度光阴。《我想要的一天》里"我想要的一天"不就是这样吗?什么事也不想,什么事也不干,就是要逃避家庭、婚姻和工作,因为这些东西都是让人难以忍受的。因此,实际面对的问题在于,现代生活对于我们来说像牢笼一般无法忍受,而对它的"逃离"显得合情合理。

　　然而，"出走"作为一种反抗现代生活的方式是不是有效，却是一个值得讨论的问题。在蔡东的小说里，每个人都竭力寻找意义，所谓"我想要的一天"，指的就是短暂地到某个地方去挥霍时光，但那天结束以后还得回来，还要继续生活。我们过去常说的个人奋斗，无非是要得到稳定的工作和体面的生活，但是在蔡东的小说里，主人公一出场就获得了这样的地位。这里的问题在于，他们在这种生活中感受到的不是满足与幸福，而是无聊和颓丧，因此反而要竭力逃脱这种现代生活的牢笼，去寻找生活的真谛。这不禁让人想起毛姆的长篇小说《刀锋》，《刀锋》的主人公拉米是个"不合时宜的人"，他的原型被认为是哲学家维特根斯坦。这个无所事事、自由自在的人，拒绝别人给他安排的工作和婚姻，拒绝一切资产阶级的生活。他梦想周游世界，去寻找活着的意义，并赋予这种意义以个人拯救的功能。与此相似，蔡东也谈到《红楼梦》里的贾宝玉，以及他对于功名的态度。这些都在强化一种将"逃离"当作小资产阶级自我拯救的方式。但问题在于，这种逃离并非十分有效，反而显出小资产阶级的自私与可怜来。他们幻想逃脱，却又不敢做一个"大拒绝"式的反抗，不敢用一种酷烈的方式进行斗争，而只能在自我灵魂内部做一种徒劳的自我搏斗。

结　语

　　我们习惯于用"颓丧"，或者更时髦的词汇"佛系"，来描绘这种并不积极事功的心理状态。在马小淘和蔡东的小说里，光阴的"虚度"被生动演绎，不求上进的人生被突出强调，这也是当下"丧文化"

的题中之义。一种以自嘲、颓废、麻木生活为特征的"丧文化",被认为是青年自我"主动污名化"的生动体现,也是某种程度上青年群体对于自身地位的无声反抗。阿城说,这个时代最大的绝境是无聊,那么问题在于,如何穿越绝境,听到身体被撕裂的声音?这不禁让人想到吉尔·利波维茨基在《空虚时代》中所描绘的,"在虚无的远景里浮现出的并非是自动毁灭,也不是一种彻底的绝望,而是一种越来越流行的大众病理学,抑郁、'烦腻'、'颓废'等都是对冷淡及冷漠进程的不同表达,这是因为一方面缺乏吸引人的戏剧性,而另一方面则是源于某种局部流行的、永恒的、冷漠的在兴奋与抑郁之间的摇摆不定"。① 有意思的是,无论是渴望逃离的积极事功,还是无处可逃的艰难绝望,抑或是拒绝逃走的佛系颓丧,围绕"逃离"展开的文学叙事,都在力求更为切近地展现自我、社会与现实,但这些努力又或多或少被当下流行的"文青话语"所掌控。因此,问题的关键是如何超越这套话语结构,获得更为深切,更具历史感和批判性的文学表达,这是青年写作亟待解决的问题。

---

① 吉尔·利波维茨基:《空虚时代:论当代个人主义》,方仁杰、倪复生译,北京:中国人民大学出版社,2007年,第40页。

我所热爱的和我所厌恶的

许苗苗

2018 年度北京青年文艺评论人才读书研讨班的研讨议题之一是"我所热爱的和我所厌恶的"。作为论者,勇于面对文艺作品中的问题,不退缩、不回避是一种可贵的品质,值得称道。但研究方法和兴趣各有不同,有人天然情感充沛、爱憎分明,有人生性含蓄节制、理性包容。本人生活中偏于感性,在研究中却力求避免夹杂个人感情,对于"热爱"和"厌恶"之类带有鲜明个人色彩的词汇尽量回避。究其原因,一方面是随着年龄增长,意识到个人情感和视角带有偏狭和不确定性。因此,无论在生活、阅读还是在研究中,都试图做到"换位思考",理解不同出发点、不同位置的作者,尽量避免成见,而是努力以宽容的心态面对文本,努力将眼光投向更开阔的范围。另一方面,近年来参加网络文学评选活动较多,作为评委必须面对多样的文本。这些作品共同来源是网络这个媒介平台,但实质差异性极大,虽然都拥有海量点击,却因读者的年龄段、文化层次、性别而不同。在传统印刷文学中,一项评奖不会将儿童文学、青春文学、严肃文学和底层文学一锅烩,但网络文学往往面对的就是这样一个混杂模糊的对象。网络文本的开放性特质往往与我已经形成的阅读品味之间差异甚大,既有代际和审美差异,也有文化心理和社会身份的原因。作为评委,面对诸多多元、异质的对象,必须努力做到公允,避免以个人好恶判断作品。因此在阅评、审读、评选和研究过程中,我尽力在阅读和评价文本时保持理性克制,不让个人好恶占太大比重,从一个感性人转换为理性论者。

当然,抛却工作身份,个人的阅读经历中确实曾经有一些作品令我"热爱"。童年时,一次在广播里听到这样的段落:

> 我以为中国人的三种博士才能中,咬瓜子的才能最可叹佩。常见闲散的少爷们,一只手指间夹着一支香烟,一只手握着一把瓜子,且吸且咬,且咬且吃,且吃且谈,且谈且笑。从容自由,真是"交关写意!"他们不需拣选瓜子,也不需用手指去剥。一粒瓜子塞进了口里,只消"格"地一咬,"呸"地一吐,早已把所有的壳吐出,而在那里嚼食瓜子的肉了。那嘴巴真像一具精巧灵敏的机器,不绝地塞进瓜子去,不绝地"格","呸","格","呸"……全不费力,可以永无罢休。女人们、小姐们的咬瓜子,态度尤加来得美妙:她们用兰花似的手指摘住瓜子的圆端,把瓜子垂直地塞在门牙中间,而用门牙去咬它的尖端。"的,的"两响,两瓣壳的尖头便向左右绽裂。然后那手敏捷地转个方向,同时头也帮着了微微地一侧,使瓜子水平地放在门牙口,用上下两门牙把两瓣壳分别拨开,咬住了瓜子肉的尖端而抽它出来吃。这吃法不但"的,的"的声音清脆可听,那手和头的转侧的姿势

窈窕得很,有些儿妩媚动人,连丢去的瓜子壳也模样姣好,有如朵朵兰花。由此看来,咬瓜子是中国少爷们的专长,而尤其是中国小姐、太太们的拿手戏。

那时我还没上小学,不识字、不看书,电视也不普及,偶尔的消遣就是广播,但对它也没有太大兴趣——日常的新闻播报太枯燥,取笑逗乐的相声评书种类太少,讲故事的广播剧一天才一集太漫长……这念的是什么呢?当时的我想不出,只觉得寥寥数语竟比画的还要真切细致,文章虽短却意蕴悠长,所谓"言有尽意无穷",与众不同的句子令我久久不能忘怀。直到很久以后,我上了中学,开始写散文,爱上读散文,在大量阅读现代名家作品的过程中,无意中翻到丰子恺《缘缘堂随笔》,才解开童年的谜题,它叫《吃瓜子》。

十几岁的女孩子,正是需要偶像的年纪。当年那个刚刚开始学写散文的小小姑娘,开始全心全意地迷恋丰子恺。他的文,他的画,他的生平,他的足迹,甚至家族和儿女……还记得大学毕业那次浪漫的旅程,刚考上研究生的我,拿着妈妈给的奖金买了张从北京到上海的机票,在上海报旅游团坐大巴去乌镇。下了车,眼前清新秀美的水乡情致全然退后,我焦虑地四处打听,最后在镇上打辆出租车直奔石门……因为那里,有缘缘堂。刚刚修缮过的缘缘堂访客寥寥,锃亮的黑色油漆、油绿的芭蕉叶子与想象中的文人故居相去甚远。但它毕竟是丰子恺住过的地方啊,尽管新鲜整齐,但依然传承着古雅适意。我终于来到这丰子恺生命中重要且美好的地方,我站在他的窗下,我买到了他的扇子、他的画册,他的书签……这一切的一切,都凝聚着我的热爱,伴随着我一个个多思的夜晚和美好的清晨……

当年我对丰子恺的痴迷,是不是像现在网络文学的"粉丝"呢?

热爱,就爱他的一切,这样的情感,在如今网络文学的"粉丝"行动中最常见。他们是非理性的,爱得热切,不分黑白。对自家"大神",点赞、打赏、买书、应援……一应俱全,对于其他作者,则视若无睹、充耳不闻。自家大神写得还不够好?没关系,养成系偶像的魅力就在于缺陷,在于他"一直在努力"。网络作品容易传抄袭?不丢人,真爱粉丝不嫌弃,无论抄袭或被抄,情绪最激烈的常常不是作者,而是两边粉丝站队不停"撕"。

好的作品能引发读者共鸣,引起对作者全心全意的热爱,愿意收集喜爱作者的作品集,希望与作者面对面交谈,甚至唱和、续写、将作者视为偶像等等都不稀奇。然而,将作者看作明星、看作"宠物",不辨是非地追星则是当今怪现象。特别是有些作者作品并不多,改编剧和周边产品却很多,逐渐成为全方位偶像。粉丝以大把的金钱表达对作者的喜爱,除买作品外,还购买作者和作品的周边衍生文化产品如玩偶、纪念册等。粉丝大把为偶像型作者砸钱的现象被称为"爱的经济",由当前消费时代、文化工业和粉丝经济联手打造。

网络文学搭上媒介融合的时代快车,一些简单粗糙的原始文本依靠超高人气变成"IP"。IP一词在引入时指其知识产权的清晰独立、适于改编,但在如今的网络文学现象中,却有了另一层含义,它变成"可在不同媒介平台转换的故事原型"。一些偶像型大神的作品,起始阶段就立志成为能掘金的大IP,八面玲珑,向着不同媒介平台张开双臂,留出无数个接口,等待漫画、游戏、影视剧的改编。这种身为"文学",意在多媒体的表达方式使网络文学放弃了独立性。同时,还有一些作者受利益驱使,写作跟风、选题跟风,虽然具有一定的文字水平,却基本以获奖为目标、以政策倾斜为导向的行为,慢慢使网络文学在公众心目中的形象沦为"粗糙","梗概","超长","质量上无法与印刷文学媲美"，类型化，缺乏独立的价值观和思考能力等等……这种受金钱驱动、多方迎合外部需求，缺乏自律，完全向外界开放的网络文学是我所厌恶的。

当然，我并非自始就厌恶网络文学。作为网络文学起始阶段就介入这一现象的早期研究者之一，我曾经非常喜爱这一文学现象。1999年，网络文学还属于新鲜事物，网络上可供阅读的文本不多，作者都抱着"非功利"的心态，以文本创新、形式变革、权力挑战为网络文学的特色。我喜欢阅读这种新鲜的文体，并对它可能在文学和媒介方面带来的革新充满期待。稍后，非功利、无收入的网络文学渐渐式微，但另一种故事性强且能够借助网络支付等手段自我维持的文体在网络文学名下兴盛了起来，那就是现在我们所见的网络类型小说。对于这种小说（甚至包括大部分虚构作品），我本人从情感角度都兴趣不大。但这不表示我不关注，我尊重网络文学作为当代文化现象重要部分的价值。

互联网是超级媒体，它具有印刷品、广播和电视的所有表达方式。借助这个平台，网络文学也具有突破性，"脑洞大开"，文本在时间和空间上都力图刷新以往的维度。从时间上来说，网络文学中表达了一种新的理解历史、认识传统、看待传说的态度。像萧鼎开创性的《诛仙》，以及后来诸多男频文中流行的仙侠、修真甚至盗墓题材等，在我的概念体系里，都是和历史相关的，虽然以娱乐的方式表现出来，却传达着网络时代青少年结合现代科技和思维脉络对历史的解读。另一方面，在空间的维度突破更大。我们知道，现在这个社会很多空间都缩小了，在传媒研究里有空间内爆、时空压缩的说法，日常理解就是以前觉得遥远的地方变得越来越近了。对我们来说，这个地球的空间已经不足以容纳人类的足迹，所以我们要进行星际穿越和萧潜的《缥缈之旅》里那样的"星际修真",要突破天际,达到不同"位面"。网络给我们这样的媒介平台,容纳这样的想象力和对过去与未来的期待。

所以,如今我关注网络文学、网络类型小说,并不是因为个人的爱憎,而是因为其中的一些文类,也许不是在写作手法上,而是在思维方式上,具备开创性、代表性。虽然媒介技术在不停进步,但网络文学在这一新的媒介平台上,为我们展示出一些抽象、恒定、普遍性的主题。正是这样的表现力和包容性,使它展示出超越爱憎的文化价值。

从《无间道》到《无双》：新世纪
香港电影的文化身份转型

薛　静

　　2018 年国庆档中，三部风格迥异的华语电影，不约而同地讲述了"替身"的故事，这一症候某种程度上说明，在全球经济发展整体放缓、世界权力格局面临重构的环境中，人们再次停下脚步，对自我的文化身份开始了又一轮重审。

　　在这三者之中，坊间唤为"国师"的张艺谋，借助"周瑜取荆州"的《三国演义》外壳，讲述了一个替身杀主、取而代之的故事，将人格的蜕变、权力的位移呈现出来，意在探寻中国千年历史与文脉之中，真伪难辨的褶皱与裂痕。依靠中国文娱产业发展而崛起的"开心麻花"，将百老汇经典《查理的姑妈》改编为中国版《李茶的姑妈》，假扮富翁姑妈而获得各方青睐的主人公，最终还斩获了真正富翁姑妈的芳心，恰是一出消费主义浪潮与资本为王逻辑下，中国社会各阶层的矛盾与想象性弥合。相较于这两部电影，香港编导庄文强创作的《无双》，起点更低——主角李问扔出"我是谁"的烟雾弹，不为谋权谋

利,只为脱身逃生;但所求却甚高——来自香港的电影作品言及此
问,无一不是对自身境遇和文化身份的自我拷问和再度表达。

　　和近些年来屡屡以"某战"之类命名的流水线港片不同,《无双》
不但片名清淡,枪战爆炸场面也并不充溢,主取景地更是不在香港本
岛,但却被观众立刻指认为"港片",甚至誉为香港电影再度复兴的新
路拓客。《无双》无港貌而有港味,因为它包含着三重香港电影标志
性的特点,并且让它们在这个时代再度落地,令港片与港人的文化身
份得以寻到重塑之路。

一　从"身份"到"分身"的认同迷思

　　如同香港作家、导演李照兴所言,"香港是问自己身份问得最多
的中国城市","香港不再问这个问题,艺术就不再存在"。庄文强与
拍档麦兆辉奠定影坛地位的标志事件,就是 2002 年《无间道》的横空
出世。

　　《无间道》中,无论黑道白道,都发现自己的身份无法黑白分明。
对于陈永仁来说,他是警察,但在警察这个身份之前,他又是黑帮大
佬倪坤的私生子,在警察这个身份之后,他又成为派驻黑帮的一名卧
底。要想做一个警察/好人,就要先扮演好一个黑帮/坏人,这正是命
运的吊诡之处。陈永仁的身份仍旧是个定数,他想要证明和坚守的,
都是他心中确定的答案。但是对于刘建明来说,他生而为匪,却想洗
白上岸,成为警察。他被自己原先的社群放逐,丧失自己的身份,但
是当他想获得一点点自主的力量,主动告别过去时,原先的社群、身

份和记忆，却如同鬼魅一样无处不在、附身而上。与其说刘建明想要成为一个好人，不如说他只是想获得一个稳定的、同一的身份，和他所身处的社群可以同声共情，不必再同床异梦。但是这一努力最终被证明是一场徒劳：黑帮老大韩琛看出他心生异端，不无讥讽地称呼他"刘警官"，警方在调查中也发现蛛丝马迹，无论他此后清洗了多少韩琛的手下，都不能完全证明自己。无论是警是匪，完全接纳的条件，是要求自己的成员绝对纯洁，而不是洗白从良——重新做人而不得，正是刘建明的悲剧所在。

从这个角度说，陈永仁是九七之际大陆理想的香港形象：一个曾经委身他人，但始终心向原主的忠贞之士，而刘建明身上，却投射了香港对自身复杂境遇的更多认同。

《无间道》的辉煌并未能挽救香港电影的颓败，1997 年与 2008 年两次金融危机，让香港电影的投资与消费市场双双萎缩。随着陆港两地签订《关于建立更紧密经贸关系的安排》（简称 CEPA），2003 年起，内地电影市场向香港开放，香港电影人大量北上外流。陆港两地电影产业在碰撞中融合，促使香港大众文化中对中国、大陆与自身的想象，又悄然产生了微妙的变化。

麦兆辉与庄文强联手北上打造的《窃听风云》，警依旧是警，匪却不再是匪，而是衣冠楚楚的商界精英、翻云覆雨的金融大鳄。警察的正义身份，并不能为三个主人公带来任何职业荣誉和自我认同，恰恰相反，微薄的薪资让他们陷入生活的困窘，成为现代都市中无错却无用的底层。于是在执行窃听任务时，他们被监听到的股票内幕消息所诱惑，放弃了自己的正义立场，转投邪路、拥抱金钱，希望获得世俗生活的满足。

和昔日《无间道》两位主人公都争抢"警察"的好人身份不同，

《窃听风云》放弃了黑白之间紧张对抗、非此即彼的关系,而是设定出了"灯红酒绿、众声喧哗的明处"与"光线暗淡、万籁俱寂的暗处"两个视觉-听觉意象群落,以"诱惑/被诱惑"取代了"认同/不认同"。这里没有两个人物为抢一个身份而展开的搏杀,而是让三个草根小人物相互说服,共同完成了情感认同的转变。人与人之间的外部对抗,转化为个人的内心取舍,激烈的文化冲突被消解为平和的价值选择。虚无缥缈的身份认同,不及切实可见的金钱利益,后者带来的是俗世生活重新开始的无限资源与可能。这种潜意识中的取向之变,与香港影业遭遇大陆资本,在金钱洪流中寻求前进方向,恰成隐喻。

及至今日的《无双》,"身份"之问再次被淡化,演变为"分身"之问。这里既没有《无间道》强烈的时间紧迫感,也没有《窃听风云》沉重的现实压迫力,警方苦苦寻找的幕后"画家",只有李问知道所有的答案,因此,即便是在审讯室中,他也能慢条斯理地从十年前斗室里对阮文的爱慕讲起,从容不迫,任凭女督察气急败坏地打断。"我是谁"的问题,不再是主人公李问需要用生命追寻的内部问题,而是警察需要去破案、去求索的外部问题。

更重要的是,和被迫从事卧底的《无间道》主人公、被诱惑由侦查走向犯罪的《窃听风云》主人公不同,《无双》李问的"画家"身份,乃是他自发杜撰。一方面,李问固然有着为求脱身而虚构人物、混淆视听的技术性考虑,但与此同时,他无比享受细细勾勒"画家"这一形象的过程,如同他无比享受描摹一张画作或者一张美钞一样。他将自身主体形象之外的所有冗余之物——不可及的风采、不认同的杀戮、未发生的情感、难启齿的欲望,一并整合成一个全新的形象,这个形象融合了他的所有倾慕与恐惧,既是他的理想形象,也是他的致命克星。在李问漫长的"复制"式艺术生涯中,"画家"是他"创作"出的唯一形象。从"李问"切换到"画家"，不是被迫，而是自发，甚至渴望。

　　另一方面，正因"画家"本身即是"李问"的一部分，两者之间深度交融，因此，与其说是"身份"的艰难蜕变，不如说是"分身"的灵活切换。多重身份/分身，不仅没有给他带来困扰，相反，让他获得自由，顺利脱罪，游刃有余。他享受这种相互切换与扮演的乐趣，不是身份标记了人，而是人使用着分身。

　　萨义德的"东方主义"理论，提醒我们警惕西方的注视，以防将他人的期待内化成扭曲的自己。而夹在中英之间的香港，在后殖民主义与全球化浪潮中，它的警惕与其说是对着往昔的宗主，不如说是对着今日的故土。在"看与被看"的问题中，香港并未"自我东方化"，而是变身成为多面的演员，在权力的目光和资本的裹挟中，更换符合观众期待的面具，获得辗转腾挪的余裕。承袭着香港的文化荣光，享受着大陆的资源与市场，北上的香港电影，在多年磨合之后，开始尝到了游走在多种身份之间的甜头。斯图亚特·霍尔在《文化身份与族裔散居》中指出，文化身份"绝不是永恒地固定在某一本质化的过去，而是屈从于历史、文化和权力的不断'嬉戏'"。从分裂的"身份"，到灵活的"分身"，是警是匪，是港是陆，是中是英，对于香港来说，最终归于对自我认同的重构：与其艰难选择，不如全盘收下。

二　从"兄弟情"到"兄弟杀"的情感叠影

　　如果对《无双》的陆港两地电影海报做一文本分析，就会发现一个微妙的现象：在大陆正式版的几种海报上，主演周润发、郭富城分列左右,无论站姿坐姿还是特写,都保持平齐、无分主次。然而在香港正式版的几种海报上,周润发则无意中压过郭富城一头,或是头像上下并立时,周润发位于上方、正脸,郭富城位于下方、侧脸,或是全身左右并立时,周润发高过郭富城半头,虽然名为并列,但是周润发无疑更加抢眼。

香港语境中,对周润发的偏爱并非偶然,这位殿堂级演员是香港电影黄金时代的象征。然而近年来,畸形的中国电影市场,只能为周润发提供《澳门风云》之类质量低劣、没有发挥空间的合家欢喜剧片。"我有时看他的一些电影,我是伤心的,是不愿意看下去的。我不觉得,我喜欢的发哥是要去拍这些电影的。"这种"英雄白头"的喟叹,如果加上陆港两地的文化角力,再添上"澳门"作为参照和中介,则显得更加复杂。

尽管在绝大多数华人眼中,香港和澳门是两个地位平等的行政辖区,但在香港人心中,澳门却是附属于香港的一个小岛。两地回归后,这种香港自以为的从属关系,仍然可以通过单方签注简化维持,但是澳门依托大陆、发展速度远超香港已是不争的事实。澳门民众对中央政府及"一国两制"的认同,亦高于香港。周润发拍摄迎合大陆市场的高票房、低口碑《澳门风云》系列,而《无双》中李问为"画家"周润发编造的恰巧是澳门籍身份,结合导演言有所指的痛心,"画家"角色作为李问本体的分身,凝聚了香港对澳门、对周润发、对昔日荣光那种曾经拥有、现已失去的若即若离的复杂情感。

庄文强坦诚:"拍这部电影是想让现在的年轻人知道,发哥意味着什么。"在导演的镜头中,八十年代香港电影的辉煌,在周润发这里道成肉身。六十三岁的周润发依旧风度翩翩,气质儒雅,一如香港自比的老派绅士形象。而他几乎未曾改变过的面容,又让人们瞬间穿越回三十年前的经典港片。《英雄本色》里小马哥美金点烟的豪、双枪开火的勇，铸就了香港的燃情岁月。这种充满荷尔蒙的激情，是香港类型电影反复渲染的"兄弟情义"，也让来自美国好莱坞电影中传统的黑帮警匪片，在香港产生了"英雄片"的分支，"有情节奇诡取胜改为以情义取胜"，形成了本土特色。

这一类型的代表《英雄本色》中，三位主人公肝胆相照、共沐枪林弹雨，Mark 为给宋子豪报仇，孤身击毙黑帮头目，宋子豪为了让宋子杰原谅自己，以身为饵立于险境，最后取下手铐自缚。"兄弟情义"可以超越生死正邪，是人物的精神信仰。然而到了《窃听风云》系列，同样是三位兄弟，面对利益、威胁和公义，相互之间已然分崩离析，第二部中替人顶罪的祥叔，被怕他泄密的兄弟暗杀在狱中。《无双》里，"兄弟情"变为"兄弟杀"，成为被四次强调的场景：分身并存时，画家杀死鑫叔，李问为阮文枪指画家；分身合一时，李问杀死鑫叔，李问和兄弟们持枪互指。"大家兄弟一场，你拿枪指着我！"成为两次酒店枪战高潮的点睛，也标志着以"兄弟情义"为代表的香港文化走向穷途末路。

一方面，大陆语境中，"弑父"是文化反叛和代际更迭的重要标志，而在香港语境中，"父亲"角色迷雾重重，纵向的精神继承非常淡薄，而横向的"兄弟之情"则是维系人情社会的核心，因而大众文化中的"弑兄"，则成为文化身份激烈动荡的表征，是文化孤独感的外化。

另一方面，当代表"兄弟情"的周润发与代表"兄弟杀"的郭富城身份合一，香港也以这种方式处理了社会转型带来的文化精神断裂。当"画家"被证明是李问虚构出来的人物，是他自身人格的分化，彼时还是一个"怂包"的李问，顿时成为了一个精明、内敛的天才。电影所有致敬昔日经典的段落，重新叠加到了李问的身上：美钞点烟的是周润发,也是他;双枪开火的是周润发,也是他。"李问"作为今日香港的文化形象,继承了昔日的荣光,并将它们的消逝,处理为策略性的韬光养晦,逝去的感伤终于得以抚慰。

三　以"草根怀旧"拯救"现代精英"

香港电影的另一标志性特征,就是热爱从小人物身上挖掘故事。人物之小,与香港空间之小恰成互文,然而螺蛳壳里做道场,小人物亦能掀起大波澜。而二十一世纪以来,随着 CEPA 的签订,商业电影班底转战大陆,港产小成本文艺片更加喜爱从底层人物的日常生活中,挖掘香港精神的吉光片羽,大有"礼失求诸野"的意味。

面对流水线商业片中逐渐同质化、空洞化的现代都市,《无双》中的香港,并未正面迎战。取景地多伦多和东南亚,前者是九七之前香港人大量移民的目的地,寒冷的庇护之所,后者是香港电影的另一心头好,尚未彻底现代化的东南亚,是野性和野心可以纵横驰骋的地方。救生筏与藩属地,都是在侧写香港的辉煌与仓皇。

回避空间展示的《无双》,把手工制钞演绎到了精美绝伦的地步。钞票,内在蕴含了现代化的双重属性,它既是批量化生产的现代工业产品,又是现代经济活动中流通货币的载体。手工绘制伪钞,则形成了对现代工业与经济体系的一种戏谑。特写镜头中,李问稳定而匀速地绘制出美钞上的花纹与字母,让业已被庸常化的钞票,成为了一件艺术作品。制作伪钞的过程,既是通过手工技术反抗批量的工业体系,又是通过私发货币反抗垄断的经济体系。

当代社会的中产观众格外热爱这种对技术的精细描摹，它让在机器丛林中被异化的人类，重新感到了自己与这个世界的血肉联系。怀念过去的生产与生活方式、情感和文化趣味，是现代都市人最经常产生的怀旧情愫。香港的怀旧，则又增添了一层为自己梳理历史的意味。"怀旧不仅仅关乎过去，而是一种在过去、现在甚至未来的复杂纠葛中产生的情绪。在急速变迁、充满不确定性的社会文化脉络中，怀旧满足了人们寻求身份认同与文化想象的需求。就个体层面而言，人们透过对过去的回想寻找自我，对比或反省今日的我，再推算未来的面貌，这是一个自我身份建构的过程；并且，人们往往因为现今处境的不如意，或对今日之我有所怀疑，才会追怀往昔。"

在李问的工笔勾勒中，他臻于化境的技艺得到了观众的认同，也画出了自己的位置——既不是传统的，如阮文一般继承某种文化传统的传承者，也不是现代的，如美钞一样刻板印刷和大量复制的——他介于传统和现代之间，结合双方最好的特色，一如香港游刃于东方和西方之间。在"精英现代"成为无根浮木、遭遇现代性危机的当下，"草根怀旧"的一面便展现出野性和丰沛的文化生命力。

电影《无双》在叫好又叫座的褒扬中，被誉为近年来最能代表香港电影复兴之势的佳作，是因为它为香港文化身份的重塑提供了新的方式。这种重塑不是彻底的否认和反叛，而是在情节之中，让今昔已然改变的香港精神，汇聚为同一个人的一体两面。通过怀旧的讲述，重新梳理自我历史，展现兼顾传统与现代的东方都市形象。香港的"身份"的困惑，变为"分身"的灵活，香港电影与香港精神，在冲击和变化中得以延续。

时光不老，情谊绵长

——叶广芩老师和她的《耗子大爷起晚了》

亦　可

2018年初秋，著名作家叶广芩老师的首部儿童文学作品《耗子大爷起晚了》出版。在新书发布会上，我再一次见到了这位笑容和善、气质高贵的老太太。我跑过去和叶老师拥抱，指着她的耳朵说，您今天的这副耳环真好看呀。叶老师乐呵呵地笑，拍了一下我的脸蛋，你这小丫头最会讲话。旁边有当日邀请的嘉宾老师听到我们的对话，也跟着一起笑起来。是啊，这个场景像极了平日里长辈与晚辈之间再普通不过的一次互动，让人如何能疏离这位当代创作颇丰、风格独特、成就卓越的作家，以及她带给人阳光普照般的温暖与爽朗呢？

我知道叶老师喜欢耳环，曾有幸陪同叶老师入驻"十月作家居住地·布拉格"的那段日子，叶老师给我看过她那个精美的首饰盒子，里面的耳环又多又美，让也喜欢首饰的我大为惊叹。每天出行时，无论是参加隆重的文化交流活动，还是午后惬意的小憩闲聊，叶老师的耳环定是要和当天的服饰相得益彰的。我暗暗留意了这一处微小的生活细节，这种悦己悦人、极其讲究的心态和年龄无关，也仅仅是叶老师日常生活的一部分，但就是很多个这样的细枝末节贯穿在与叶老师接触的点点滴滴中，让人深深感受到叶老师对生活的无限热爱和对生命的无限敬仰。

都说文如其人，同样，这种一丝不苟的讲究也体现在叶老师自二十世纪八十年代创作以来已发表的五百余万字的作品中。从长篇小说《采桑子》《状元媒》，长篇纪实《琢玉记》等等，再到这一本好读好看的《耗子大爷起晚了》。在当天的新书发布会上，我们得以细致而又深入地探究这本也许会成为中国当代儿童文学经典代表作之一的作品背后呈现的内涵与价值。

"天长了，夜短了，耗子大爷起晚了，耗子大爷在家没有？耗子大爷还没起呢。"伴随着纯真、悦耳的童音，看过这部作品的各位可能会会心一笑，还没有读过这部作品的也会充满了期待。在这部作品当中，一个正直、勇敢、善良、极富好奇心的古灵精怪的小丫头，在当时还略显荒凉的大园子里，一段段童年往事在浓郁的京腔京韵当中娓娓道来，好玩、有趣、幽默又不失文化气息。这部作品是叶老师对自己童年的回望，展露了她儿时生活的影子；这部作品也是叶老师对美好童年的致敬，呼唤自由自在的纯真应该属于每个时代的孩子们。

在生动的文字描述中，跟随叶老师的脚步，我们眼前展开了一幅汇聚了地道北京小妞耗子丫丫童年时光点点滴滴的轻柔画卷，那些天真烂漫、无忧无虑、童趣盎然、充满浓郁京味人情和喜怒哀乐的成长故事，在颐和园里缓缓铺张开来，渗透在这个恢宏大气的园子每一天的日升日落中。这个正直、勇敢、善良、极富好奇心的古灵精怪的小丫头，多像可爱的邻家小妹妹，带着我们在她的地盘里跑来跑去，银铃般的笑声洒落于颐和园的朝阳夕照。我们跟随这种纯真的、天然的指引,与小耗子聊天,带小乌龟遛弯,去北宫门外串门,在堤岸边编故事,一起探寻颐和园里小生命的相伴相随,一起沉醉颐和园雕梁画栋悠长迭起的非凡气韵。

"若干童趣盎然的故事,勾勒出主人公耗子丫丫天真浪漫、好玩自在的童年形象,展示了丫丫和小伙伴们旺盛的生命力,他们对颐和园里的自然小生命好奇,对传统建筑好奇,对长廊上的图画故事好奇,中国传统文化对孩子的影响在故事中无处不在。小说笔力舒展幽默,京腔十足,迷人的老北京童谣贯穿始终,充郁着浓浓的京味人情。童年的本真与乡愁萦于笔端,同时从孩子的眼睛中也映射出历史的厚重绵长,北京古都的恢宏大气。耗子丫丫的经历中,影影绰绰透露出叶广芩老师幼年生活的影子,天真烂漫的童年故事中透出自在旺盛的生命力,就如那首北京童谣,悠远绵长。"

在读者和评论家眼中,叶老师独特的身世与文化熏陶,人生不寻常的历练与丰富的阅历,使她的作品呈现了以老舍为代表的现代京味文学的精髓,难能可贵地保留了古都北京特有的文化底蕴,延续了明清以来京味语言韵律的薪火。她独树一帜的京味小说,使其在当代致力于京味文学的作家中属于旗帜性人物。她善用京白写京事,在从容舒展中呈现了深厚的文化内涵,这一切既与叶老师独特的身世和家学渊源有关,更与她丰富的人生阅历和扎实的文学功力密不可分,她刻画的人物总是活灵活现,她笔下的故事总是透露出一种与众不同的达观、醇厚、大气与幽默。相隔数年,叶广芩老师再次向我们呈现了她的与众不同,在成人文学的土地上耕耘了几十载之后,又认认真真地为我们的孩子们讲起了故事,写出了她的第一部儿童文学作品《耗子大爷起晚了》。

叶老师说,创作这部作品仅仅用了两个月,可以说是她从事文学创作以来写得最顺手的一本书,也可能是创作过程最愉快的一部作品。她想用一个过来人的心态,用一个老作家的经验,从全新的角度写一部北京儿童文学的童话,写一写老北京孩子们的经历,这就是《耗子大爷起晚了》的创作缘起。她觉得一个作家有了一定的阅历,有了一定的经验积累,当人活得熟了的时候,文也自然而然就会熟了,转向了生命的肌理,就像一个圆。这个院子对叶老师来说,就是一个圆,六十年前从这儿出发,一个大圆转下来,今天又回到这儿,这个圆在过程中经历了很多,但是实际上作为人生、作为生命的积累,它的根是一个点,就是家乡,就是人的本性,无论是儿童文学作品,还是写成年人的一些大的作品,整个过程就是人生所经历的一个过程。有了年纪再写儿童文学的时候,似乎用不着怎么修饰,这些故事自然而然就会冒出来。

叶老师把她的童年记忆比作美酒,这坛美酒尘封多年,到了把这个酒坛子打开的时候,酒香四溢。几十年过去了,叶老师对童年的记忆越来越深,我们在叶老师的讲述中,跟随她重温重品了童年的甘醇和醉人。

谈到记忆里最深刻的地方,叶老师说,就是现在这个大房子。这个大房子的西北角两间房子,如果没记错的话,就是当年住的地方。这里原来是一个小门,出了小门是一个小夹道,有一口水井,小门的那边是一堵墙,墙的那边就是德合园的大戏台,有台阶进入德合园里面。她记得常常出了小门到德合园的台阶上,有一个高台阶,这个台阶宽度七十厘米,长度大概几十米。越走越高的一个台阶,很高很高,小孩站在那比大人还高。她小时候常做这样的游戏,站在台阶上回不来,就站在悬崖断崖处等着。等什么?等游客过来,一看,这里有个小丫头,怎么站这么高,赶紧抱下来,就把她抱下了来。这样的游戏对她来说其实是一种很寂寞、很孤独的寻求关注的游戏。那个时候也有很多游客和园里的工作人员,以善良的心态关注她这个小丫头,把她抱下来。后来又有机会去那里,叶老师站在那个台阶上时又想,今天如果还有孩子站在上面,会不会有游客把他抱下来? 会不会有工作人员注意到他,把他弄下来? 当然会有的,过去有,今天还会有,我们对于孩子的关注,以及孩子内心孤独的、寻求大家关注的心态,永远存在。

对于孤独,叶老师认为,其实是我们每个人一生中都存在的一个不可越过的命题,直到你生命终结的时候,你的孤独感才会消失,从我们来到这个世界上,每个人内心的深处都存在着一种孤独。现在的孩子未必不孤独,当他们面对着游戏机无休止地在那鏖战的时候,其实也是一种孤独,面对着世界纷乱的现象,他们的孤独或者会放大,或者自己无法排解,于是在他们的成长过程中缺少了如何排解孤独、承受孤独的命题,这个命题在《耗子大爷起晚了》里面或许大家能感受到,因为是写给儿童的作品,不便用理论把它们展开来,只好用这种文学作品的形式教给孩子,告诉他们,我们来到世界上就充满了孤独,我们要学会排解,学会解释它,要战胜它。我们要走入生活,我们要经历很多,甚至我们还要经历死,我们知道什么是死,这也是写到最后,写到老李不得不死,本来这个老李是不死的,在这就让他死了,是为了告诉孩子们,死了就是没有了,世界上你永远不会再存在,而且是一片黑暗,无休止的黑暗,逃不出去的黑暗。所以我们的孩子动不动就跳楼,动不动就怎么样,这是一种心理承受能力极其脆弱的表现,他不知道什么是生,不知道什么是死。这需要我们作家慢慢地用语言、用形象去解开他们心里的结,告诉他们社会是怎么回事,人生是怎么回事,这是儿童作家不可推卸的责任,这种责任不光是对儿童作家,对所有作家都是一生非常重要的命题。

颐和园这个大园子在叶老师生命的记忆里确实是不能磨灭的,这个园子带给叶老师的回忆太多了。幼时的她和家人在这里生活了很长时间,颐和园的大气、端庄、沉重的历史和丰厚的文化传承是我们中华民族非常宝贵的财富,但是从叶老师的角度,这里边的善良,这里边的烟火气息,这里边的民俗气息,确实给这座园林填充了新的文化内涵。这种内涵,历史的和生活的相结合,是我们北京整个文化传承的深厚的底蕴,这种底蕴,这种大气,这种温和、善良无处不在,它传承了北京的今天。所以叶老师希望大家能够通过书,了解北京,了解颐和园,了解我们今天的文化。

当天的新书发布会现场,到场的知名评论家和出版人对叶老师的这本新书给予了很高评价,叶老师的态度一如既往地谦逊。我隔着长长的会议桌望向她,秋日的阳光静静洒在她身上,恬淡而又温暖。岁月从不败美人,叶老师身上的美,如她笔下的文字和人物,让人想起岁月不老,情谊绵长。作品不是给你一个故事,而是给你一段情怀。故事常变,情怀永生。你在这位年近七十的作家身上,丝毫没有看到岁月留下的苍老痕迹,相反,那种阅尽千帆沉淀下来的醇厚和归真,无声中折射出另外一种活力,这种活力在叶老师身上延续并日益生动,让人惊叹,又觉一切都在情理之中。

当这篇文章要结尾的时候,才惊觉这不是一篇严格意义上的书评文章或人物小传,叙述也不够工整华丽,似乎主题并不分明,还有点仓促杂乱。可我似乎不能抗拒笔端倾泻的爱与真诚,以及又一次想写写叶老师的冲动。那就把它当成在叶老师《耗子大爷起晚了》新书发布时,勾连起来的千丝万缕的小情愫吧。因为,在每一个时间节点上，我都会想起这位慈祥面善、有一双酒窝的老太太，想起她给小朋友从西安带回来的秦俑玩偶，想起她快递来农户自己种植的甜美红薯，想起她分享可爱的小外孙女的视频，想起她像外婆一样的关怀与疼爱，想起和她相处的种种。这是一种美好的回忆，也是一种忘年的知交，让人坦然而又小心翼翼地珍惜。挺好。于是，就忍不住希望叶老师长命百岁，得以实现她每一个关乎作品的构想。

回到初始，我们都像耗子丫丫，也都是耗子丫丫。耗子大爷起晚了，又有何妨？反正还有大把的时间，可以晒晒太阳。

得罪与好恶

张定浩

"得罪"这个词,可以说是一个古词,比如《诗经·小雅·雨无正》篇里就有"云不何使,得罪于天子;亦云可使,怨及朋友"的句子。现在我们说得罪一个人,是让对方不高兴了,这个"得罪"是以对方高兴不高兴为标准的。但在古典语义中,"罪"是相对客观的,是一个人自己做错了事情,才会出现所谓的"得罪"。也就是说,古典意义上的言语"得罪",是说话人说的这句话本身不对,而现代意义上的言语"得罪",则是说这句话让某人不高兴。这里存在一个从客观的罪到主观的罪的转移,这个很有趣。现在做文学评论的人,经常遭遇的一个纠结就是,会不会得罪人。这个"得罪"是现代意义上的。但对我来讲,我更在意的是,我所做出的批评本身是否存在问题。

而所谓"文艺批评",也并非劈头盖脸把一个人骂一顿。文艺批评的"批",不是批林批孔的"批",而是《庄子·养生主》里所谓"批大郄,导大窾"的"批",其义是准确理解对方的内在构成。批评家,一方面是帮助读者或观众准确表达他们无法表达的东西。很多普通读者或观众,对于作品也都有基本的判断,但他们未必能清晰和准确地表达,或者,未必能对自己的表达有十足把握,这就需要批评家的介入。另一方面,这种介入的前提,是批评家要准确地抵达被讨论的作品,至于得罪人不得罪人,完全是另一回事,你要做的首先是能不能准确理解对方。这是批评的"批"。此外,还有批评的"评"。评者,平言也。也就是公正。批评家要做到的是准确地理解对方,再诚实公正地表达。

在"喜欢和厌恶"这个大题目下,我谈三个作品。在文艺批评的层面上,作为厌恶的标准,并不是作品有多么差。一个作者写得差,这是值得同情和怜悯的,并不值得我们厌恶。真正涉及"厌恶"这个层面的,我想可能有两种情况。第一种情况,是他获得了不该有的名声,所谓名不副实。尼采说过,假想一种不存在的美德,这是比绝对的恶还要糟糕的事情,因为绝对的恶我们可能会质疑它,会消灭它,而假想一种不存在的美德,会让一个时代变得越来越不公正,越来越糟糕。这就像我们今天具体的例子,比如李陀老师的《无名指》,大家没看过也听说过,这部作品对我来讲是很糟糕的作品。但真正令人厌恶的,是在研讨会或各种公开场合谈论这部作品的时候,那么多年轻批评家会用一套套的言辞来粉饰,来美化,来指鹿为马。李陀一直说要回到十九世纪,但我们每个人都看过十九世纪的文学,我们每个人都应该知道十九世纪所有好的文学都不是《无名指》这样的,李陀回到的不是十九世纪,他只是回到了一个不太会写小说的状况。他本身这样一点关系都没有,但整个评论界尤其是年轻批评家给出的态度是非常让人厌恶的,好像一代代都是这样,大家都是所谓的当面一套,背后一套。

在谈论过一部北京作品之后,为了表示公平起见,我再说一个上海作家的作品,路内的《慈悲》。我前面说到厌恶的两种情况,李陀的《无名指》属于第一种,是获得了他不应该有的名声,可能会让普通读者形成错误的判断;第二种情况,则是一个小说家违背了自己的才能,因为某种需要去迎合一些东西。对我来讲,路内是非常有才华的小说家,但是他之前一直在一个小范围内获得大家的喜欢,《慈悲》让他赢得了世俗的名声,但是《慈悲》是他比较糟糕的一部作品。他之前在《人民文学》发表的那部《天使坠落在哪里》我很喜欢,但是那部作品不被认可,似乎他也因此受到一点刺激,以至于他决定,要写一部让你们叫好的作品。《慈悲》其实是在迎合市场,或者说迎合相对庸俗的美学,但他确实获得了成功。我相信他以后未必这么写,我在这里也只是作为一个提醒。

至于我喜欢的作品,可以提一部李洱的近作,《应物兄》。第一点,从这部小说会看到一个作家的耐心,可以忍受十几年的寂寞,当然他也未必很寂寞,但至少十几年没有出新的作品,这是一件很让人钦佩的事情。无论如何,他一直在写作,并不急于发表。第二点,他很会讲故事,拥有一种非常强大的讲故事的能力,以及听到他人声音的能力,这本来应当是小说家的基本素养,而现在的中国小说很多时候都是一个人的内心独白,是无趣和自恋的意识流。但李洱能听到每个人不同的声音。小说家需要捕捉这个世界的声音,而不光是倾听自己的声音。

我对《应物兄》这部书的阅读体验,是随便翻到一页都可以看进去,很容易看进去。我觉得一部好看的长篇小说有几个特质,一是经得起细读,二是经得起跳读,三是经得起从任何一个地方开始读。这本小说全部满足。这种阅读感受让我想起小时候读古典话本小说和十九世纪西方大部头长篇小说时才有的感受,也就是说,这部小说唤回我们作为普通读者的阅读体验。我们很自然地随时被吸引进入一个世界,而不是像读很多当代中国小说那样,随时意识到自己在"看"小说,像看论文一样在看一部似乎塞满意义的小说。李洱不是在讲一个故事,他和艾柯一样,首先在构建一个世界。

此外,在文学领域一直有一种反智倾向,仿佛小说家只要有生活经验就行了,最好做过警察,做过医生,做过工人,下过煤矿……这是非常奇怪的倾向,仿佛思想精神活动都是虚无,而只有体力活动是现实。李洱这部小说一反这种野蛮潮流,勇敢地把重心放在知识和思想层面,力图写一部思想小说,力图让人从他的小说中看到这个时代的文明是什么样的。这也是令人钦佩的。

当然,小说不是对我们进行智识教育,小说里的知识是为了让我们产生信任感,让我们徜徉在一个可以信赖的世界里。小说里的知识是一种前知识,就像我们日常说话,每一句话背后带有很多隐含的知识量,那个知识是默认的共同知识,不是新的知识,甚至某种意义上是陈腐的知识。《应物兄》这部小说涉及的所谓儒学、佛道、西学,严苛一点讲都并不是真正独特的新知识,但这个不重要,这些看似陈腐的旧知识却带来真实的鲜活感,因为普通人就是生活在如此众多的陈腐知识当中而不自知。小说与诗的差别在于,诗要永远新鲜,陈言务去;小说却必须拥抱陈言,沉浸其中,正是这些陈言构成人类生活的日常。

当我们看《流浪地球》的时候，我们在看些什么

章 颖

2019 年的春节档电影不同凡响，国产科幻电影的崛起引人瞩目。同一档期，两部电影都改编自国内最具代表性的科幻文学作家刘慈欣的作品：《流浪地球》改编自同名小说，刘慈欣监制；《疯狂的外星人》改编自刘慈欣早期的科幻小说《乡村教师》，并由刘慈欣亲自编剧。两部影片分别占领当前春节档期票房的头两把交椅，其中《流浪地球》成为最大黑马，截至 24 日票房已超 43.5 亿元。作为 2019 年龙标第一号作品，冥冥之中似乎有一些巧合，因为这部电影的火爆，网络上很多人把今年称为"中国科幻电影元年"，这一切都在暗示，中国科幻电影的春天来了。

应该说，我们还没有做好准备迎接这样的春天。之前的票房预测和影片预售，《流浪地球》并没有被特别看好，反而是《疯狂外星人》这部几乎不被命名为科幻电影的"软科幻"喜剧片被赋予更高期待，其中一个重要原因是大家对国内团队能否驾驭"硬科幻"必备的技术手段再现科技感宏大场景存有疑虑。科幻电影，特别是硬科幻

电影,是一种相对更强调工业属性的类型电影,它的叙事逻辑建立在科学与幻想结合的虚拟场景真实上,任何"五毛钱"特效和穿帮场景都会瓦解科幻片的虚拟真实体验。《流浪地球》作为一部格局宏大的科幻灾难片,过硬的特效技术和场景呈现是标配,这也是任何一部"硬科幻"电影过硬的必备条件,更是好莱坞多年来垄断科幻大片制作的杀手锏。《流浪地球》的爆点也在这里——在电影工业手段的运用和场景呈现上,它超出了观众的预期。北京变成一望无际的荒原,东方明珠塔封在冰川之中,木星的恢宏壮丽和领航员空间站的未来质感,视觉想象虽然算不上创新性强,但已经给予了大家足够的奇观和惊喜,甚至带来了油然而生的自豪感——我们国家也能够生产这样的科幻大片了。也就是说,国产科幻电影终于呈现了这一类型电影应有的工业属性,实现了质的飞跃。《流浪地球》之于中国硬科幻电影的意义,大概不亚于《阿凡达》之于IMAX、胡适的白话诗之于中国现当代新诗的意义,算不上完美,但其作为里程碑的意义,我想多年以后这一判断仍不为过。

作为类型电影,我认为科幻大片的成色主要看两个层面:一是想象力,基于科学设定的想象力都是科幻片的灵魂,往往包含了科学幻想和现实构想两部分,主要体现在叙事背景、主题价值、故事情节和人物形象中;二是技术,含叙事技术和工业技术。叙事技术决定了故事的质感,包括叙事逻辑、人物设定、剪辑节奏等,工业技术则决定了视效和场景。如果说想象力是一部科幻片的战略,技术即科幻片的战术,战略通过战术实现。《流浪地球》以刘慈欣原著小说的科幻想象打底,设定背景是地球为逃避太阳氦闪爆启动长达2500年的逃离太阳系流浪计划,在叙事背景上想象力磅礴奇绝,奠定了成功的基础。从技术层面来说,《流浪地球》的工业技术层面基本合格，据说75%的特效由国内团队完成，给了中国硬科幻电影一个较高的起点。《流浪地球》被人诟病，是在现实构想部分和叙事技术层面。诚然，作为类型片，它的主题价值有些游移，人物行为动机说服力不够，人物关系稍显刻意，剪辑上也有情节没有交代清楚的瑕疵，但总体来说，影片的现实构想和价值观表达，通过现实折射、价值共鸣和年轻化叙事，在当下的中国语境中生成了它除工业技术外最重要的成功密码。

一　科幻片也可以为现实而生

　　《流浪地球》弘扬具有中国特色的家庭观、世界观，甚至是人类命运共同体的地球观，与当下中国的主流价值和现实精神几乎无缝契合，也与我们日常的现实生活无缝契合：孩子与家庭的矛盾，父亲因对孩子的牵挂而做出的决定，连春节回家的话题都在提醒观众当下的情境，对于科幻片来说，似乎是过于现实了，有声音批评其"缺乏科幻精神"。那么，什么是科幻精神？科幻片是不是一定要表现科幻精神？

　　科幻片有众多子类型，科幻战争片（《星球大战》系列）、科幻灾难片（《后天》）、科幻动作片（《黑客帝国》系列、《盗梦空间》）、科幻惊悚片（《异形》系列）、科幻伦理片（《这个男人来自地球》《地心引力》）等，还有一些子类型的融合。每一个子类型都代表了科幻片与现实的不同结合点。这些类型科幻片以科学和幻想为载体，向人们展示未来和未知世界的奇观，但大部分科幻片的终极目标，不在于校验某种科学理论或思想,不在于探讨更广阔的科学发展路径,或是发起对科学本身的反思,其内核多是对人、对现实和对社会的折射和反思,其中也不乏美国式的政治正确和价值观念。《星球大战》虽然以科幻经典场面著称,但并不以严密的科学逻辑为背景,内核主要是对人类社会结构和人性本身的展现。《黑客帝国》的内核是探讨人对人工智能控制社会的反抗,《地心引力》《火星救援》则探讨人类在绝对环境中的抗争和与孤独的对抗……从上述影片可以看出,虽然科幻片多面向未来,但没有一部影片可以架空现实、脱离现实,那么《流浪地球》在未来世界的宇宙灾难面前探讨家庭观的重建、探讨人类的协同合作精神和英雄主义,也无可厚非。

以《战狼2》《红海行动》为代表的主旋律商业片的价值内核,因与现实精神的同频共振,在当下深受国内广大观众认同,这种价值内核通过《流浪地球》与科幻片结合,是一次具有中国特色的尝试,这一点我们要有充分的文化自信。某些精英影评人所秉持的"科幻电影一定要有科幻精神"的理念,只能算是科幻电影的一种追求方向,而不是必然,批评《流浪地球》缺乏"科幻精神"是一个伪命题。

二 类型片应倡导适度文化重心下移

《流浪地球》被部分影评人称为"太空版红海行动""太空版战狼2",言外之意是批评价值观不够"高大上",没有创新精神。应该说,对于类型电影的价值呈现和叙事法则,精英们一直持保留态度,从《湄公河行动》到《战狼2》再到《红海行动》,都不乏"爱国主义过于直白煽情"，"故事不够讲究"，"消费观众的爱国热情"等批评之声，但广大观众用实际行动投了票，直接淹没了精英的批评，这也是近年来普通大众的文化需求和价值观念成为电影市场主导力量的证明，姑且称这种现象为"文化重心下移"，历史多次证明，这是文化大发展大繁荣的社会里经常发生的现象。在精英批评和大众买账之间的罅隙里，作为大众文化的电影，尤其是商业性、工业性更强的类型片究竟应该在哪个层面阐述价值和文化，这是一个值得反思的问题。

随着近年国内电影创作和市场的双向繁荣，中国类型电影也有了长足进步，其中以喜剧片和主旋律商业片相对成熟，喜剧片将批判现实和娱乐观众结合，主旋律商业片将爱国主义与工业元素结合，形成了一系列有共识的价值尺度和叙事模型。《流浪地球》也套用了这种价值标准和叙事方式，同时将科幻和主旋律结合，为中国类型电影开辟出一片新领域——科幻类型大片，具有中国特色的类型片也进入了新纪元。

《流浪地球》没有过度渲染刘慈欣原著小说里所表现的人类在地球流浪时代的彷徨、恐惧和对希望的渴求，而是主要表现拯救地球、拯救家人的英雄叙事模式，这是好莱坞大片常用的模式，也是经过多次验证在最广大的受众中被认同的叙事模式和价值原型。就连美国人自己都说，终于不是美国人拯救地球了。这种模式牺牲了艺术上的"高级感"，获得类型化的戏剧冲突，这符合类型电影创作的客观规律，也符合"文化重心下移"的趋势——如果创作艺术片质感的科幻片须另当别论。在大众文化蓬勃发展的当下，"文化重心下移"具有历史合理性的进步，是为满足人民群众的文化需求和心理诉求的一种智慧归位。

这种"文化重心下移"、大众主导文化市场的现象,还体现在新生代导演的共识中。和原来第五代导演陈凯歌、张艺谋、田壮壮等引领大众的精英形象和第六代贾樟柯、张元、陆川、娄烨等人的张扬自我价值和寻求身份认同不同,新生代导演更多的在社会现实中过滤出能引起大众最大程度共鸣的价值,从而实现自我和市场的平衡以及双方价值最大化。也就是说,新生代导演在创作影片的同时,已经准确捕捉到了电影的文化重心下移需求,不再一味崇尚"阳春白雪"和"曲高和寡",而是向老百姓的生活、现状和价值观靠拢,赢得了观众和市场的认同。

在文化重心下移的趋势下,类型片的创作又该如何化解精英们的担忧,不致陷入价值观简单重复和叙事模式直接照搬的堕落之境呢?靠创新。创新是文艺的生命。好的类型片,应该在价值观上引起大众共鸣,在表达手段上不断创新。黑格尔说:"第一个把美女比作鲜花的是天才,第二个重复这一比喻的是庸才,第三个重复这一比喻的是蠢才。"如果说赞颂美女是一种文化,那么把美女比喻成鲜花则是文化的表达方式。同一种精神主旨、文化价值,表达方式需要常换常新,避免受众审美疲劳。在经历《湄公河行动》《战狼2》《红海行动》之后,如果简单重复爱国主义主旋律,市场表现必定后继乏力,但《流浪地球》再攀新高,得益于价值观表述建立在与科幻的结合上,故事背景也由国际武装冲突升级为宇宙冲突,这是同一价值观创新甚至是升级的表达,对大众来说,比简单重复《战狼2》《红海行动》更有吸引力。当然,《流浪地球》的表达方式创新上谈不上极致,还有很大的进步空间。

三　新时代中国故事呼唤年轻化表达

新时代的中国故事，年轻人是重要的剧中人和观剧者。当下的文化市场，赢得年轻人，就是赢得当下，赢得未来。一个国家的主流价值亦是如此。习近平总书记在 2018 年 8 月召开的全国宣传思想工作会议上明确提出"举旗帜、聚民心、育新人、兴文化、展形象"。"育新人"成为新时代宣传思想工作的重要职责。如何以文化人，发挥文化的浸润、感染、熏陶功能，使社会主义核心价值观，特别是爱国主义、家国情怀、英雄精神等宏旨大义深入青少年的内心世界，是每一个宣传思想文化工作者应该思考、每一个文化产品创造者应该研究的课题。作为有深厚群众基础的大众文化，电影有先天优势，《流浪地球》也借势领先了一步，塑造了一群敢作为敢担当的年轻人形象，通过他们吸引了广大年轻观众，也完成了向青少年传递主流价值的文化重任。

《流浪地球》的主角不是吴京饰演的爸爸，而是屈楚萧饰演的儿子刘启，包括韩朵朵、李一一、Tim 这个年轻人团体。他们的处境和特点，和当下年轻人有同构性——世界面临着剧烈的变化，机遇和风险并存，前辈们成功的路径被颠覆，新的路径尚未建立，亟待他们去开拓，把握当下才是对未来最好的选择。片中年轻人的形象也是当下年轻人的写照，情感复杂脆弱，对家庭和集体有叛逆性，享受独立，在道路和价值选择上有强烈的自主性，但不放弃寻找归属，关键时刻有担当和作为。《流浪地球》以当下年轻人的现实环境和精神特质为参照,着力刻画了刘启的叛逆、韩朵朵的成长、李一一的专业和机智、Tim 的嬉皮风和多元文化背景,引起当下年轻人的共鸣。影片弘扬的英雄主义和人类命运共同体的价值观,通过刘启等向父辈的英雄主义形象的认同和回归,"润物细无声"地向年轻观众传达,这是《流浪地球》的高明之处。

如果说《流浪地球》是我们的国家和民族文化自信的表达,那文化自信表达的现实化、大众化和年轻化才是影片得到大众和市场接纳的成功密码。作为国产科幻大片的先行者,《流浪地球》还有诸多不完美,我们不妨正视它的成功和不足,鼓励中国科幻类型电影砥砺前行。与此同时,我国电影批评,尤其是科幻类型片的批评也要找准自己的标尺,批评者要对当下中国的文化环境和电影的发展现状有清醒的认知,不要唯西方的批评标准马首是瞻,也不要以艺术片的标准苛求。但这不意味着放弃批评原则,趋向媚俗,而是要充分发挥批评的作用,引领电影艺术精准把握文化和科技潮流,不断创新想象力,创新文化表达方式和工业技术手段,促进国产科幻片和类型电影勇攀高峰。

作者简介

孟繁华，北京大学文学博士，沈阳师范大学特聘教授、中国文化与文学研究所所长；中国人民大学、吉林大学博士生导师，中国当代文学研究会副会长，中国作家协会小说创作委员会委员，北京文艺评论家协会主席，《文学评论》编委等。曾任中国社会科学院文学研究所研究员、博士生导师，当代文学研究室主任。

著有《众神狂欢》《1978：激情岁月》《梦幻与宿命》《传媒与文化领导权》《游牧的文学时代》《坚韧的叙事》《文学革命终结之后》《新世纪文学论稿》(三部六卷台湾繁体版)等三十余部，以及《孟繁华文集》十卷。主编文学书籍一百余种，在《中国社会科学》《文学评论》《文艺研究》等国内外重要刊物发表论文四百余篇，部分著作译为英文、日文、朝鲜文等，百余篇文章被《新华文摘》等转载、选编、收录；2012年获华语文学传媒大奖年度批评家奖，2014年获第六届鲁迅文学奖文学理论评论奖，多次获中国社会科学院优秀理论成果奖、中国文联文艺评论奖等。

董江波,笔名冷得像风,中国作协会员、北京作协会员、山西作协会员,鲁迅文学院第十届网络文学作家高级研修班学员,起点中文网签约网络作家,天下书盟小说网总编辑。

已创作六部小说,一部诗集,其中四部已出版,创作字数超过四百六十万字,代表作《面食世家》《永远的纯真年代》。上榜2017猫片·胡润原创文学IP潜力价值榜第四十七名,入围第十四届华语文学传媒大奖年度网络文学作家,获得2016年中国作家协会"中国梦"主题专项网络文学重点扶持作品,入选2016年"湖北省二十部网络文学精品工程"暨参评第四届中国出版政府奖网络出版物奖推荐名单,入围第七届鲁迅文学奖参评作品。

李朝全,毕业于北京大学。现任中国作协创作研究部副主任、研究员,中国作协报告文学委员会委员,中国报告文学学会副会长。入选全国文化名家暨"四个一批"人才。著有理论专著《文艺创作与国家形象》《非虚构文学论》《重估中国当代文学价值》,报告文学《最好的时代》《国家书房》《梦想照亮生活》《梦工场追梦人》《震后灾区纪行》《少年英雄》等。主编《新中国六十年文学大系·报告文学卷》《中国纪实文学佳作2000—2011》,2000年起主编"中国报告文学年选"等。多次任茅盾文学奖、鲁迅文学奖、全国少数民族文学创作骏马奖、全国优秀儿童文学奖等评委;曾获全国五个一工程奖、中国人口文化奖、庄重文文学奖、全国优秀科普作品奖、中华优秀出版物奖抗震救灾特别奖、中国文联文艺评论奖、冰心儿童图书奖等。

凸凹,本名史长义,著名散文家、小说家、评论家。中国作家协会会员、北京文联理事、北京作家协会理事、北京评论家协会理事、北京作家协会散文委员会主任、房山区文联主席。

创作以小说、散文、文学评论为主,已出版著作四十余部,其中长篇小说《慢慢呻吟》《大猫》《玉碎》《玄武》等八部,中短篇小说集三部,评论集一部,散文集《以经典的名义》《风声在耳》《无言的爱情》《夜之细声》《故乡永在》等三十部,出版有《凸凹文集》(八卷本),总计发表作品七百余万字,被评论界誉为继浩然、刘绍棠、刘恒之后北京农村题材创作的代表性作家。

近六十篇作品被收入各种文学年鉴、选本和大中学教材,作品获省级以上文学奖三十余项,其中,长篇小说《玄武》获北京市建国六十周年文艺评选长篇小说头奖和第八届茅盾文学奖提名奖;散文获冰心散文奖、第二届汪曾祺文学奖金奖、老舍散文奖、全国青年文学奖和十月文学奖,2010 年被评为北京市"德艺双馨"文艺家,2013 年被授予全国文联先进工作者称号。

张慧瑜,北京大学中文系博士,北京大学新闻与传播学院研究员、博士生导师、博雅博士后合作导师。研究领域为影视文化、媒介批评与大众文化研究。出版专著《主体魅影:中国大众文化研究》《视觉现代性:二十世纪中国的主体呈现》《城市北京与文化书写:北京题材影视剧研究(1978—2018)》等。曾获中国高等院校影视学会第十一届"学会奖"论文一等奖、中国新闻史学会视听传播研究委员会首届视听传播优秀学术成果奖一等奖等。担任中国电影家协会理论评论委员会委员、中国文艺评论家协会青年工作委员会委员、中国电影评论学会理事、北京文艺评论家协会青年工作委员会副秘书长等。

曾庆瑞，中国传媒大学教授、博导。原北京市文艺评论家协会副主席。大学从教五十年。北京市教学名师。已出版中国现代文学史论著《曾庆瑞赵遐秋文集》十八卷（与夫人赵遐秋合作），《曾庆瑞电视剧艺术理论集》二十五卷。

卢蓉，中国传媒大学教授，戏剧影视学博士生导师。中国传媒大学电视剧研究所副所长。中国电视艺术交流协会理事、北京视协文艺评论家协会理事、北京电视艺术家协会理事。全国广播电视"百优"理论人才获得者。连续三届国家广电总局"飞天"电视剧优秀论文一等奖获得者。国家社科基金艺术学青年项目负责人。首都优秀中青年文艺人才入选者。美国南加州大学电影学院访问学者。研究领域：影视叙事学、中美电视剧比较、影视项目研发及剧本评估。主要学术著作有《电视艺术时空美学》《电视剧叙事艺术》《中国电视剧的审美艺术》（合著）、《中国电视剧编年史》（合编）、《中国广播电视文艺大系（1977—2000）·电视剧卷》（合编）等。

胡薇，中央戏剧学院戏剧文学系教授，博士生导师。北京市文艺人才"百人工程"培养人选。国际戏剧评论家协会（IATC）中国分会理事、中国电影文学学会理事、中国话剧理论与历史研究会常务理事、中国少数民族戏剧学会理事、中国青年志愿者协会理论研究工作委员会委员、北京文艺评论家协会戏剧专业委员会副秘书长等。创作大型话剧《启功》《茅以升》、民族歌剧《音·为爱》等舞台剧作品；《麻辣婆媳》《人命关天》等影视作品；论著《野豌豆》《传统，影响未来》《改编热潮下的危机》《戏剧，是一种信仰》《珠箔飘灯独自归》、合著《剧种·剧目·剧人》等。曾获中国文艺评论 2016 年度优秀作品

（即第一届"啄木鸟杯"）、第九届中国话剧金狮奖、第八届全国戏剧文化奖、第四届及第五届中国戏剧奖、全国第九届群星奖、北京文艺评论 2017 年度优秀作品等。

高音，毕业于中央戏剧学院，现为中央戏剧学院戏剧艺术研究所副所长、副研究员。专攻当代中国戏剧。专著有《北京新时期戏剧史》（中国戏剧出版社，2006）、《舞台上的新中国——中国当代剧场研究》（中国戏剧出版社，2013），发表学术文章多篇，出版合著多部。

颜榴，中央美术学院艺术史博士。中国国家话剧院研究员，《国话研究》主编。多家报刊的艺术专栏撰稿人。青年剧评家，著有《京华戏剧过眼录》（2011，新锐文创），《云剧场的大门：1997—2017 北京话剧观微》（2018，中国文联出版社）；主编《唯有赤子心——孙维世诞辰九十一周年纪念》（2012，新华出版社）。翻译著作有《色彩手册》（2016，人民美术出版社）。2007 年获北京市文联"繁荣首都文艺事业作出突出贡献者"荣誉称号，2014 年入选《文艺新观察》"新批评家"，2015 年入选首都优秀中青年文艺人才库首批人员。2005 年获北京市文联第四届文艺评论二等奖，2006 年、2014 年分获首届、第五届"中国戏剧奖·理论评论奖"，2014 年获中国话剧艺术研究会第九届"话剧金狮奖·戏剧评论奖"榜首；获北京文艺评论 2017 年度、2018 年度推优活动优秀作品。国际戏剧评论家协会（IATC）中国分会理事，中国文联特约评论员，上海市剧本创作中心、湖南艺术研究院文艺评论特聘专家，中国演出行业协会艺术普及教育委员会副主任。

　　郭云鹏，教育学硕士，中国杂技家协会理论研究处处长，中国文艺评论家协会理事。从事杂技理论研究、文艺评论工作十余年。撰写、编译的一百余篇杂技文章在《光明日报》《中国文化报》《中国艺术报》《文艺报》《杂技与魔术》等中央级报刊上发表；独立完成2008—2011四年的中国杂技年度述评、主持参与完成2012—2018七年的《中国艺术发展报告（杂技卷）》及部级课题《杂技主题晚会研究》；撰写的杂技论文先后荣获第七届中国文艺评论奖二等奖（2010）、第八届中国文艺评论奖一等奖（2012）；多次在中国吴桥国际杂技节期间举办的国际马戏论坛、中国武汉国际杂技节期间举办的国际杂技研讨会做主题发言；担任中国文联文艺评论奖、中国杂技金菊奖理论作品奖等国家级文艺评奖的评委；担任多项国家艺术基金资助杂技项目专家评审；为中国杂协及各省市举办的杂技研修班授课等。

　　金浩，北京舞蹈学院教授、硕士生导师、学术委员会委员、舞蹈研究所所长、中国舞蹈博物馆常务副馆长、中国古典舞系理论教研室主任，中国文艺评论家协会音乐舞蹈艺术委员会副秘书长，中国高等教育学会美育专业委员会常务理事，北京文艺评论家协会理事，北京美学会理事，北京市"长城学者"，首批入选首都优秀中青年文艺人才库、国家社科基金同行评议专家库。主要学术著作有《新世纪中国舞蹈文化的流变》《新世纪中国古典舞发展十年观》《微时代的微舞评》《古风舞蹈评论文集》《戏曲舞蹈知识手册》《中国古典舞术语词典》《中国古典舞身韵教学法》《中国古典舞简明教程》《古典舞基础训练》《舞蹈表演专业教学法》《舞蹈术语词典丛书》等。

丁旭东,文艺学博士,音乐学博士后,副教授、硕士研究生导师,中国音乐学院国家美育研究与发展中心秘书长、中央音乐学院音乐文化高等研究院兼职研究员、中国文艺评论家协会会员。

曹庆晖,中央美术学院人文学院美术史系教授,博士生导师,北京文艺评论家协会副主席,九三学社社员。致力于近现代中国美术史与美术教育史的教学、科研以及展览等学术活动的策划,策划的展览多次获评文化部全国美术馆年度馆藏和年度展览优秀项目,两度作为中方责任教授联合申请并获得美国盖提基金会资助实施的国际美术调研项目。编著出版有《中国现代美术之路图鉴》以及相关展览图录和会议论文集多种,在专业核心期刊发表论文多篇。

邹文,清华大学美术学院教授、艺术学博士、博士生导师。主讲"公共艺术概论""艺术传播学"。从教三十余年,致力于公共艺术的普惠与共享。历任中国装饰杂志社常务副社长;首都规划委专家顾问;中国美协第六届理事、中国美协雕塑艺术委员会秘书长,陶瓷艺术委员会副主任,多届全国美展专展评委、秘书长;全国城市雕塑艺委会秘书长、副主任;北京评论家协会理事、美术书法摄影部副主任;张仃艺术研究中心秘书长、副主任;2008奥运景观方案征集大赛暨国际巡展组委会秘书长、执行策划与组织者;中美和平友好纪念雕塑活动组委会秘书长、策划人;上海世博会世博局、上海规划局景观方案评委;北京国际美术双年展策委;奥林匹克宣言纪念广场及景观雕塑主设计;美国华盛顿中国文化节多届主题周总策划、总设计;《中国工艺美术全集》总纲执笔人及"技艺卷"主编;《中国美术百科》分卷主编。独立撰著有《工艺创造学》《美术社会观》《公共艺术概论》《艺术的信源》《当代中国的艺术传播》等。主持多项相关课题,完成五大洲三百余座文化名城、遗址的考察,执行多处实景建造落成。

唐东平,北京电影学院摄影学院教授,中国摄影家协会摄影理论委员会委员,北京市文联艺术评论家协会理事。从教三十余年,曾获广电部优秀工作者、中国摄影家协会"德艺双馨"会员、北京电影学院首届"师德十佳"等奖励。担任过电视剧《观世音传奇》和电影《青春的颜色》《摩托车》《好运,京白梨》等影片的摄影师,以及电影《美姐儿》《照相师》的艺术指导,参与过中央电视台与北京电视台众多专题节目的制作与编导工作。先后参与了《中外影视大词典》和《中国大百科全书》(第三版)的词条编撰工作。著有《人像摄影》《摄影构图》《摄影作品分析》《摄影画面语言》和《远在摄影之外》等著作。

丛治辰,中共中央党校副教授,文学博士。2002 年至 2013 年就读于北京大学中文系,2013 年起执教于中共中央党校文史教研部,2015 年至 2016 年赴哈佛大学费正清中国研究中心访学。主要从事中国现当代文学与文化研究、当代文学批评等。在国内外期刊报纸发表研究论文及文学评论百余篇。2015 年出版译著《电脑游戏:文本、叙事与游戏》;2016 年出版《世界两侧:想象与真实》。2013 年获第十届《上海文学》理论奖,2014 年获第二届"紫金·人民文学之星"评论佳作奖,2017 年获第六届唐弢青年文学研究奖。中国作协会员,中国现代文学馆第三届客座研究员、特邀研究员,北京作协合同制作家,中国当代文学研究会理事。

戴晨,文学硕士,北京人艺研究部工作,青年戏评人、戏剧制作人。制作剧目《催眠》《少年刘少奇》；参与撰写中国文联课题《北京人艺的传统与未来》；编辑《〈李白〉的舞台艺术》《北京人民艺术剧院演出剧本选1952—2012》《北京人艺建院60周年学术研讨会论文集》《〈哗变〉的舞台艺术》《人艺批评2》《〈我们的荆轲〉的舞台艺术》《焦菊隐戏剧散论》《任鸣访谈录》《北京人艺口述历史》等丛书，并在《文艺报》《北京文史》等专业报纸刊物发表多篇评论文章。

高永亮，中国传媒大学国家传播创新研究中心副研究员、硕士生导师，文学博士、艺术学博士后，"首都优秀中青年文艺人才库"首批入选人员，北京文艺评论家协会青年工作委员会委员、北京师范大学中国文化国际传播研究院研究员、北京电影家协会会员。主要从事电影学、艺术学、传媒文化、传媒理论研究与教学。出版专著《网络传播消费主义现象批判》，合著《中国艺术学科体系建设研究》《新中国60年北京文艺·电影卷》《中国电影国际传播年度报告》等十余部，参与《中国大百科全书·传播学卷》《新闻传播学大辞典》等辞书编纂，在核心期刊及各类期刊发表论文三十余篇。参与完成国家社科基金项目、中宣部委托项目、教育部哲学社会科学重大课题攻关项目等各级各类科研项目十余项。

黄德海，《思南文学选刊》副主编，《上海文化》编辑，中国现代文学馆特聘研究员。著有评论集《驯养生活》《若将飞而未翔》，随笔集《诗经消息》《书到今生读已迟》《泥手赠来》《个人底本》等，编选有《知堂两梦抄》《书读完了》等。曾获"《南方文坛》2015年度优秀论文奖"，"2015年度青年批评家"奖。

蒋原伦,北京师范大学教授,同济大学艺术与传媒学院聘任教授。从事当代文学批评文艺理论和媒介文化研究工作。出版专著有《传统的界限》《九十年代批评》《媒介文化与消费时代》《我聊故我在》《观念的艺术与技术的艺术》《20世纪中国文学史研究观念的演变》《文学批评学》《历史描述与逻辑演绎》等多种。曾主编《今日先锋》《媒介批评》和"媒介文化丛书"及教材四十余种。

景俊美,中国艺术研究院文学博士、北京市社会科学院与中国人民大学联合培养博士后,现为北京市社会科学院副研究员,主要从事文化艺术研究、文艺评论。出版专著两部:《中国传统节日当代精神价值研究》(2015)、《回望与探索:文艺评论的价值确立与文化立场》(2017);合著多部,如《中国传统节日》(2010)、《弘扬传统节日文化现状与对策——中国传统节日文化调研实录》(2012)、《文化资源数字化》(2014)等。

李亚祺,北京大学中文系博士,中国社会科学院大学博士后,北京市文艺评论家协会会员,甘肃省作家协会会员,主要从事文学阐释学、中国现当代文学研究,出版作品《大唐诗仙——李白》《中华医圣——李时珍》《中华家风丛书:友善》等多部。

王文静,中国文艺评论家协会会员,从事文学、影视评论,在《中国艺术报》《雨花》等报刊发表理论评论十余万字,作品先后获第十四届石家庄市文艺繁荣奖、第十三届河北省文艺振兴奖。

魏晓凡,文学博士,中国传媒大学艺术研究院教师,学术期刊《音乐传播》责任编辑。

解玺璋,1953 年出生于北京市,籍贯山东省肥城市。1983 年毕业于中国人民大学新闻系。1970 年参加工作,曾任《北京晚报》《北京日报》副刊、专刊编辑、主编,同心出版社常务副总编辑。高级编辑职称。北京作协第三、四、五、六届理事会理事,理论和批评委员会副主任。中国评论家协会理事,北京评论家协会副主席。1980 年开始发表作品,1985 年加入北京作家协会,2008 年加入中国作家协会。业余从事文艺批评,涉猎电影、电视剧、戏剧、文学、图书等领域,著有《喧嚣与寂寞》《说影》《五味书》《一个人的阅读史》等。近年热衷于人物传记写作,尤于近现代人物多有心得,已出《梁启超传》《君主立宪之殇》《张恨水传》等。

徐刚,文学博士,中国社会科学院文学研究所副研究员。

许苗苗,博士。北京市社科院文化研究所研究员,美国纽约哥伦比亚大学、英国伦敦威斯敏斯特大学访问学者。中国作协网络文学研究院特聘研究员、新闻出版广电总局出版产品内容审读专家。曾出版学术著作《北京都市新空间与景观制造》(2016)、《大都市,小空间——写字楼阶层的诞生与新都市文化》(2011)、《性别视野中的网络文学》(2004),散文集《青春小站》。

薛静,清华大学新闻与传播学院博士后,北京大学中文系当代文学博士。主要从事文创产业、大众文化、网络文学与新媒体等方向的研究。在各类学术期刊发表论文三十余篇,专著、合著、参与编撰的著作共计十余本,两度受邀担任国际学术会议分组主席。曾获得国家奖学金、北大校长奖学金、学术创新奖,以决赛评委总分第一荣膺北京大学"学术十杰",并获得现场观众票选"最佳人气奖"。

在澎湃新闻、香港端传媒、《中国青年报》等媒体发表文艺评论三十余篇,其中《〈芈月传〉:对强女人的想象,匮乏得令人难堪》《妇女节:我们选择和贬义词"三八"站在一起》《从〈奋斗〉到〈欢乐颂〉:十年之间,时代精神已变》等,均引发热烈反响并被广泛转载。

亦可,作家,中国法学会会员,蒙古文书法家协会会员,十月文学院培训部主任。多篇文章发表于《中国文化报》《中国图书传媒商报》《出版商务周报》《东方文化周刊》等,参与编纂《成吉思汗大典》《中国二人台艺术通典》等,著有个人文集《阳光早茶》等。

张定浩,现就职于《上海文化》杂志,写诗和文章。著有文论随笔集《既见君子:过去时代的诗与人》《取瑟而歌:如何理解新诗》《批评的准备》《爱欲与哀矜》,诗集《我喜爱一切不彻底的事物》等。

章颖,北京评论家协会会员。主要评论文章发表在《光明日报》《北京文学》《文艺广角》《新剧本》等报刊,涵括文学、戏剧、影视等门类,多次入选北京评论家协会论文集。著有文化散文《汤显祖说情》。

图书在版编目(CIP)数据

"2018·北京文艺论坛"论文集/北京市文学艺术界联合会编.—桂林:广西师范大学出版社,2020.4
ISBN 978 - 7 - 5598 - 2427 - 1

Ⅰ.①2… Ⅱ.①北… Ⅲ.①文艺评论-中国-当代-文集 Ⅳ.①I206.7 - 53

中国版本图书馆 CIP 数据核字(2019)第 263260 号

出 品 人:刘广汉
责任编辑:魏 东
助理编辑:罗 兰
装帧设计:李婷婷

广西师范大学出版社出版发行

(广西桂林市五里店路9号   邮政编码:541004
  网址:http://www.bbtpress.com)

出版人:黄轩庄
全国新华书店经销
销售热线:021-65200318   021-31260822-898
山东鸿君杰文化发展有限公司印刷
(山东省淄博市桓台县寿济路13188号 邮政编码:256401)
开本:690mm×960mm   1/16
印张:23   字数:250千字
2020年4月第1版   2020年4月第1次印刷
定价:98.00元